KB268507

독서토론

파워 T의 독서토론 이야기

독서토론

유정봉 지음

좋은땅

목차

1. 책이 나오기까지   8
독서토론, 저는 이렇게 했습니다
어떻게 하면 책을 지속해서 읽을 수 있을까?

2. 죽고 싶지만 떡볶이는 먹고 싶어   18
푼크룸(구 '브레드'), 아미, 떡볶이

3. 데일 카네기 자기관리론   46
푼크룸, 아미

4. 폰더 씨의 위대한 하루   82
푼크룸, 아미

5. 돈의 속성   118
푼크룸, 아미, 떡볶이

6.   역행자   172

푼크룸, 아미, 떡볶이, 완구

7.   세이노의 가르침   224

푼크룸, 아미, 떡볶이

8.   벨아미   280

푼크룸, 벨아미(구 '아미'), 시동

9.   마무리하며   328

책이 나오기까지

1. 책이 나오기까지

독서토론, 저는 이렇게 했습니다

독서토론을 진행하는 방법은 여러 가지가 있지만, 저는 모두가 공감하고 참여할 수 있는 지정도서 토론을 선호합니다.

책을 혼자 읽는 것에 대한 부담감과 독서를 통해 얻은 기쁨을 나누고 싶은 욕구가 맞물려, '양덕원1921' 독서토론을 시작하게 되었습니다.

독서가 혼자만의 활동이 되기보다는 다른 사람들과 함께 나누며 즐길 수 있는 활동이 될 수 있다는 점에서 독서토론은 저에게 새로운 취미이자 생각의 깊이를 더해 주는 계기가 되었습니다.

특히 독서를 늦게 시작한 저는 올바른 사고력 부족으로 편향된 생각에 빠질까 봐 걱정했지만 토론을 통해 다양한 생각을 나누고 새로운 시각을 얻을 수 있었습니다.

독서토론 리더인 푼크툼 님의 말처럼 '다양성을 인정하고 공유하자'는 생각이 제게 큰 영향을 미쳤습니다. 독서라는 활동이 내성적이고 내향적인 성격의 활동으로 인식될 수 있지만, 실제로 사람들과 함께 어울리며 외향적이고 활발하게 활동하는 방식으로 바뀔 수 있음을 알게 되었습니다.

특히 움직이고 에너지를 발산하는 것을 좋아하는 저에게 독서토론은 매우 적합한 취미가 되었고 에너지를 많이 소비하면서 공부하는 재미를 느낄 수 있었습니다. 독서를 어렵게 느끼는 사람들에게 저는 독서토론을 강력히 추천하고 싶습니다.

지정도서 토론의 주된 목표는 참가자들이 서로 다른 관점을 공유하며 책의 핵심 주제와 메시지를 깊이 이해하는 데 있습니다. 책을 단순히 읽는 것이 아니라, 그 안에 담긴 주제를 다양하게 분석하고, 토론을 통해 새로운 관점을 나누는 것이죠.

예를 들어 '데일 카네기 자기관리론'을 다룬 토론에서는 책의 핵심 메시지인 '걱정을 멈추고 행동을 취하라'는 내용에 대해 다양한 의견이 오갔습니다.

저는 처음 이 책을 읽으며 어머니의 잔소리 같은 느낌을 받았다고 이야기했고, 군 생활에서 배운 '걱정하지 말고 대안을 제시하라'라는 훈련 방식을 연결 지으며 실생활에서 적용할 수 있는 방법을 고민했습니다.

이렇게 책의 내용을 각자의 경험에 맞춰 논의하면서, 단순히 이론에 그치는 것이 아니라 실제 삶에 어떻게 적용할 수 있을지 깊이 있는 논의가 이루어졌습니다.

또한 '죽고 싶지만 떡볶이는 먹고 싶어'라는 책은 현대 사회에서 중요한 문제인 정신적 고통과 자존감 회복을 다루고 있습니다. 저자는 자기 경험을 솔직하게 고백하면서 그 과정에서 겪은 내면의 갈등과 자아 회복을 이야기합니다. 이 책은 단순히 개인의 고백을 넘어 사회적 고립과 정신적 고통에 대해 깊이 생각하게 만듭니다.

그리고 독서토론을 하기 위해서는 철저한 사전 준비가 필요합니다. 첫 번째 단계는 책의 핵심 내용 요약하기입니다. 책의 주요 메시지와 중요한 인용구를 정리하여 토론에 활용할 수 있도록 합니다.

두 번째 단계는 토론을 이끌어 갈 질문 준비하기입니다. 질문을 통해 참가자들이 책의 내용을 깊이 분석하고, 본인 생각을 논리적으로 표현할 수 있도록 유도합니다. 예를 들어 '벨아미'에서 주인공 뒤루아의 여성관을 다룰 때 "뒤루아는 왜 여성을 도구로 간주했을까?"라는 질문을 던지며 회원들이 그 행동의 배경과 당시 사회적 맥락을 이해할 수 있도록 돕습니다.

세 번째 단계는 관련 배경 지식 준비하기입니다. 책의 사회적, 역사적 배경을 미리 조사하면 등장인물들의 행동과 사고방식을 더 잘 이해할 수 있습니다.

'폰더 씨의 위대한 하루'에서 천사 '가브리엘'을 몰라 사전 조사를 통해 7대 천사에 대해 설명했습니다. '미카엘, 가브리엘, 라파엘, 우리엘, 라구엘, 사라카엘, 라미엘' 순으로 천사들의 이름을 나열했고 가톨릭에서는 7대 천사가 아닌 3대 천사만 인정되는 세계관에 대해서도 조사하였습니다. 이는 회원들에게 천사에 대한 새로운 지식을 제공하며 토론의 깊이를 더했습니다.

독서토론을 진행할 때는 자유토론 방식으로 진행했습니다. 푼크툼 리더님께서 자유롭게 하는 것을 선호하였는데 덕분에 편하게 토론할 수 있었습니다. 이 방식은 회원들이 자유롭게 의견을 나누며 활발한 대화를 끌어내는 데 유리합니다. 다만 발언이 한 사람에게 몰리는 경우가 있어 이 점은 유의해야 합니다.

자유토론은 대화의 주제를 자연스럽게 흐름에 맞기기에 회원들이 더욱 편하게 토론을 할 수 있었습니다. 예를 들어 푼크툼 님이 "우리는 외부의 평가에 너무 의존하는 경향이 있는데 스스로를 있는 그대로 사랑하는 것은 왜 그렇게 어려운 것일까요?"라는 질문을 던졌을 때 저는 생뚱맞게도 "우리는 왜 외부의 평가에 의존하게 되는 것일까요?"라는 질문을 던지며 전혀 다른 질문을 내놓았지만 분위기상 자연스럽게 어려운 부분은 넘어가는 것도 있었습니다.

마지막으로 효과적인 토론을 위해서는 몇 가지 전략을 따르는 것이 중요합니다.

바로 경청과 공감입니다. 상대방의 의견을 잘 듣고, 그에 대한 논리적인 답변을 준비하는 것이 핵심이며 공감하는 능력도 중요합니다. 상대방의 상황을 이해하고 존중하는 태도로 토론에 임하면 더욱더 건설적이고 생산적인 대화가 이루어질 수 있습니다.

결론적으로 지정도서 토론은 단순한 독서 활동을 넘어서서 지적 교류와 비판적 사고를 발전시킬 기회입니다. 사전 준비부터 참여자들의 역할 분담 토론 방식까지 철저히 준비하고 관리하면 참가자들은 책을 통해 더 깊이 있는 논의와 생각을 공유할 수 있습니다. 독서가 어렵고 독서토론에 도전이 두려운 사람이라면 이 책을 통해 독서토론을 시작해 보는 것을 추천합니다.

사실 독서토론에 참여자로 한번 나가 보면 별거 없습니다. 편하게 가서도 됩니다. 책을 안 읽고 가더라도 리더님이 줄거리를 정리해 주기 때문에 토론하는 데 지장은 없습니다. 하지만 보다 더욱 재미있게 참여하고 싶다면 책을 읽고 본인의 생각을 정리하여 참여한다면 정말 재미있는 취미가 될 것입니다.

이천년 스물다섯 해 어느 봄
양덕원의 봄을 그리워하는
양덕원1921 2기 벨아미

어떻게 하면 책을 지속해서 읽을 수 있을까?

책을 1년에 한 권도 읽지 않거나 많이 읽어야 두 권이었던 저는 책을 원 없이는 아니어도 꾸준히 읽고 싶은 마음이 항상 있었습니다. 하지만 늘 게으름이 독서에 대한 욕구를 잠재웠죠. 그러던 어느 날 책에 대한 관심을 갖고 있는 같은 동네의 동생을 알게 되어 '같이 읽어 보지 않을래?'라는 제안을 시작으로 2022년 봄에 모임이 결성되었습니다. 모든 일이 그렇듯 마음을 먹고 나니 일은 쉽게 진행이 되었습니다. 마을 도서관의 배려로 구한 장소에서 잠시 쉼은 있었지만 독서토론 모임인 '양덕원1921'은 지금까지 이어지고 있습니다.

우리 모임명 '양덕원1921'에는 나름 숨은 의미가 있습니다. 대한민국 표준어에 관한 규정을 다룬 '표준어 규정'에서 한글은 자음 19개와 모음 21개가 있다고 합니다. 단지 40개(자음 19개+모음 21개)의 표기로 무한한 이야기를 만날 수 있다는 것이 흥미로웠고 여기에 우리가 모이는 마을 이름을 붙여 '양덕원1921'로 네이밍을 해 보았습니다.

모임명까지 지어졌으니 멤버 모집을 위해 홍보를 하던 중에 만난 친구에게 독서 모임을 만들었다고 하니 두 가지를 묻더군요.

"조그만 동네에서 하는 사람이 있어?"

"읽어 봤자 나중에는 기억도 안 나는데 괜히 시간 낭비지 않아?"

처음에는 선뜻 답을 못 했습니다. 제가 염려했던 것들을 콕 짚었기 때문이죠. 독서 모임이라 하면 무릇 꼭 완독해야 한다는 부담감과 완독 후에 만나서 토론을 해야 한다는 인식 때문에 문을 두드리기가 쉽지 않아 보였습니다. 하지만 횟수로 4년이 된 현재, 모임의 결과가 첫 번째 물음의 답이라 생각해요.

두 번째 물음에 대한 답은 독서 모임을 참여해 본다면 어렵지 않게 찾을 수가 있다고 생각해요. 본래 독서광이라면 혼자서도 잘 읽고 자신만의 독서법으로 정리하며 기억을 하겠지만 책과 친하지 않다면 독서 후에 기억나지 않으니 시간 낭비라고 할 테죠. 제가 그랬으니까요. 그래서 답을 주지 못했는데 지금은 이렇게 말하고 싶네요.

"굳이 책의 모든 내용을 기억할 필요가 없다. 중요한 건 읽고 이해한 것을 말하고 다른 사람들은 어떻게 이해했는지 듣는 것과 나아가 서로의 다양한 관점에서 비롯된 이해들이 파생되어 새로운 견해를 낳는 경험을 하는 것이 중요하다."

더불어 독서 모임을 통해 개인의 의지에 따라 성장이 한 단계 더 나아갈 수 있다고 봐요. 독서의 최종 목적은 읽기가 아닌 '내 생각' 쓰기라고 생각합니다. 독서 후에 남기는 감상문이나 첨언 혹은 비평을 할 수도 있을 테죠. 나아가 영감을 받아 새로운 글을 쓸 수도 있을 테고요. 이렇게 자신 있게 말할 수 있는 건 직접 목격한 사례가 있기 때문입니다. 멤버였던 한 분은 직업 특성상 타지로 이동해야 하는 아쉬움이 있었지만, 그곳에서도 꾸준한 독서와 함께 창작 글을 써서 입상하게 되었다는 반가운 소식을 접할 수 있었습니다.

꼭 읽은 책 대부분을 기억해야 할까요? 그보다는 좋은 글을 잘 소화

해서 나의 생각을 다양한 방향으로 파생시키는 생산방식이 더욱 중요하다고 저는 생각합니다. 저장 단계에서 그치는 것이 아니라 생산까지 이어져야 하죠.

끝으로 독서 모임을 진행하면서 좋아하게 된 글귀로 글을 갈무리합니다.

"혼자서는 꿈이지만 함께하면 현실이 된다."

혼자였다면 지금까지 멤버들과 함께 했던 책들을 읽기나 했을까 싶어요. 읽었다 한들 멤버들의 다양한 이해를 듣고 함께 다방면으로 상상을 펼칠 수 있었을까 싶어요. 양덕원1921이 지금까지 이어질 수 있었던 것은 퇴근 후 독서 모임으로 향하는 길에 개구리 울음소리 들으며 때로는 비를 뚫거나 눈길을 헤치며 평일 저녁 8시 도서관의 아늑한 공간에 모여 창밖의 깜깜한 밤거리를 밝혀 주었던 멤버들이 있어 주었기 때문입니다.

앞으로 어떤 변화가 있을지 모르겠지만, 멤버들과 지금처럼 꾸준히 즐겁게 밤을 밝히며 다양한 생각을 주고받고 싶습니다.

스물하고도 넷 겨울 양덕원에서

양덕원1921 리더 푼크툼

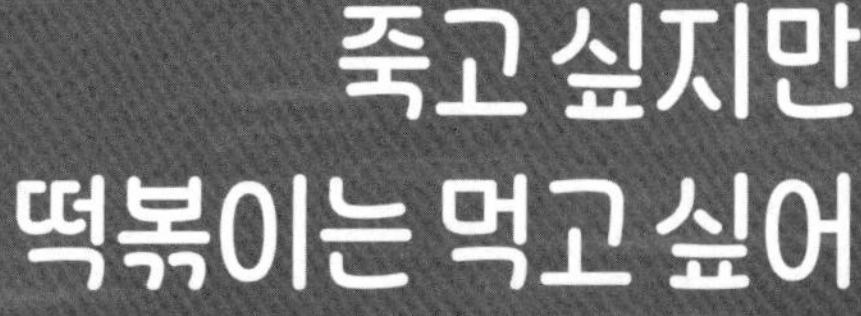

죽고 싶지만
떡볶이는 먹고 싶어

2. 죽고 싶지만 떡볶이는 먹고 싶어

- 푼크툼(구 '브레드'), 아미, 떡볶이

브레드   자, 그럼. 시작해 볼까요?

아미   죽고 싶지만 떡볶이는 먹고 싶어, 떡볶이 님이 추천한 책 들어가기 전에 작가의 외모 비하가 엄청 많잖아요? 백세희 작가가….

모두   네.

아미   사진하고 유튜브 보니까 엄청 예쁘던데.

떡볶이   그러니까요. 저 진짜 짜증 나서. 이렇게 예쁜데, 어이가 없더라고요. 책에 있는 사진은 흑백이잖아요. 그래서 이런 거는 최대한 잘 나온 사진을 썼겠지. 그래서 찾아봤는데, 충격…. 너무 예뻐서. 돈 벌어서 좀 꾸몄나? 하하.

아미   엄청 예뻐요! 아무리 봐도 예쁜 얼굴이야! 예쁜 얼굴.

떡볶이   고백했는데 한 번도 된 적이 없고….

아미   거짓말 같아. 이거 검증 한번 들어가 봐야 해.

브레드   원래 우울증 있는 사람들이 전쟁통을 겪어 봐야 우울증이 나을 것 같아. 생존의 위험을 느껴 봐야 우울증이 안 생기지.

아미   그쪽으로 정신이 없어야 우울증 생각을 못 하겠죠?

브레드   배불러서 그래?

아미   그래서 이 책을 봐야 해. (다음 토론 책을 가리키며. 데일 카네기 자기관리론)

브레드   책에 들어가기에 앞서서 작가 소개를 하면 다 아시겠지만 그래도 제가 찾아온 것을 이야기하자면. 어렸을 때부터 여러 가지 꿈을 갖고 있지만, 그중의 하나가 작가이고 이 책을 쓴 계기가 블로그에 자신의 우울증 치료 과정을 올렸는데 매우 공감한다는 댓글을 보고 힘이 나서 우울증을 주제로 책을 써 보겠다고 마음을 먹었고, 그래서 이 책을 썼다고 합니다.
작가가 직접 책의 제목 덕을 크게 봤다고 그래서 책 제목도 중요한 것 같습니다. 그리고 돈도 많이 벌이시 그 수익으로 부모님 빚도 청산하고.

모두   효녀네.

브레드　　그리고 세바시 강의도 했어요. 보셨나요. 예뻐요!

모두　　예뻐요!

아미　　다 가졌어! 하하.

브레드　　그리고 작가 인터뷰에서 이 책을 통해서 전하고 싶은 메시지가 있는데 '나만 그런 게 아니라고 생각했으면 좋겠고, 그리고 세상에는 다양한 사람이 있구나. 그리고 본인의 어둡고 힘든 부분을 부끄러워하지 말기' 이런 생각을 가지고 책을 읽었으면 좋겠다고 했습니다.

그러면 이 책 들어가 볼까요? 차례대로 가기보다는 지금 시간도 늦었으니 인상 깊었던 장면이라든가 구절이 있으면 이런 거 바로 이야기해 주세요.

떡볶이　　이분이 어렸을 때부터 축적되어 온 거절감들, 예를 들어 고백했는데 차였다든지 그런 것이 어린 시절이니까 거절이 싫은 게 아닐 수 있잖아요. 부끄러워서 거절했을 수도 있고 아니면 그러니까 그렇게 뭔가….

어쨌든 상대방에게 느꼈던, 사람과 사람 나의 마음이 같지 않아서 느꼈던, 이성적 호감이 아니더라도 그런 거절감들이 축적이 돼서…. 굳이 스스로 비하할 어떤 외모나 성격이 아닌데도 본인은 스스로가 그렇게 만든 거잖아요.

이런 상담의 과정도 그렇고 타인에게 이야기했을 때 그런 것들이 해소되는 것을 읽으면서 많이 느꼈던 것 같아요. 지금 외부로 나오고 있는데 어떤 사건이나 그런 관계적인 어려움도 많이 나오잖아요. 그랬을 때 나는 이 반응 앞에서 어떻게 하는 사람이었나 했을 때 저랑 좀 비슷하다고 느낀 것이 많았어요. 그래서 지금 이 백세희 작가가 의도했던 게 좀 잘 맞았다.

아미　저는 이 책을 보면서 어렸을 때 과거를 생각해 보면, 코찔찔이 그런 모습을 이 책에 그대로 녹여 놨기 때문에 남 이야기 같지 않아서 정말 재미있게 읽었습니다.

지금은 많이 바꿔서 이렇게 생활하는 거지. 사실 저는 착한 아이라 해야 하나, '착한 척 증후군'이라고 해야 하나! 다른 사람 앞에서 싫은 말 절대 못 하고 절대 공감해야 하고 공감해 주기 위해서 거짓말을 하고 그 거짓말을 위해 또 거짓말을 하고 또 거기에 더해 허언증도 많았다고 생각됩니다. 그리고 자아비판도 있었고….

나는 세상에서 제일 착한 사람이 되어야 해. 그런 압박감이 컸던 것 같아요. 그리고 극단적인 이분법적인 사고방식, Yes 아니면 No.

그나마 외향적 성향이 조금 있어 우울증까지 가지는 않았는데…. 제 이야기를 하는 것 같아서 제 자서전 읽는 느낌으로 재미있게 읽었습니다.

외모에 대한 콤플렉스 이런 것들, 남들이 조금이라도 잘하는 거 보면 그 사람을 시기, 질투하고, 주류와 비주류로 나누고 주류에 포함되고 싶어서 노력하는 것도 있었고. 어릴 때부터 착한 아이가 되어야만 해, 착하게만 커라, 공부 못해도 된다. 착한 아이가 되기 위한 콤플렉스를 부모들과 어른들에 의해 세뇌 교육을 받으며 자라난 것이 이렇게 극단적으로 되지 않았나. 자기 생각과 좋고 나쁨을 말할 줄 알고 '좋다', '싫다'는 의사 표현을 명확하게 표현할 줄 알아야 하는데 그런 건 무시되고 '착해야 해', '말 잘 듣는 아이' 그런 '압박감', 그런 교육을 받았던 세대이니까….

브레드   착한 아이 콤플렉스.

떡볶이   맞아요. 착한 아이. 맞아, 맞아.

아미   그게 우리한테 너무 강요되어서 그런 것 때문에 더욱더 압박감이 크게 느껴진 것이 아닐까 그런 생각을 합니다.

브레드   저는 이 책을 읽으면서 또 지금 이야기하는 거 듣다 보니까 정리가 되는 것 중의 하나가 사람이 자라 온 환경이 참 중요하다고 느껴지는 게, 이 사람 같은 경우는 이 사람뿐만 아니라 누구나 다 우리는 다이아몬드라는 원석인데 자라 온 그 원석을 갈고 닦아 주는 어른들, 부모들이 어떻게 하느냐에 따라서 다이아몬드도 '나는 그냥 돌멩이구나'라고 커서 좀 삐뚤어질 수도 있고 아니면 잘 커서 진짜 다이아몬드로, 설령 내가 진짜 돌멩이더라도 좋은 부모를 만나서 좋은 어른들을 만나서 다이아몬드처럼 자존감 있게 살 수도 있는 거고.

아미 수석처럼.

브레드 그렇죠. 그렇게 살 수 있는 건데 이 친구 여기 백세희 작가 같은 경우는 아까도 이야기했듯이 참 예쁘고 아름다운 한 사람인데도 불구하고 자라온 환경이 본인이 솔직하게 썼지만, 너무 좀 뭐랄까 정서적으로 어려운 환경에서 자랐기 때문에 이런 사람이 되지 않았나. 결과적으로는 이런 책도 냈으니까 결국은.

아미 성공한 환자라고 해야 하나? 하하.

떡볶이 저는 한편으로 대단하다고 느끼는 게 무엇이냐면, 어쨌든 '우울증 이건 뭔가'라고 생각하는 정도에서 그치지 않고 병원에 간다는 것 자체가 대단하다고 생각해요

아미 맞아. 그건 가장 큰 용기라고 작가가 말했어.

떡볶이   그래서 결국 이 책이 나왔잖아요.

브레드   저도 그거를 메모했는데 잠깐 첨언을 하자면 이 책을 읽으면서 제가 느꼈던 게 상담 선생님 참 대단하다고 느꼈어요. 이런 정신상담센터에 있는 선생님들이 대단하다 느낀 것이 찾아오는 사람들이 어쨌든 간에 정서적으로 불안하고 우울증 가진 사람들이 찾아올 거 아니에요. 그게 하루에 한 명이 아니라 하루에 여러 명이 올 텐데 그것도 이제 365일 만나면 내가 미칠 것 같은데 이 선생님 봤을 때 뭐랄까…. 객관적으로 판단해 주고 잘 들어 주고 뭔가 해법이나 이런 걸 답변도 잘해 주고 적절하게 해 주는 것이 대단하다고 느꼈어요! 그러면서 '나 자꾸 왜 이러냐?'고 초반에는 그랬거든요. 근데 읽다 보면 나를 다 드러내잖아. 그냥 벌거숭이처럼.

아미   책에서 표현이 그러더라고. 벌거벗은 것 같다고. 그렇게 표현도 했어요.

떡볶이   저는 처음에 좀 징징댄다고 생각했어요.

아미   그건 좀 있죠.

떡볶이   정말 나도 보여 주기 싫으면 그 애 같거나 뭔가 좀 부인하거나 그런 태도나 마음들을 작가는 다 보여 준 거잖아요. 그랬을 때 나랑 잘 맞는구나, 내가 공감되는 부분도 있고 해서 처음엔 너무 어리다 이런 생각도 들었어요.

브레드　맞아, 맞아. 그러니까 병원까지 찾아가는 것도 용기이지만 이거를 정리해서 다른 사람들에게 오픈한다는 게 쉽지 않은데 더군다나 자기 얼굴까지 다 나오면서.

떡볶이　그러니까 자기 치부가 다 있는 건데도 그렇죠?

아미　얼굴, 자격지심, 이거 거짓말이야. 얼굴 자신 있으니까 나오지. 하하, 일단 예뻐.

브레드　맞아, 아닌 사람일 수도 있어. 하하.

아미　우리 지금 다 속고 있는 것일 수도 있어.

떡볶이　그래서 정말 인간에 대한 어떤 심리가 분석이 잘돼서 정말 인간이 평균적으로 느낄 법한 어떤 심리들을 모아 놓은 거야. 그러니까 다 공감하고 그러지!

아미　브레드 님도 그렇고 또 떡볶이 님도 그렇고 지금 우리 다 이 작가한테 지금 속아 넘어가는 거죠.
이렇게 예쁜 사람이, 정신적 문제 있다는 사람이 이렇게 글을 잘 적는다고! 이거 아니야, 아니야. 있을 수가 없어. 이거 우리 지금 다 속고 있는 거야.

브레드　초대 한번 해야겠네요.

떡볶이   그러게요. 우리가 이렇게 지금 의심한다고.

브레드   그래서 저는 이 책을 처음에는 참 읽기가 쉽지 않았는데 이
         상하게 집중도 안 되고 그랬습니다.

아미   맞아. 브레드 님, 중간마다 전화해서 물어보면 의외로 못 읽
         었다고 하시더라고요

브레드   다들 잘 술술 넘어간다고 했는데.

떡볶이   후반부에서도 힘들었나요.

브레드   후반부터 힘들었어요. 저는 솔직히 상담을 주고받는 내용
         인데 왜 이 책이 안 읽힐까 생각을 해 봤는데 환자 관점에서
         상담받는 처지에서 자기 하고 싶은 말만 하는 거잖아요. 그
         리고 a를 이야기했다가 선생님이 a에 대한 답변을 줬는데
         갑자기 b로 넘어가. a-1이나 a-2가 아니라 그냥 상식적인 대
         화가 갑자기 b로 넘어가고.

아미   맞아, 자기 기분 이야기하면서 바로 다른 이야기 하니까.

브레드   저도 이게 좀 뭐랄까, 읽기가 쉽지 않아서, 그래서 상담 선
         생님이 참 대단하다고 느꼈던 게 제일 큽니다.

아미   상담 선생님은 한결같이 말하잖아요. 이분법적으로 세상을
         보지 마라. 흑백논리다. 그게 처음부터 끝까지 계속 그 말을

하는데….

브레드 결국은 답은 정해져 있어. 자존감을 높여야 해, 자존감.

아미 흑백논리로 보지 마라. 조금 내려놔라.

브레드 근데 작가는 그걸 듣질 않아.

아미 자기 말만 해.

떡볶이 근데 후반부로 갈수록 조금 인정하는 부분이 조금씩 생기잖아요.

아미 개선되는 부분?

떡볶이 그런 것들이요.

아미 남자 친구한테 자기 속마음을 표현하기도 하고, 그런 개선되는 모습을 보며 희열감도 느끼지 않았나. 변화로 인해 달라지는 자신의 모습과 빗대어 느낀 것처럼.

떡볶이 저는 브레드 님과 다르게 대화 주제가 좀 빨리 바뀌는 거에서 오히려 조금 더 지루하지 않았다고 해야 하나, 오히려 집중되었어요.
어치피 이게 상담이라는 것을 알고 있고 어떤 완벽한 해결책을 준다 해도 따르지 않는다는 것은 어쨌든 환자와 의사 구도에서 어떤 상담이 이루어지는 거니까 그렇다는 걸 솜 생각을 하게 되니까.

예를 들어 a 이야기해서 a 답변을 줬는데 b, c 딴 이야기하고 이런 거 있죠. 저는 이런 게 그냥 자극 없이 넘어갔던 것 같아요.

오히려 주제가 빨리빨리 바뀌니까 지루하지 않았고 이 작가는 이런 생각을 했네. 근데 이 생각 느낌을 언어화해서 잘 정리했네. 잘 정리해서 말하네. 어쨌든 다 말한 거잖아요. 작가의 그런 것들이 재밌었어요.

아미   역시 문창과(문예창작학과)는 달라. 하하, 작가가 제일 싫어하는 말인데.

매슬로우의 욕구 5단계에서 작가는 인정의 욕구가 엄청 높은 사람이라 이걸 좀 채워 줘야 하는데 그걸 채워 주는 게 정신과 상담 선생님이 아닐까?

너 잘하고 있으니까 '괜찮다. 괜찮다' 해 주잖아요. 옆에서 '괜찮다'라고 하면서 자존감을 높여 주는 사람이 저는 부모님이었는데 제가 어떤 실수를 하고 잘하지 못하더라도 끝까지 믿어 주고 '괜찮아, 넌 할 수 있을 거야' 그리고 나쁜 짓을 해도 끝까지 믿어 주는 부모님이 있으니까 빗나가지 않고 제자리로 돌아올 수 있었던 계가가 되었던 것 같아요. 그런 부모의 역할을 정신과 선생님이 해 주고 인정을 받아 가면서 변화된 모습을 보니까 그런 것에서 조금 안타깝다는 생각이 들었습니다.

브레드   그 방법이 자존감을 올려 주는 방법인데.

아미   자존감을 높여 주는 방법의 하나가 누군가가 나를 인정을 해 주는 것인데, 그런 사람이 한 사람이라도 있었으면 이렇게까지 안 되었을 텐데.

브레드   근데 이 작가 삐뚤어졌던 게 뭐냐면 누군가가 나를 인정해 줬는데 '쟤가 왜 나를 인정해 주지' 하면서 의심을 했잖아요. 나를 사랑해 주는데 의심을 하잖아. 사랑해 주면 받아들여야 하는데 계속 의심을 하고.

떡볶이   그만큼 저는 진짜 이 사람의 자존감이 얼마나 밑바닥으로 떨어졌으면 그럴까, 그게 어떻게 우울하게 만들었는지가 너무 느껴지는 거예요.

아미   그게 정신과 선생님이 또 이렇게 이야기를 해 줘요. '헌신하지 마라. 헌신하면 기대하게 된다'라고. '그 희생을 하면 할수록 그 대가를 바라게 된다', '사람 심리니까 보상을 못 받는 거에 대한 느낌으로 관계는 더 악화될 수 있다' 그리고 그게 또 '자기는 버림받았다'라고 생각할 수도 있다. 그게 사람 심리라는 걸 알려 주면서 희생을 너무 하지 마라. 일부러 나서서 하지 마라. 도움을 요청할 때만 하지 먼저 나서지 말고 도움을 주지 마라. 그런 이야기를 또 해 주는 모습.

브레드 또 자기 자신을 피곤하게 만들고.

아미 본인 스스로가 착한 아이여야 하는 착한 아이 콤플렉스라 상대방의 분위기, 기분 모두 맞춰 줘야 하고 이런 것들을 계속하다 보니까 본인은 녹초가 되고 힘들고 자존감은 점점 떨어지고 그런 경험, 다들 있지 않나요?

모두 누구나 다 똑같습니다.

아미 남한테 잘 보이고 싶고, 착한 사람으로 인정받고 싶고.

모두 다 그렇죠.

아미 다 똑같은 사람.

떡볶이 이 사람이 너무 자존감이나 감정적으로 뭔가 바닥이었을 때 써서 그런지 사실은 그냥 그 미묘하게 누구나 있는 그런 것들을 고려한 것 같아요.

아미 아! 그리고 책에서 나와서 한번 찾아봤는데 책의 출처를 찾을 수 없어서 못 찾았던 책이 있습니다. 책의 중간에서 '자유죽음'이라는 글이 있다는데 '홍승희 작가' 책을 아무리 찾아봐도 안 나옵니다. 인터넷에 이걸로 한 2시간을 넘게 검색했는데 안 나오더라고요.

그 책에서 나오는 용어가 '폐경'에 대한 용어를 '완경'이라고 표현하고 '자살'이라는 단어 자체를 '자유죽음'이라고 표현하고 그러니까 언어, 단어가 담고 있는 의미 어감, 인상 이런 것들이 새롭게 느껴져서 이 책을 기회가 된다면 꼭 찾아보고 싶습니다.

정말 보고 싶은데 아무튼 여기서 표현이 아주 마음에 들었어요.

브레드   '자살!' 제가 이따가 이야기해 보려고 했는데 지금 자살이라는 단어가 나왔으니까 이 책에 서 나온 이야기는 아니고 제가 즐겨 듣는 어디 팟캐스트서 했던 내용인데 어떤 과학자가 자살에 대해서 과학적으로 설명한 이야기가 있어요. 진화론적으로 인간한테는 고통이 두 가지로 나뉜대요.

하나는 '물리적', 하나는 '감정적'. '물리적인 고통'은 뭐냐 하면은 내가 때렸어! 망치로 쳤어. 이건 물리적으로 때리고 폭력적인 것 이거는 '물리적 고통'인 건데 이 '물리적 고통'과 반대로 '정신적 고통'은 감정적인 '언어폭력' 이런 것들. 그래서 내가 상처받은 것들 이 두 개의 차이가 뭐냐 하면, 물리적 폭력은 '물리적 고통'은 내가 피할 수가 있어요.

얘가 때리러 와. 난 도망가면 돼. 그렇죠? 예를 들어 불이 나서, 아니 예를 들어 주전자가 뜨거워. 나 저거 만지면 안 되는 거야. 나 피해야 해. 피할 수가 있는데 '정신적 고통'은 피할 수가 없다는 거죠. 회피할 수가 없어.

왜냐하면, 예를 들어 내가 이 사람만 보면 치가 떨려. 얘가 나한테 엄청 모멸감을 주고 해서 화가 나고 치가 떨리는데 이 사람이 여기 없는데도 불구하고 나는 그 감정이 있잖아. 피할 수가 없는 거야. 내가 어딜 가든 그 감정은 내가 갖고 가는 거. 여기까지 이해되죠?

그래서 우리 뇌가 진화하면서 고차원적으로 진화하면서 여러 가지 옵션을 주는데 피할 수 있느냐 회피할 수 있냐? 근데 회피가 안 되잖아.

이거는 이 고통은 뇌에서 생각나는 이 고통은 그러니까….

아미   포기를 하게.

브레드   포기를 하는 옵션을 주는 거야.

포기는 무슨 포기? 육체를 포기하는 거, 결국 자살. 그래서 인간만이 자살하는 거예요. 모든 생명체 중에 어떤 다른 동물이나 다른 생명체 같은 경우는 어떤 생명체도 자살을 안 한대요. 인간만이 뇌가 고차원적으로 진화가 됐기 때문에.

아미   그게 옵션을 한 가지만 준거고? 옵션을….

브레드   만든 거죠. 내가 살기 위해서. 근데 이게 되게 뭐랄까, 모순
         적인 게 내가 살기 위해서 다른 선택을 뇌가 만들어 준 건데
         그 선택이 결국은 육체를 버리는 거 영원히 살기 위해서 육
         체를 버리는 거죠. 그래서 자살한다는 것. 진화론적으로는
         그렇다는.

모두   아~

브레드   근데 여기서 유일하게 이거를 해결하고자 했고 해결법을
         만든 사람이 있어요.

모두   누굽니까?

브레드   석가모니. 번뇌를 통해서 그러니까 이 모든 것들은 집착이
         다. 마음의 집착이다. 집착을 버려야 한다.

아미   해탈의 경지에 올라야 하니까?

브레드   저는 이 책이 막판에 상담이 아니라 작가 에세이 같은 거 쓰
         잖아요.
         그중에 주제가 삶의 과제라는 게 아마 있었던 것 같은데 여기
         서 작가가 쓴 이야기가 좋은 글은 차고 넘치지만, 좋은 사람
         은 찾기 힘들다는 이 문장에 참 많이 생각하게 되더라고요.
         그게 뭐였냐 하면 좋은 글을 좋은 사람을 찾기 힘들다면 정
         말 그렇다면 좋은 사람을 찾기 위해서는 어떻게 해야 할까,

생각을 해 봤는데 이게 사람이 나를 표현할 때 말과 글과 행동을 하잖아요. 이게 이제 언행일치가 되어야 하는 좋은 사람이라고 생각이 들더라고요. 내가 앞에서 말은 되게 유창하게 그리고 남들이 본보기가 될 만한 말들을 막 해. 근데 뒤에 가서 막 뭐 범죄를 저질러 언행일치가 안 되잖아.

아미　　아, 알 것 같은데, 티브이에 자주 나오는 사람들.

브레드　　그런 사람들은 언행일치가 안 되는 사람이니까, 그러니까 우리가 국회의원들을 별로 좋게 보이지 않는 거야.
물론 언행일치가 되는 사람도 있지만
개인적으로 ○○ 씨 같은 경우는 되게 언행일치가 되는 사람 같은데 그건 또 모르는 거잖아요.
그 사람 뒤에서 무슨 짓을 하고 다닐지. 그러면 정말 좋은 사람 찾기 그 좋은 사람 찾기가 정말 힘든데 그럼 좋은 사람을 찾으려면 어떻게 해야 할지 생각을 해 보니까 답은 책이더라고. 누가 썼든지 간에 그 사람이 생각에 생각을 고민의 고민을 거쳐서 퇴고하고 퇴고를 해서 만든 결과물일 거란 말이죠. 그리고 이 글은 내가 썼다가 지웠다 할 수 없는 것이다 보니 작가들로서는 엄청나게 고민하고 썼을 거라는 이야기죠. 그러면 이 책 같은 경우는 변하지 않으니까 그 작가가 무슨 어떤 일을 했든 나중에 어떤 일을 했든지 간에 나는 이 책 안에 있는 작가만 생각하고 이 책을 읽으면 좋은 사람이 되는 거고, 좋은 사람을 만나는 거고. 그럼 우리는 각자 좋은 사람을 만나서 온 상태에서 그 사람과 대화하고 난 후에 그거를 가지고 다시 또 공유하는 거고, 지금 독서 모임을 지금 제가 어필하고 있는 겁니다. 하하.

모두   열심히 하겠습니다.

아미   이 책을 보면서 '푼크툼'이라는 단어를 처음 알게 되어서 한 번 찾아봤는데 롤랑 바르트가 '밝은 방'에서 제기한 철학 개념이라고 합니다.

사진을 감상할 때 '이 작가가 이런 의미로 만든 겁니다.'라고 하면, '이 사진은 이런 작가가 만든 거구나', '이런 의미구나!' 하고 획일적인 정답을 요구하는 것이 일반적인데, 우리가 책을 읽어도 이 책은 이 작가가 어떤 것이고 어떤 것이다. 그 획일화된, 그러니까 교과서적인 그런 답을 모두가 원하는데, 푼크툼이라는 것은 개인적인 경험과 개인적인 생각에서 전혀 다른 시각으로 바라봐.

그러니까 작가가 원하고자 하는 그런 의미, 단편적인 이야기가 아니라 보는 사람 중심으로 자기 생각과 경험으로 답을 찾는 개념이 여기에 나와 있어서 또 하나 배웠습니다.

브레드   단어가 여기 있었어요?

아미   196쪽에 중간쯤에 푼크툼이라고 딱 한 번 나옵니다.
     개인적인 경험에서 비롯된 감상, 순간 강렬하고 충격적인
     여운이 느껴지는 감정 이런 것들 이전에 첫 번째, 두 번째
     기간에도 개인적인 생각이 어떤 건지 물어보고 했던 것들.
     우리가 지금 이렇게 독서 모임을 하는 것이 다 그렇듯 작가
     가 원했던 이런 것이 아니라 우리 개인의 경험과 자기 느낌
     을 공유하는 것, 지금 우리가 '푼크툼' 하는 겁니다. 하하.

떡볶이   라틴어로 '지금'이라는 뜻이네.

아미   강렬하게 나한테 다가오는 느낌, 여운 같은 것 이런 것들을
     '푼크툼'이라고 해서 한번 가져와 보았습니다.

브레드   저 닉네임 '푼크툼'으로 사용해도 되나요.

아미   네, 좋아요. 리더님이니까 사용해도 됩니다.

떡볶이   스토리도 있고 좋네!

푼크툼   이 책, 더 하고 싶은 이야기가 있을까요?

아미   기분부전장애라는 게 누구나 다 가질 수 있는 것 같은데 일
     단 세상을 흑백논리로 보지 마라. 자기 탓으로 돌리지 말라.
     남 탓이다. 이런 게 필요하다.

떡볶이   남 탓을 조금 하라고 의사 선생님이 알려 주잖아요. 그 장면

에서 저는 해방감을 느낀 것 같아요. 사실 그런 일이 있어요. 내 탓을 하면은 마음은…. 그러니까 내 탓을 하면 내 마음은 불편하지만, 책임은 나한테 있잖아요. 남 탓을 하면 뭔가 이 삶이 너무 억울해질 것만 같다고 생각했어요.

그렇지. 걔 때문에 내가 뭐가 잘 안 됐고 이렇게 사는 거잖아요. 그러니까 그 정도까지의 남 탓을 하라는 건 아니었지만 저는 부모님도 그렇고 책임을 중요하게 생각해요. 아빠도 되게 책임감이 강하시고 그래서 아빠가 저한테 이렇게 이야기할 때도 회사에서 어떤 일이 생기면 그건 네 책임이다. 이런 말들이 제가 커 오면서 저를 무겁게 하고 있다는 것을 느꼈어요. 그러니까 결국엔 그 책임 때문에 저는 남 탓을 못 하게 되었던 거예요. 그래서 뭔가 좀 잘 안 풀렸어요. 예를 들어, 같이 다니는 무리 안에서도 한 친구가 저에 대해 뭔가 이간질을 했어요. 무리 안에서…. 당연히 그 친구 잘못인데 그 오해를 푸는 과정에서도 사실 제가 사과를 받는 게 마땅하잖아요. 내가 하지 않은 일이나, 내가 그렇게 말한 적이 없는데, 나에 대해서 왜 그렇게 말했냐, 난 네가 나한테 사과해 줬으면 좋겠다. 사실 이게 맞는데, 그 상황에서 내가 좀 억울했다. 그래서 내가 좀 속상했다고 말을 해야 하는데, 뭔가 사과를 받지 못했던 때도 있었고 아니면 결국엔 그걸 이제 제 탓을 하는 거죠.

아미   그 중상이 이 책이 그대로 나오잖아요. 윤진이 사건 맞나
        요? 윤진이가 좋아서 '나 데려다주는 거야?'라고 직접 물어
        봤는데 그 사건 이후로 완전히 배제되어서 그래서 그다음
        부터 말도 못 하고 그런 책에서 말하던 상황을 직접 경험하
        셨다는 거 아니에요?

떡볶이   좀 비슷하죠. 어쨌든 저는 책임이 조금 안 좋게 간 것 같다
        고 느꼈어요. 남 탓을 하라고 하는데 그게 잘 안 되니까….

아미   남 탓하는 것, 이것도 훈련해야 합니다. 해 보지 않은 사람
        은 못 합니다.

떡볶이   이 책을 읽을 때도 그 부분이 저의 해방감을 느끼게 했거든
        요. 이게 틀리지 않았구나! 이런 것도 있고 처음에 남 탓을
        해서 배워 갈 때 죄책감이 있었거든요. 남 탓, 잘못을 타인
        에게 찾아도 될까? 외부적으로 찾아도 될까? 뭔가 그런 것
        이 있었는데 지금은 그런 부분에서 해방감을 느끼게 해 주
        었어요.

푼크툼   근데 뭐든지 조절이 중요한데, 극단적으로 남 탓을 하게 되
        면 결국은 뒷담화가 되는 계기가 되어 버리니까.

아미   그런 뒷담화 해도 돼요. 좀 하서야 해. 좀 하서야 할 것 같
        고, 반복 숙달을 계속해서 남 탓하는 거 연습해 봐야 합니

다. 안 그러면 남 탓 죽어도 못 합니다.

떡볶이   저도 진짜 절대적인 누군가의 탓이 있는데 그거를 어떤 잡음을 만들기 싫어서…. 그냥 내 탓이다. 이런 것이 좀 많았거든요.

아미   백세희 작가가 멀리 안 있었네. 여기 있었네! 닉네임부터 떡볶이더니 다들 이틀에 한 번씩 떡볶이 님께 전화 좀 드리고 하세요. 하하.

푼크툼   이제 마무리하는 단계로 갈까요?

아미   치료받는 과정에서 선생님이 하는 말이 동화책과 비교해서 설명하는 게 있는데 동화책은 평면적이다. 나쁜 사람과 좋은 사람 이렇게 딱 나뉘어 있어서 이해하기 쉽지만 사람 인간관계라는 것은 착한 사람, 나쁜 사람 이렇게 구분이 되지 않고 입체적이다 보니까 구분이 쉽지 않다. 스스로가 나쁜 사람, 좋은 사람 프레임을 씌우고 그에 맞춰서 움직이려 하니까 그리고 본인이 스스로 쉽게 살기 위해서 그런 프레임을 씌우는데 그 프레임을 씌우는 것 자체가 자기를 더욱 힘들게 만드는 것이다. 사람을 대할 때는 있는 그대로 받아들이고 있는 그대로 이해해 줘야 한다는 걸 또 한 번 책을 보면서 느꼈습니다.

푼크툼   이야기하는 거 들어 보면 아미 님 같은 경우는 제가 봤을 때
         이 책을 보면서 본인이 성장하는 게 보이는 것 같아요. 성장
         하려고 하는, 그런 성장이라는 게 높이를 따지는 게 아니라
         그 저변을 넓힌다고 해야 할까? 이 뭐랄까, 포괄적으로 넓혀
         가는.

떡볶이   맞아요. 모르는 단어 같은 것도 학습해 오시는 거 너무 좋아요.

아미   제가 좀 멍청하고 궁금한 게 많아서, 하하. 마지막으로 한
         줄 평 처음에 제 이야기를 했지만 "이 책은 지질한 나의 과
         거 이야기" 이렇게 표현하고 싶습니다.

떡볶이   저는 좀 제 친구들이 많이 이해가 갔어요. 저의 친구 중에
         이런 성향이 있는데 그런 경험 있는 친구가 이해가 되었어
         요. 그리고 이 책을 추천해 준 친구도 있었고요.

아미   추천한 친구들은 대부분 저랑 비슷한 느낌 아닐까요? 내 상
         태가 이러니 네가 좀 봐줘. 이런 느낌.

떡볶이   여자들이 느끼는 심리 같은 것도 좀 있고 좋았어요.
         푼크툼 님은요?

푼크툼   '우리는 누구나 증상을 가지고 있으니 피하지 말고 외면하
         지 말고 정면으로 받아들이자.'

아미   안 돼, 안 돼. 이 두 줄 넘어가. 두 줄 넘어가. 안 돼, 안 돼.

하하.

푼크툼　그래서 받아들이고자 이 책 다음을 선정합니다.

'데일 카네기 자기관리론'. 제가 책을 선정하다 보니까 중구난방으로 책을 선정하게 되면 조금 뭐랄까, 그렇게 선정하는 것보다는 어떤 연결고리를 주거나 혹은 카테고리를 좀 나뉘어서 책을 읽게 되면 조금 더 정리되지 않을까 싶어서 지금까지 의도치 않게 지금 우리가 시즌 2(독서토론)를 시작하면서 첫 번째 카테고리는 뭐랄까 정신의학 혹은 우울증, 감정 소모 이런 거로 해서 '아몬드'와 '아내를 모자로 착각한 남자', '죽고 싶지만 떡볶이는 먹고 싶어' 세 권을 읽게 됐어요. 그래서 이제 다음 주제로 선정한 것은…. 지금 제가 선정한 주제가 한 8가지, 7가지가 되는데 거기서 이제 세분화해서 나누어질 거예요. 첫 번째 '정신의학, 감정'이었고 두 번째 주제는 '자기계발'입니다. 그래서 자기계발서 하면 가장 먼저 떠오르는 사람이 이분이어서. 이거 말고도 '인간관계론'이라는 책도 있지만, 그중에 유명한 책을 고르려고 하다 보니 이 책을 선정하게 됐고요. 그다음에는 이제 '자기계발'이라는 카테고리 안에서 한 3권에서 4권 정도의 책을 더 읽을 거예요. 그러고 나서 마지막으로 아까 아미 님도 이제 뭐랄까, 고전 소설을 읽고 싶다고 이야기를 하셔서….

아미   설마 '파우스트'?

푼크툼   제가 생각한 거는 각 카테고리에서 이론서나 아니면 이런
        사회 이론 서적을 읽고 마지막에는 고전을 읽을 거예요. 그
        러니까 그래서 자기계발이 관련된 고전을 고전이나 혹은
        소설을 읽을 거고, 두 번째 카테고리는 이제 경제, 그래서
        예를 들어 지금 찾은 책이 '돈의 속성' 혹은 '세이노의 가르
        침'이나 이런 것들 있고 마지막에 고전으로 또 이제 '벨아미'
        라는 고전이 또 있어서 그런 책을 접목해서 또 읽고 해서 제
        가 궁극적인 목표는 뭐냐 하면 각 카테고리의 이론서를 읽
        고 나서 소설을 읽으면 그 캐릭터에 좀 더 집중할 수 있고
        캐릭터의 뭐랄까, 이해도랄까 소설의 이해도를 좀 더 높일
        수 있지 않을까, 하는 생각에 이런 거를 좀 만들어 봤어요.
        그래서 이제 세 번째, 네 번째도 여러 가지 카테고리가 있으
        니까 혹여나 이 책도 접목해서 읽었으면 좋겠다 하면 그때
        그때 이야기해 주시면 제가 거기 사이에 껴서 읽거나 한번
        해 보겠습니다.

아미   저는 고전만 들어가면 됩니다. 학창 시절 책을 저 멀리 두고
        살았던 사람이라. 책에 대한 재미를 이제 나이 먹고 나서 조
        금씩 배워 가는 중이라 재미가 있어서. 하하. 그리고 고전을
        모르니까 책을 좀 읽었던 사람들과 대화가 안 되니까 답답

한 감도 있습니다. 아직 '어린 왕자'도 안 읽어 본 사람이라.

푼크툼 저도 이 독서 모임의 정말 궁극적인 목적은 고전을 읽기 위한 거라고 저 개인적으로 그랬어요. 그래서 제 개인적인 목표가 뭐냐 하면 민음사에서 나오는 고전, 여러 가지 출판사에서 나오는 고전이 있는데 저는 개인적으로 민음사에서 나온 고전 책을 다 소장을 해서 나중에는 제 방에 모셔 두고 싶은 그런 욕심이 있습니다.

떡볶이 카테고리 넘어갈 때 중간중간 한 번씩 알려 주는 것도 좋아요.

푼크툼 보통 이제 한 탭, 카테고리에 3권 정도 갈 거예요. 많으면 4권 같습니다. 근데 약간 정신 질환 같은 어쨌든 이런 심리나 읽으면서 저는 이 분위기에 좀 매몰되는 게 있는 거예요.

아미 헤어 나오지 못하는구나. 감정 이입이 너무 되어서.

푼크툼 환기용으로.

떡볶이 저도 고전 나오는 거 딱 좋거든요. 그리고 고전 할 때 고전 생각을 나눔 할 때 새로운 인사이트를 많이 얻을 것 같은 거예요. 그렇죠. 내가 느낀 거랑 또 다를 것 같아서.

푼크툼 고전을 읽고 나서야 진정한 푼크툼이 되지 않을까?

아미 고전에 대한 획일적인 해석본이 다 있으니까 그럼 그 해석

본을 자기가 봤을 때 내 해석이 같으면 보통 사람과 같은 생
각 하고 있구나.

나는 또 다르게 느끼면 내가 또 이렇게 생각하는 것도 있구
나. 이렇게 확실한 자기 자신을 찾을 수가 있으니까.

푼크툼 학창 시절 가장 싫었던 게 시험질문들. 이 작가가 요구하는
바는, 하하하. 다들 고생하셨습니다.

데일 카네기
자기관리론

3. 데일 카네기 자기관리론
- 푼크툼, 아미

푼크툼   시작하겠습니다. 네 번째 시간인가요?

아미   네 번째 시간.

푼크툼   '데일 카네기 자기관리론'. 우선 아미 님께서는 이제 이 책 처음에 첫인상이 어땠습니까?

아미   일단 워낙 유명한 사람이니까. 책 표지와 안쪽에 펼치면 정말 극찬을 아끼는 않는, 대부분 좋은 말 다 적혀 있어서 엄청 기대하고 보았습니다.

푼크툼   거의 자기계발서의 바이블 같은 존재.
(바이블: 라틴어 비블리아(Biblia)에서 유래된 말. AD 5세기경 헬라의 교부들에 의해 책 중의 책이라는 뜻에서 '성경'을 의미하는 용어로 쓰이다 성경의 권위에 근거해서 어떤 분야의 교과서가 될 만큼 권위 있는 책 또는 작품을 의미하는 용어로 사용)

아미   그래서 또 자기계발 붐이 부는 계기가 됐던 책이고 자기계
        발 분야에 웬만한 사람들이 읽고 참고하는 기본서라고 해
        서 엄청 기대하고 봤는데 읽는 내내 지루해서 끝까지 못 읽
        을 뻔했습니다. 독서토론 멤버라는 사명감으로 꾸역꾸역
        읽었습니다. 처음부터 끝까지 쓸데없는 걱정하지 말라는
        내용인데 학창 시절 어머니가 했던 말이라서, 잔소리 듣는
        기분이었습니다.
        쓸데없는 걱정 하지 마라, 주말에 집구석에 처박혀 있지 말
        고 나가서 뭔가를 해라. 이 내용이 책 읽는 내내 머릿속에
        맴돌아서 정말 힘들었습니다. 하하.

푼크툼   걱정하지 말고 행동을 취해라.

아미   엄마한테 늘 듣던 잔소리를 또다시 책으로 읽으려고 하니
        까 이거 완전 사람 피를 말리는….

푼크툼   우리 어머님들이 바로 데일 카네기셨네.

아미   어머니한테 잔소리 듣는 기분이라서 일단 기분이 너무 나
        빴고, 책이 너무 지루하고 재미없었고, 다시는 쳐다보기도
        싫고, 읽기도 싫은 책이었습니다

푼크툼   그 정도면, 우와.

아미   그 정도로 정말 꾸역꾸역 읽었습니다. 기간도 못 맞출 것 같

아서 그냥 머릿속에 안 들어오는데도 그냥 막 훑고 지나가서 머릿속에 남지도 않았습니다. 최근에 읽었던 책 중에서 제일 재미없었다는. 하하.

푼크툼　이거 선정한 사람으로서 너무 미안한데.

아미　진짜 왜 이런 책을 골라서, 하하. 자기계발서는 하지 말자고 그렇게 이야기했는데 왜 이런 걸 골라서. 음… 화는 났지만 그래도 다 읽었습니다. 진짜 다 읽었습니다.

푼크툼　대단하십니다, 대단해. 불편함을 품고 끝까지 읽었기 때문에 다음에 어려운 책 읽을 때 많이 도움이 될 것 같습니다.

아미　푼크툼 님은 어땠습니까?

푼크툼　저는 일단 이 책을 선정한 이유가 아까 이야기했듯이 자기계발 분야에 거의 바이블과 같은 책이다 보니까, 또 워낙에 유명한 사람들이 많이 추천했고 그래서 한번 이 책을 읽어보고 싶었어요. 워낙에 여기저기서 카네기에 대한 일화라든가 아니면 이 사람에 관한 이야기들이 많이 거론되어서 읽고 싶었습니다. 그래도 이 사람의 책을 한 번은 읽어 봐야 하지 않을까?

사실 저도 자기계발서라는 분야를 별로 좋아하지 않는데 그런데도 카네기에 대한 이름이 거론되니까 '이 사람 책 중에 한 권 정도는 읽어 봐야 하지 않을까?' 해서 선정하게 되었습니다.

아미   우리는 이제 읽었어요. 일단 한 번은 읽었던 거로.

푼크툼   그리고 이 사람의 책 스타일이 이제 어떤지는 알아야지 하고 조금 조심스럽게 조금 예측을 해 보았는데 아시다시피 뭐랄까, 연구를 통해서 했다기보다는 다양한 사람들을 인터뷰하면서 그 사람들의 성공담 그러니까 일화, 일기가 거의 80~90%를 이루는 것 같아요. 그래서 결국 똑같은 내용이 반복되다 보니까 좀 지루하게 느꼈을 수 있겠는데 그러면서도 반대로 좀 생각을 해 보자면 딱 지금 아미 씨가 말씀한 것처럼 크게 두 분류로 나뉘는 거잖아요. 하나는 걱정, 걱정하지 마라 이야기고 하나는 생각만 하지 말고 행동을 취하라.
이 두 가지로 나뉘는 건데 그런데도 단순한 이야기를 가지고 이렇게 또 두껍게 책을 쓰는 이유가?

아미   422쪽까지.

푼크툼   세분화하고 기본 지식인 걱정에 대해 알기 위해 걱정을 분석하는 기본 기술, 걱정하는 습관을 없애는 법 평화와 행복을 부르는 것과 삶 이런 식으로 나누어 말하는데 그것만 봐도 정말 대단한 것 같아요.

걱정이라는 카테고리에 키워드 하나로 이렇게 세분화시켜서 쓴다는 게 정말 쉽지는 않았을 텐데 이 사람의 많은 시간과 노력이 투여되어 이 책이 나오지 않았나. 전반적으로 그렇게 생각합니다.

읽으면서 뭔가 재미난 에피소드 같은 건 있었나요? 기억나는 에피소드라든가?

아미 저는 직업상 훈련을 통해서 해결 방법을 배우거든요.

푼크툼 그러니까 직장에서 이미 배우고 있으니까.

아미 하사 임관 때부터 배운 내용이라, 군 생활 20년 넘게 했지만 임관할 때부터 걱정하지 말고 대안을 가져와라! 해결법을 찾아라! 이제 간부니까 병사를 지도하고 지휘하고 전투 시 최악의 상황에서 어떻게 행동할 것인가? 고민을 많이 하죠. '어떻게 하지'가 아니라 해결 방법을 생각하고 거기에 대해 대응 방법을 생각하죠. 군사적 사고방식으로 '행동-대응' 이렇게 전투 상황이 어떻게 변하는지에 따라 대응 방안, 즉 해결 방법을 내놓는 훈련을 받다 보니까 걱정이란 것이 삶에도, 평소 생활할 때도, 걱정을 잘 안 하는 것 같습니다.

푼크툼 직업 특성상 그럴 수도 있겠지만 그런데도 군인 중에서도 개인 특성, 성향에 따라 불편한 분도 있겠지만 어쨌거나 아미 님 성향 같은 경우는 또 직업도 그런 이유로 걱정을 좀 많이 덜 하시지 않을까?

아미　'걱정해서 걱정이 없어지면 걱정이 없겠네.' 티베트인가 아프리카 원주민 속담이라고 하던데. 하하.

푼크툼　근데 또 달리 생각을 해 보면 군에서 그렇게 교육할 때부터 그런 식으로 교육한다면 걱정 생각만 하지 말고 솔루션을 제시해라, 이런 식으로 한다면 어떻게 보면 배우는 사람이 아니라 가르치는 사람, 이제 처음 임관한 분들한테는 이 책이 도움이 되지 않을까?

아미　그런 인원들은 도움 되겠죠.

푼크툼　왜냐하면 교육 자료를 좀 더 풍성하게 만들 수 있으니까, 여기에 수많은 예시가 다 있으니까, 그거를 이제 가져와서 좀 도움을 줄 수 있는 책이지 않을까 싶은….

아미　입대 전에 군사학과에서 활용하면 좋을 듯해요. 사관생도들이 읽어야 할. 이 책을 먼저 읽고 전쟁 사례에서 응용하는 거죠. 그걸 가져와서 대입히고 비교해서 이제 해석할 수 있는지, 해결할 수 있는지 그런 능력이 된다면 조금 더 와닿지 않을까요.

푼크툼　그렇지, 그렇지!

아미   그러니까 전문적인 지식이 전투지식으로 다가오는 거니까. 실제 전투에서 행동해야 하는 것에 대한 걱정, 그다음에 이제 행동으로 실천할 것 이런 것들이 같이 교육된다면 훨씬 교육 효과가 좋겠네요.

푼크툼   단순히 그냥 이론만 전달하기보다는 사례를 다 이렇게 가지고 와서 결국은 좀 정리해 보자면 이 책은 군 집단에서 봤을 때는 병사들한테 추천한 책이기보다는 그 사람들을 교육하는 교육자들한테 추천하는 책일 수도 있겠네요.

아미   그래도 결국은 지루했어요.

푼크툼   사실 저도 그랬습니다.

아미   근데 '이게 재밌다는 사람들은 어떤 느낌으로 읽었기에 재밌었을까? 걱정 많은 사람들 되게 재밌었겠다'는 생각이 들긴 해요. 저는 공감이 전혀 안 되더라고요. 살면서 걱정할 게 뭐 있나 싶기도 하고요.

푼크툼   이따가 이제 떡볶이 님이 오셨을 때도 이야기를 들어 봐야겠지요.

아미   떡볶이 님은 좀 많을 것 같아요. 하하.

푼크툼   저도 개인적으로 생각이 많고 걱정이 많은 사람이다 보니까 이 책의 초반부는 재밌었어요. 초반에는 좀 뭔가 나한테 많이 도움이 되겠다.

이 책을 선정한 또 다른 이유 중의 하나가 차례를 봤을 때 걱정에 대한 키워드가 많았기 때문에 나한테 많이 도움이 될 수도 있겠다는 생각이…. 또 선정한 이유도 있거든요. 그래서 좀 초반부에는 좀 많이 집중해서 봤고 재밌었는데 갈수록 아미 님이 이야기한 것처럼 같은 내용이 반복되다 보니까….

아미   처음부터 끝까지 그 말이에요. 저도 사색에 잠기는 걸 좋아하거든요. 뭐 생각하는 걸 좋아하고 그래서 주변 사람들이 고민이 많아서 살이 안 찌는 거다. 까칠하다. 이런 말을 많이 듣는데, 사실 고민에 대한 걱정보다는 이런 불편한 일이 있는데 이걸 어떻게 하면 더 좋게 할 수 있을까? 제도적으로 어떻게 하면 좀 더 발전시킬 수 있을까? 어떻게 하면 조금 더 효율적으로 할 수 있을까? 조금 더 시간을 단축할 수는 없을까? 그런 생각이 많다 보니까 걱정보다는 대안과 해결 방법을 생각하는 것 같아요.

푼크둠   그러면 아미 님 같은 경우는 어떤 고민거리가 생기거나 혹은 예를 들어서 감정싸움이 생겨서 직장에서 혹은 결혼하셨으니까 가족분하고 감정싸움, 감정적인 갈등이 생겼어! 그러면 그걸 가지고 깊게 파고들어서 감정 소비를 하기보

다는 바로 그 자리에서 이걸 어떻게 해결해야 할지 솔루션
을 찾는 스타일.

아미　　그렇죠. 솔루션을 내는 스타일이죠. 일단 사건이 발생했다.
또는 싸움이 났다. 일단 화가 사라질 때까지 서로 따로 떨어
져 있어야 하겠다. 정하고, 기간을 얼마를 줄까? 하루, 이틀,
사흘 동안 안 볼까, 일주일 동안 안 볼까, 그걸 마음속에 정
하죠.

푼크툼　　되게 이성적인.

아미　　사람은 감정의 동물이니까. 사람은 대화 시 감정과 이성이
'8 대 2'라고 하더라고요 감정이 80%이고, 이성이 20%밖에
안 된다며. 이번 인권교관 교육 갔다 왔는데 거기서 그렇게
설명을 들었습니다. 하하.

푼크툼　　모든 사람이.

아미　　네네. 대부분 사람이 대화할 때 감정하고 이성의 비율은 '8
대 2'라고 하더라고요. 그리고 가만히 생각해 보면 그런 것
같기도 해요. 그리고 이 감정이란 게 소모성이잖아요. 소모
할 필요 없이, 다퉜다거나 또 불편하다거나 짜증이 난다. 그
러면은 일단 거리를 좀 둬야겠다는 생각은 누구나 하잖아
요. 그래서 처음부터 며칠짜리 줄까? 하루, 이틀, 사흘, 일주

일, 한 달? 이렇게 시간을 두고 내 감정이 사그라지고 나면 그때 내가 먼저 다가갈까 말까, 고민하고 정하죠. 과실이 누구에게 있나 살펴보고 과실이 있으면 내가 다가갈까? 좀 더 기다릴까? 그래도 내가 나이 많은데 내가 먼저 갈까? 그래, 어리니까 먼저 찾아갈까? 이렇게 대안을 찾아보는 고민을 하죠.

근데 '어떻게 할까', '어떻게 하면 좋지' 이걸로 멈췄던 적은 없었던 것 같아요.

푼크툼　계속 솔루션을 찾는 게 이제 그게 습관화된 거잖아요.

아미　그렇죠. 그렇죠.

푼크툼　어떻게 보면 저 같은 경우는 되게 감정 소비를 많이 하는 감정적인 생각이 많은 사람이다 보니까 그런 부분에 있어서 되게 배울 점이 많은 것 같은데 그러면서도 한편으로는 그런 경우도 있지 않아요? 왜 누군가가 자기 고민을 이제 상담하려 하러 왔어. 근데 아미 님 입장에서는 이제 그 자리에서 즉시 솔루션을 제공한다거나 이런 거잖아요.

아미　아뇨, 아뇨. 상담은 또 그렇게 안 하죠. 그러면 큰일 납니다. 상담 기술을 배웠기 때문에 그렇게 하면 안 된다고 하더라고요. 저 심리상담사 1급 자격증 있습니다. 상담 전문가입

니다. 그냥 들어 주라고 하더라고요. 아무 말 하지 말고 그
래, 그랬구나. 그럴 수도 있구나.

푼크툼 그럼, 아내한테 솔루션 제공하는 스타일인가요?

아미 아내한테 솔루션 절대 안 합니다. 그럼 싸움 납니다. 아내는
무조건 공감. 하하.
그렇구나. 그럴 수도 있구나? 그랬어? 이렇게 나가는 거죠.
대신 친구들끼리는 야! 그게 아니고 이렇게 나갈 수 있는데
이렇게. 통상 상담한다거나 그럴 때는 이제 나를 내려놓고
'상담관 아미'를 데리고 와서 상담하죠.

푼크툼 아미 님 완벽한 사람인데요? 하하.

아미 아닙니다. 허술합니다. 손이 많이 가는 아이라서, 하하. 허
술한 아이. 또 재밌던 구절이 있었나요?

푼크툼 있었어요. 근데 너무 오래전에 읽어서….
(읽은 지 한 달 정도 지났나)

아미 죄송합니다. 제가 훈련이 한 달 동안 잡혀서 한 달. 거의 한
달 만에.

푼크툼 한 달 더 됐기도 한 것 같고 모르겠습니다.

아미 훈련을 한 달 동안 갔다 와서 너무 죄송하게 생각합니다. 근

데 다음 주 월요일부터 또 훈련이 있어서….

푼크툼 혼자 나라 지킵니까? 하하.

아미 그래서 중간에 나올 수 있으면 꼭 제가 나오겠습니다. 하루 정도는 여유 있지 않을까요?

푼크툼 저는 여기 적은 것 중에서 6번 '비판을 받아도 걱정하지 않는 법' 여기에서 이걸 읽다 보니까 이제 여러 사람이 비판받더라도 내가 옳은 일이라고 생각한다면 걱정하지 말고 이제 밀어붙여 달라는 식으로 이제 이야기를 했던 것 같아요.

아미 이미 죽은 개를 걷어차는 사람은 없다.

푼크툼 그렇죠. 천박한 사람은 위인들의 실수와 잘못에 커다란 기쁨을 느낀다고 쇼펜하우어가 이야기했고, 또 이제 부당한 비난에 대처하는 법 챕터라고 해야 하나, 여기서는 '옳다고 생각하는 일을 행해야 합니다. 어차피 비판은 피할 수 없으니까요.'라고 되어 있는데 저는 이제 이 부분을 보면서 느꼈던 생각이 뭐냐 하면 예전에 이경규 씨가 그런 이야기를 한 적이 있어요.
어리석은 사람이 잘못된 신념을 갖고 있으면 엄청 위험하다고.

아미 그렇죠. 진짜 제일 위험해요.

푼크툼 저는 그런 사람이 이 책을 읽으면 위험할 수 있겠다는 생각
이 들었어요.

아미 그런 사람이 주변을 둘러보면 많죠….

푼크툼 그러니까 내가 옳다고 생각하니까 남들의 비난이나 충고나
이런 걸 다 무시해 버리고 그냥 밀고 나가는 거.

아미 그게 오로지 자기 신념으로 밀어붙이는 거죠. 자기가 옳다
고 생각하고 그러니까. 군에서 간부들끼리 하는 말이 있거
든요. 멍청한 장수 하나가 부하들 다 죽인다.

푼크툼 그렇죠.

아미 '멍청한 간부 하나는 적보다 더 무섭다'라고.

푼크툼 근데 이 이야기는 잠깐 접어 뒀다가 이따가 저 뭐야 폰더 씨
책 이야기할 때 또 한 번 이야기할 것 같아. 체임벌린 이야
기할 때 또 한 번 이야기할 것 같아요.
아무래도 또 군인이다 보니까 어쨌든 이 이야기 좀 마무리
짓자면 그래서 제 생각에 이 책을 정말 어리석은 위인들이
있었잖아요. 히틀러라든가 아니면 현 정치 세력의 앞쪽에
있는 분들이 이런 책을 읽으면 아주 위험할 수 있겠다는 생
각도 들어요.

아미 안 읽어도 위험합니다. 그쪽은 뭘 해도 위험. 하하하.

푼크툼　쇼펜하우어가 이야기한 거 같던데 어쨌든 그리고 제가 예전부터 되게 인상 깊었던 글이 있어서 제가 따로 이렇게 메모를 해 놨고, 이제 또 그거를 원문으로 좀 외워 보려고 이제 노력했던 그런 글이 있어요. 근데 마침 여기 딱 이 챕터에서 나오더라고. 그게 뭐냐 하면은 '니버의 기도문'이라고 해서 여기에서 약간 좀 요약해서 한두 줄로 나왔는데 그 전체 문장을 나중에 한번 찾아보세요. 저 같은 경우는 이 글이 되게 인상 깊었어요.

잠깐 읽어 보자면 '주여! 우리에게 우리가 바꿀 수 없는 것을 평온하게 받아들이는 은혜와 바꿔야 할 것을 바꿀 수 있는 용기, 그리고 이 둘을 분별하는 자세를 허락하소서.'라는 글인데 되게 무슨 이유인지 모르겠는데 그때 당시에 이 글이 되게 인상 깊었어요.

근데 사실 이거는 영어 원문으로 읽는 게 좀 더 와닿을 거에요. 기회가 되면 꼭 읽어 보세요.

Serenity Prayer

Reinhold Niebuhr

God, give us grace to accept with serenity the things that cannot be changed,

courage to change the things that should be changed,

and the wisdom to distinguish the one from the other.

평온을 비는 기도

라인홀드 니버

신이시여, 내가 변화시킬 수 없는 것들은 받아들이는 평온함을 주시고,

변화시킬 수 있는 것들은 변화시키는 용기를 주시고,

이 두 가지를 구별할 줄 아는 지혜를 주소서.

아미   영어가 안 돼서 해석해 주는 것만 듣겠습니다. 푼크툼 님이
        연습해서 발음해 주시는 거로.

푼크툼   네, 또 다른 거 또 이야기할 거 있을까요? 이 책에서.

아미   자기계발서의 모든 책이 이거 하나로 함축되는 것 같아요.
        여기도 나올 것 같은데, 했는데 결국은 나오더라고요. 푼크
        툼 님도 잘 아실 것 같은데 '7부 피로와 걱정을 예방하고 활
        력과 의욕을 높이는 6가지 법칙' 여기에서 나오는 예시가 있
        어요.

        1943년 7월 캐나다 정부 캐나다 산악인 클럽에 영국 왕세자
        근위대가 등반 훈련을 좀 하니까 좀 도와달라고 해서 가이
        드를 추천했는데 가이드 하는 아저씨들이 좀 젊고 체력 좋
        은 사람들이 아니라 42세에서 59세 정도 되는 가이드들로
        구성이 되어 온 겁니다.

        명색이 왕세자 근위대인데 이런 사람들이 군인들 데리고
        훈련되겠나 싶은데 막상 산에 가니 로키산맥 미트 골짜기
        등 6주 훈련인데 군인들은 거의 다 탈진을 해 버리고 그 산
        악인 아저씨들은 즐겼다는 이야기.

        책에서는 그렇게 표현하지 않았지만 제가 봤을 때 딱 답 나
        옵니다. 소주 한 병 챙겨서 '짠' 하면서 '오늘 등반했는데 경
        치 좋지 않았어.'라며 너무 좋다, 천상이다 이런 말을 했을

것 같은데 군인들은 자기 훈련이잖아요. 그러니까 힘든 거죠. 그러니까 똑같이 정상에 산을 찍고 내려오고 물론 군인들이 훈련이니까 무거운 것도 좀 많이 들고 했겠지만, 산악인들은 나이가 있죠. 나이가 59세. 59세면 내일모레 환갑인데 그런 아저씨들이 그 높은 산을 왔다 갔다 하면서 훈련 가이드를 했다는 것 자체가 정말 대단한 거죠.

여기서 중요한 것은 '마음가짐'이라는 거죠. 처음부터 즐기기 위해서 했던 그런 사람한테 절대 못 이긴다는 거죠. 마음먹기에 달렸다. 원효대사가 해골 물 먹고 말했던 '일체유심조(一切唯心造)'.

푼크툼   맞죠.

아미   몸은 하나지만 마음먹기에 따라서 달라진다. 그 내용이 여기 나와 있어서, 뻔히 다 알고 있는 이야기지만 내가 살면서 훈련도 그렇고 업무도 그렇고 '과연 내가 즐기면서 할 수 있게끔 즐겁게 하려고 마음가짐을 가지고 있나? 지금 행동하고 있나?' 이런 생각 하면, 그런 것 같기도 하고 아닌 것 같기도 하고 그런 생각이 좀 들더라고요. 푼크툼 님은 좀 어때요? 이 부분에.

푼크툼   마음먹기에 달렸다는 말은 100%, 저도 인정을 하기는 한데 사실 저는 지금 이야기한 그 챕터에 대해서는 많이 적어 놓은 건 없어요. 그래서 지금 이야기한 것도.

아미　생각만 딱.

푼크툼　그 에피소드도 저도 기억이 나는데 딱히 여기서는 뭔가 제 의견을 따로 정리해 놓은 것이 없어서.

아미　전 이 부분이 조금 인상 깊었습니다. 마음먹기에 달렸다.

푼크툼　그렇죠. 마음먹기에 달렸다. 그러게, 내 경험 중에 그런 게 있었을까? 마음먹기에 달렸다….

아미　이게 전에 우리가 읽었던 이제 '죽고 싶지만 떡볶이는 먹고 싶어'라는 책하고 이런 책을 계속 보다 보니까 감정싸움에 관해서 이야기가 생각났어요.

사람들은 누구나 다 감정을 다 가지고 있고 감정에 대한 다양성을 인정해 줘야 하고 감정을 이해하고 받아들이기 위해서 관계 유지를 위해서 어느 정도 감내하고 받아들이고 또 표출하고 이렇게 하는 것인데, 그런 감정싸움에 사람들이 너무 진절머리 나고 너무 힘들고 혼자 있고 싶고, 그러니까 이렇게 마음먹기에 달렸다는 것 하나가 또 다르게 다가왔어요.

푼크툼　그러니까 마음먹기에 달렸으니까 이 책도 마음먹기에 달려서 재밌게 읽었으면 되었네요.

아미   아! 그렇네요. 네, 재미있게 읽겠습니다. 하하.

푼크툼   결론은 내가 그런데도 '이 책에서 무엇을 얻을까?' 하는 마음으로 읽었다면.

아미   예, 맞습니다. 죄송합니다. 피드백 감사합니다. 머리에 꽉 막혀 있던 부분을 또 확 뚫어 주시네요. 하하.

푼크툼   저는 이제 또 이 책을 읽으면서 생각했던 게 읽다 보니까 느꼈던 생각이 뭐였냐면, 사실 이 책에서 여러 가지 사례가 있다고 우리가 이야기했잖아요. 사실 그런 사례라는 건 결국 한 사람의 한 가지의 에피소드인 거잖아요. 그럼, 이 책에 한 100가지가 넘는 에피소드는 100명의 성공담이 있는 거니까.

아미   부럽다.

푼크툼   뭐가요

아미   성공한 사람 100명을 인터뷰할 정도면 다 친해졌을 텐데.

푼크툼   그렇죠.

아미   내 주변에 성공한 사람 100명이 있다고 생각하면은 전세 대출만 좀 어떻게 보증 한 번. 하하, 죄송합니다.

푼크툼   하하, 근데 내 주변에 그런 성공한 사람들을 찾아 나서서 인

터뷰하는 것도 어떻게 보면 자기한테 도움이 많이 된다고
하더라고요. 당연히 도움이 될 수밖에 없고.

아미　듣고 이렇게 관계도 만들고.

푼크툼　그 어떤 책에서 봤는데 그것도 역시나 자기계발서이긴 한
데 무슨 뭐더라, '독서 천재가 된 홍대리'.

아미　시리즈 많잖아요. 중국 천재가 된 홍대리.

푼크툼　이지성 씨라는 작가가 쓴 책인데 어떤 사람이 책을 정말 안
좋아하는 사람이 실패하고 책을 통해서 성공하게 되는 그
런 성공담 이야기예요.

근데 처음에 책을 한 달에 100권 가까이 읽고 1년에 이제
300권 가까이 읽고 그게 미션이에요. 세 번째 이제 자기 멘
토가 하는 이야기가 성공한 사람을 찾아가 인터뷰를 해라.
그래야 그 책이 온전히 내 것이 된다. 그 작가 말로는 더욱
좋은 것은 그 책을 쓴 작가를 찾아가는 거죠.

성공한 책을 쓴 작가, 뭐 예를 들면 어느 기업가인데 그 사
람이 책을 썼다.

그럼, 그 사람이 책을 읽고 또 이제 그 사람을 찾아가서 인
터뷰하면 완전한 자기 것이 된다는 거죠.

아미　미국 한번 가야 하나.

푼크툼 근데 사실 이 사람이 그렇게 한 거잖아요. 지금 데일 카네

기가. 근데 지금 제가 다시 이야기하고 싶었던 건 뭐냐 하

면 '죽고 싶지만 떡볶이는 먹고 싶어'라는 그 책을 읽으면서

가장 인상 깊었던 게 좋은 사람을 주변에 찾을 수가 없었다,

주변에 좋은 사람이 없는 것 같다고 이야기를 한 내용이 있

거든요.

근데 이 카네기라는 사람은 직접 찾아 들으면서 성공한 사

람이 좋은 사람이라고 말할 수는 없겠지만 어쨌든 간에 좋

은 사람, 이런 사람들 많아 찾아다녔고, 우리 독자들은 우리

같은 경우는 이 책을 읽으면서 데일 카네기의 수고 덕분에

앉아서 그 수많은 성공한 사람들을 다 만나 본 거잖아. 좋게

생각을 하자면.

아미 좋게 생각해야지. 그렇죠. 나는 왜 이 부정적인 생각밖에 안

들까. 나 왜 이렇지?

푼크툼 아니, 이 책이 너무 싫어서 그럴 수도 있어요.

아미 저 왜 그런지 모르겠는데요.

푼크툼 그냥 첫인상 자체가.

아미 잔소리 듣는 기분이라서…. 푼크툼 님 말에 공감합니다.

저는 주된 자기계발서보다는 이제 걱정하지 말라는 잔소리

이야기인데 우리 사회가 걱정이 얼마큼 많은지를 생각하게 되었어요. 또 유행하는 책들도 아닌데 신간 책이 아닌 과거에 나왔던 책이 재유행을 하기 위해서는 그 시대의 사회성이 그대로 반영된다고 볼 수 있다고 생각되는데 엄청나게 팔리고 재유행하는 것을 보면 대단하다는 생각이 듭니다.

푼크툼 많이 팔린 거는 둘째 치고 데일 카네기 도서를 검색하면 여기 보시면 관련 도서가 696권이나 있어요. 데일 카네기와 관련된 책이.

아미 우와~

푼크툼 대단하네. 아니, 그러니까 진짜 이 사람한테 영향을 받은 사람들이 엄청 많다는 건데. 이 사람 책을 많이 읽었다는 이야기에는.

아미 찾는 사람도 많다는 거고.
그러니까 사람들이 책을 보고 관련된 내용을, 책을 만들고 또 만들고 하니까.

푼크툼 출판사마다 또 나오고

아미 카네기 연구소에서는 교재를 만들어야 하니까 이런 책들 계속 만들 거고. 푼크툼 님, 빨리 성공하십시오. 연구소 세워 드릴 테니까 책 좀 쓰고 인세 좀, 하하.

푼크툼   아니, 어떤 인물을 검색했을 때 관련 도서가 이렇게 많이 나는 사람이 있었나 싶은데.

아미   '인간관계론'을 쓴 사람이라 그런지 관계도 되게 좋나 봐. 주변 사람들이 다 쓰네. 그리고 아까 푼크툼 님이 말했던 비슷한 것이 있어요. 기독교가 아니라 이슬람교에서 똑같은 비슷한 말이 있었는데 '저자에게 영감을 준 30편의 생생한 이야기'에 나와요.

알라 정원사막에서 말도 안 되는 사막 폭풍이 오는 상황이 났는데도 '메크툽' 하면서 코란에 나와 있는 말인데 그대로 해석하면 '신은 너와 너의 모든 행복을 만들었다. 이미 정해진 일을 바꿀 수 없다'. 모래 폭풍이 불어 아무것도 안 보이는 상황인데 그냥 '매크툽' 하며 무심하게 지나가요. 그리고 '키스맷(알라의 의지)' 이렇게 말하고는 그냥 대수롭지 않게. 이미 정해진 일이니까.

즉, 기껏 인간이 뭘 하려 해도 아무것도 안 되니까 그냥 정해진 대로 가라고 하는 것을 보면 너무 신경 쓰지 마라, 걱정할 필요 없다는 말이라고 생각이 됩니다.

근데 이게 불교에도 이런 말이 있거든요. 삼라만상이라고 우주의 모든 만물은 의미가 있고 뜻이 있으니 너무 애쓰지 마라.

푼크툼 다시 한 번 설명해 주십시오.

아미 생물 하나하나가 태어나고 죽는 것 자체가 그리고 어느 물
건 하나하나 있는 것. 이게 다 자체가 의미가 다 있다. 다 정
해져 있는 이유가 있다. 그러니까 너무 그걸 바꾸려고 억지
로 애쓰지 마라. 뭐 이렇게 해석할 수도 있는데 그런 걸 보
니까 각 종교에서 걱정에 대해 사람들이 힘들어하니까 그
걸 다 간파하고 걱정과 관련된 분야를 하나씩 만들어 놓았
구나, 그런 생각도 듭니다.

푼크툼 코란에서도 이야기한 것처럼 모든 게 정해져 있다. 바꾸려
고 하지 마라. 뭐 이런 식으로 이야기를 하셨잖아. 감히 생
각하고 짐작하건대 '인간관계론'의 키워드는 바꾸지 마라.
이미 정해져 있다. 그거일 것 같은 거야, 왠지.

아미 한번 읽어 보나요? 이제 저희 한번 도전하나요?

푼크툼 왠지 차례만 보더라도 이 책의 키워드는 걱정 뭐 이거였지
만 거기서는 사람은 누구나 다 다르다. 다름을 인정해라.

아미 바꾸리고 하지 마라.

푼크툼 인정해라.

아미 이렇게 가나요? 진짜 한번 읽어 보고 싶은 욕구가 생기네
요. 진짜 그런가? 왠지 그럴 것 같아요. 맞는다면 푼쿠툼 님

인정. 돗자리 깔죠.

푼크툼　　나중에 도서관 가면 한번 빌려 봐야지.

아미　　한번 봐야겠다. 새로 또 몰랐던 새로운 이제 잡지식 하나. 인간의 심장이 하루에 기차 한 칸 크기의 유조차를 가득 채울 만큼 혈액을 몸으로 퍼 나른다.
그러니까 기차 한 칸이라면 얼마나 큰 거야?

푼크툼　　옛날 기차 증기기차 같은 옛날 기차 말하는 거죠. 일반 승객이 타는 것이 아닌 둥그런 거기에 가득 찬.

아미　　가득 찬 한 량만큼 심장이 피를 하루에 계속 퍼 나른다는. 그리고 심장이 움직이는 이 에너지는 석탄 20t 분량을 1m 높이를 쌓아 올리는 데 드는 에너지는 똑같다고 하니까 그러면 석탄이 20t으로 1m로 가득 찰 정도면….

푼크툼　　그게 하루 양?

아미　　하루하루 심장이 일하니까. 이 정도 고생한 심장을 위해서 오늘 저녁에 치맥.

푼크툼　　오히려 금주해야 하는 거 아닙니까?

아미　　심장 이렇게 열심히 뛰어 주니까 위로도 해 주고 이제 휴식을 좀 줘야 하니까.

푼크툼　　맥주가 심장한테 가지 않는데? 하하.

아미　　예, 그렇습니다.

푼크툼　　그거를 하루에.

아미　　네, 하루에.

푼크툼　　1년 365일 계속하는 거 아닙니까? 몇 년을.

아미　　20t 돈으로 따지면 매일 돈이 얼마나 되겠습니까? 그러니까 이런 심장이 그렇게 계속 이렇게 뛰고 있는 것도…. 잘 숙지해 놓았다가 메모해 놓았다가 써먹으려고.

푼크툼　　그렇죠.

아미　　잡지식으로, 하하. 별일 하지 않았다. 그러면, '너 고생했어. 아무것도 안 해도 심장이 기름 유조차 한 량 정도 되는 그 엄청난 양이 피가 심장으로 온종일 퍼 날랐데. 그 에너지로 따지면 석탄 20t을 1ℓ 정도 쌓은 것과 맞먹는데 그 정도로 고생한 거야, 너. 아무것도 안 해도 엄청나게 고생한 거야. 너 심장이 얼마나 고생했는데 고생했으니까 쉬어.'라고, 하하

푼크툼　　하루하루가 되게 무기력하다는 사람들한테 이런 이야기를 딱 해 주면.

아미　　잡지식으로 또 하나 써먹어요. 잡지식 메모, 메모하셔야 합

니다.

푼크툼　　요런 잡지식 좋습니다.

아미　　쓸데없는 잡지식 많이 알면 알수록 좋네요. 재밌다.

푼크툼　　바로 제가 옮겨 적어 놨죠.

아미　　그다음에 최근에 푼크툼 님이 저번 시간에 우리한테 선물을 주셨잖아요. 소설책 세 권 책이요. 책을 주셨잖아요. 책을 받으니까 너무 좋던데 그게 또 여기 3장에 보면 '감사할 줄 모르는 사람에게 상처받지 않는 법' 여기요. 그러고 보니 선물 받기만 했는데⋯. 하하.

푼크툼　　무슨, 하하.

아미　　행복해지고 싶다면 감사를 바라지 말고 주는 기쁨을 누려라. 이 내용이 나와 있는데 이 내용은 TV에나 공익 광고 이런 데서도 많이 나와서.

푼크툼　　근데 그거는 진짜 맞는 것 같아요.

아미　　주면 그 사람 받았을 때 얼마큼 좋아할까? 이런 기분을 느끼며 준비하는 게 행복하니까.

푼크툼　　사실 기브 앤 테이크라는 말을 많이 사용하고는 있지만 사실 내가 진짜 오로지 주고 싶은 마음 때문에 주는 거지, 받을 생각으로 주면은 이건 오히려 더 역효과가 많이 나죠.

아미　기브 앤 테이크 하면 이게 또 계산적이거나 정치적인 것 같다는 거죠.

푼크툼　그렇지. 정치적인 게 들어가는구나. 기브 앤 테이크는 나는 이만큼 할 테니까 넌 이만큼 나한테 해 줘야지. 계산적으로. 주고 잊어야 해.

아미　바라면 안 돼. 그 내용을 예를 들어서 설명해 주니까. 음…. 그리고 셰익스피어, 리어왕 이야기도 나오고 하는데 솔직히 읽었는데 오래되니까 기억도 나질 않고 떡볶이 님이 오면 좋을 텐데….

푼크툼　너무 오래됐어.

아미　오늘 떡볶이 님 오셨어도 기억 하나도 안 난다고 했을 텐데. 떡볶이 님 일부러 그런 거 아니야? 하하. 그리고 명언 하나 또 이거 체크해 놓았죠. 앞을 볼 수 없어 불행한 것이 아니라 앞이 안 보인다는 사실을 받아들일 수 없는 것이 불행이니. 영국 시인 존 밀턴이라고, 그러니까 피할 수 없는 일을 대처하는 방법이 관련해서 이렇게 4장인가 3부에서 나왔던 이야기인데….

푼크툼　앞을 볼 수 없는 게 불행한 게 아니라.

아미 앞이 안 보인다는 사실을 받아들이는 거, 이건 어떤 영화인가 책인가 시각장애인한테 시력을 잃었다고 하니까 앞이 안 보이는 거에 대해서 내가 무서운 게 아니라 내가 그걸 받아들이는 게 난 지금 너무 힘들다, 이렇게 했던 이야기가 생각나서….

푼크툼 그게 좀 더 연장선으로 봤을 때 우리가 지난번에 읽었던 '아내를 모자로 착각한 남자', 줄여서 '아내모자' 책을 보면 거기에 다양한 이야기 중에 기억을 잃은 사람 같은 경우에는 기억이 계속 과거에 머물러 있는데 인정하고 싶어 하지 않는 장면이 있잖아요.

아미 기억 상실이 있는 사람, 그 사람이 있었지.

푼크툼 그래, 맞아. 사람 같은 경우도 본능적으로 그걸 자기의 현실을 인정하고 싶지 않으니까.

아미 계속했던 것만 옛날에 했던 그거 말고 왜 세상이 왜 이리 많이 바뀌었냐고 하죠.

푼크툼 그런 식으로 이제 거짓을 막 만들었지 않았나 싶은데 갑자기 그런 그 생각이 나네요.

아미 우리가 봤던 책이 똑같으니까 이제 공감대가 형성되네요. 그렇죠. 그렇죠. 대충 말해도 알아듣는. 하하.

푼크툼   그리고 계속 읽다 보면 책들이 뭔가 연관된 것들이 굉장히
         많이 나오는 것 같아. 나중에 경제 이야기를 해도 이제 이런
         에피소드가 또 나올 수도 있고 그러니까 근데 저는 이 책을
         읽으면서 참 의구심이 들었던 게 여기에 나오는 모든 에피
         소드가 다 성공담이잖아요.
         대부분 실패라는 거의 없었고 성공담일 것 같은데 이 사람
         들한테 성공한 사람들은 뭔가 하나의 큰 터닝 포인트가 있
         다고. 그렇죠? 그 뭔가.

아미   터닝 포인트가 생겨서.

푼크툼   터닝 포인트 비포와 애프터가 확연히 달라지는데 내가 나
         한테 어떤 터닝 포인트가 생긴다면 나도 이렇게 비포와 애
         프터 확연히 달라질까 싶은 생각이 드는 거예요.

아미   일단 결혼을 하시면 확 달라집니다. 확 달라집니다.
         성공합니다. 결혼하기 전까지는 성공하는 게 아닙니다. 결
         혼을 딱 하시면 완전히 성공했다는 걸 바로 느낄 수가 있습
         니다.

푼크툼   그쪽은 또 되게 낙관적으로 보시네요.

아미   나만 당할 수 없어…. 하하…. 진짜 좋다. 정말 좋습니다. 정
         말 성공이 뭔지 확실히 느낄 수 있어요.

푼크툼   그래요. 공감이 안 되는데.

아미   진짜 정말 좋습니다.

푼크툼   그렇습니까? 하하하.

아미   우리가 처음에 이 이야기를 빼먹고 했었네. 처음에 이 이야
기부터 해야 했는데. 그러니까 걱정이란 것을 이 책에서 풀
어놓기를 미국인들의 사망 원인 1위가 심장 질환인데 이 수
치는 2차 세계대전 때 죽었던 33만 명의 군인보다 심장병으
로 죽은 인원이 훨씬 많다는 거죠.
50만 중에서 절반이 걱정, 그러니까 직접적인 원인이 걱정
이라는 거.
이건 전쟁으로 사람이 죽는 것보다 걱정으로 더 많이 죽었
다는 의학적 데이터가 나오고, 걱정이 그만큼 중요하니까
걱정을 하지 않는 방법, 슬기롭게 헤쳐 나갈 방법, 즉 살 방
법을 작가는 이야기하고 풀어 나가는데 이것도 이야기를
풀어 나가는 방법이구나, 의학적인 데이터를 통해 의학적인
해결 방안이 아닌 자기만의 이야기로 이어 나갈 수도 있구
나, 색다르게 느꼈습니다.

푼크툼   그럼 우리가 그 이야기도 한번 해 볼 수 있겠네. 이 책에서
다뤘는지 모르겠는데 그렇다면 ‘인간은 왜 걱정할까?’라는

생각을 한번 해 볼 수 있겠네요.

아미 이거 어른들이 하시는 말도 있잖아요. 걱정도 천성이다. 태어날 때부터 걱정이 많은 애들도 일부 있고 성향으로….

푼크툼 걱정을 아예 안 하는 사람은 없을 거 아니야.

아미 걱정은 아예 안 하는 사람은 없겠죠. 다 하는데 이제 걱정하는 방식이 조금 다르겠죠. 후천적으로 주변의 환경 요인도 좀 받고.

푼크툼 그렇다면 왜 인간은 걱정할까? 하는 예를 들어 동물은 걱정할까?

아미 걱정 많죠. 내일 아침밥은 뭐 먹지, 먹을 게 없는데 뭐 그런….

푼크툼 동물들도 걱정한다….

아미 하니까 계속 먹을 거 확보하러 다니고 그러지 않을까요?

푼크툼 오히려 생존본능 때문에 그냥 본능적으로 '배고프니 이제 배고플 테니까 먹어야 해' 이걸로 가는 거지 않을까요? 그러니까 이게 약간 다른 게,

아미 우리만 하나, 인간만 하나?

푼크툼 그러니까요!

아미　　　그렇게 보면 인간만 하겠네요.

푼크툼　　왜 걱정을 할까요.

아미　　　어디서 보았는지 기억은 안 나는데 걱정이란 게 두려움에
　　　　　서 파생되어 내려온 것이 걱정으로 알고 있어요. 두려움이
　　　　　있어서 사람은 안전한 것이 우선이거든요. 인간은 두려움
　　　　　이 있어서 살기 위한 대안, 인간이 그 대안을 위해 만든 것
　　　　　이 안전이고 그러니까 원시시대 때부터 동물한테 맨날 잡
　　　　　아먹히고 이러니까 그게 두렵고 하늘이 천둥, 번개 치고 그
　　　　　게 두려워서 집을 만들기 시작했고 그러면서 인간 문명이
　　　　　발달한 관계라고 그렇게 설명을 들었거든요.
　　　　　두려움을 극복하기 위해서 근데 그 두려움을 극복하는 그
　　　　　여러 가지 중에서 소과제로 하나 있는 게 걱정이 아닐지. 그
　　　　　걱정에서 머물러 있지 말고 해결 방법을 제시한다면 발전
　　　　　할 수 있겠지만 그 걱정에 계속 머물러 있다면 이거는 이제
　　　　　두려움의 일종으로 봐야 한다고 생각합니다. 계속 걱정에
　　　　　빠져 있어서 해결도 안 되고

푼크툼　　그러면은 이제…

푼크툼　　말씀하신 것을 제 나름대로 정리를 해 보자면 걱정의 상위
　　　　　개념에 이제 두려움이 있는 거고 두려움의 상위 개념에 뭐

랄까, 보존, 보호.

아미   상위 개념. 저도 확실히 머리가 짧아서.

푼크툼   아니, 그냥 지금 생각해 보자면 그 위로는 이제 생존이 있을 테고, 결국은 가장 큰 뭐랄까 뿌리 개념이라고 해야 할까? 거기는 이제 생존해서 다 파생된 거 아닐까?

아미   살기 위해서 모든 건 다 살기 위해서 그렇죠. 다 살기 위해서 그렇죠.

푼크툼   살기 위해서 결국은 살기 위해서 걱정을 한 거네.

아미   살기 위해서.

푼크툼   근데 걱정을 너무 많이 하니까 탈이 나서 이런 책이 생기는 거고.

아미   예, 과하면 안 돼요. 이게 한 사람, 한 사람 이야기, 에피소드가 너무 많으니까 다 기억하기도 너무 힘들어서.

푼크툼   그런 단점이 있어.

아미   그러니까 이야기 소설책이었으면 뭐 했구나, 어떤 에피소드 있었지, 이렇게 될 텐데.

푼크툼   그래서 자연스럽게 다음 책으로 넘어가자면⋯
'폰더 씨의 위대한 하루' 책을 읽으면서 느꼈던 게 뭐냐 하면, 이 '데일 카네기 자기관리론'의 수많은 에피소드 중에 확장본이라고 생각이 된 거예요.

이미　전 그렇게 전혀 안 보고 그냥 소설책으로 봤습니다.

푼크툼　소설책이요?

아미　7가지 재미있는 단편소설로 보았습니다. 자기계발서는 이건 뭐다, 강제 주입식이 아니라 소설은 사람마다 느끼는 게 다 다르니까 독서 평론 작성되는 그런 보편적인 내용이 아니라 저만 강렬하게 느끼는. 그래서 7가지 단편소설이 있어서 너무 재미있었습니다.

푼크툼　다음 책 토론이 기대됩니다. 그럼 오늘은 여기까지 하고 한 줄 평으로 넘어갈까요?

아미　엄마의 잔소리 같은 책. 하하.

폰더 씨의
위대한 하루

4. 폰더 씨의 위대한 하루
- 푼크툼, 아미

아미   한 주 만에, 한 주 만에.

푼크툼   자주 보니까 좋습니다. 좋습니다.

아미   하지만 떡볶이 님은 여전히 바쁘신 거죠. 오늘도 못 나오시고 빵집 부자 되겠어! 하하.

푼크툼   연말이라 바쁘신가 봐요.

아미   제가 소금빵 이야기해 드렸나요?

푼크툼   아뇨.

아미   일요일 날, 제게 원픽 음료가 있습니다. 파리바게뜨에 원픽 음료가 있는데 바로 '흑당버블라떼'라고 그냥 설탕 우유인데 밑에 펄이 한 2~3cm 정도 이렇게 깔려 있고 일반 설탕 아닌 흑당이다 보니까 감칠맛 나는 그 달콤함.
그 쫀득한 달달함과 그리고 그 펄 자체도 맛이 아무 맛도 안 느껴지는 그런 펄이 아니라 씹으면 그 펄 안에서도 단맛이 느껴지는 그것도 흑당으로 만든 것 같은, 쫀득쫀득한 식감도 있는….

그다음에 씹으면서도 단맛이 우러나오는, 마시자마자 달콤한데 또 끝 맛까지 단. 처음부터 달콤함이 끝날 때까지 느낄 수 있는 달콤함의 끝판 대장인 아주 맛있는 음료인데 그걸 제가 그걸 먹으러 갔습니다.

가격은 쌉니다. 3,700원. 그걸 사서 먹는데 마침 떡볶이 님이 조리실 뒤에서 빵을 만들고 있었거든요. 저를 보더니 막 쌍수를 들고 이렇게 환호를 해 주시더니 '오빠, 잘 왔어요'라고 잘 지내냐 안부를 묻고는 빵 이거 먹고 가라고 자기가 직접 만든 거라면서 따끈따끈한 소금빵을 이렇게 포장해서 전해 받았습니다.

소금빵을 가끔 먹었지만, 너무 맛이 없어서 먹을 때마다 혼잣말로 '이거 왜 돈 주고 사 먹을까? 맛도 없는 거 왜 먹지' 이랬는데 오븐에서 갓 나온 빵이라서 그런지 그 뜨거운 따끈따끈함이 있는 소금빵을 한 입 베어 먹자마자 완전히 반했습니다.

빵의 풍부한 향하고 그다음, 위에 있는 소금 짭조름한 소금이 달콤한 흑당라떼의 완전 단맛을 누그러지면서 단짠단짠 단짠단짠을 느낄 수 있는 아마 이런 극강의 조합은 있을 수 없다고 생각하는데 너무 맛있어서 쓰러질 뻔했습니다.

다음에 가족하고 같이 꼭 와야겠다. 그러고 보니 빵을 만드
는 시간이 일요일에 한 9시에서 10시 사이, 그사이에 통상
만든 것 같던데 그 시간 맞춰서 꼭 갈 겁니다.
이번 주 일요일 또 먹으러 갈 겁니다. 훈련 끝나자마자 바로
달려갈 겁니다.

푼크툼 떡볶이 님이 이야기 들으면 되게 좋아하겠는데. 하하.

아미 그러니까요. 너무 아쉽습니다.

푼크툼 오늘도 둘이 함께.

아미 네. 오늘도 둘이 함께.

푼크툼 오늘 할 책은 '폰더 씨의 위대한 하루'입니다. 지금 제목을
이야기하다가 생각난 게 결국 보면 이 책이 진짜 단 하루,
거의 하루 만에 이루어진 책이죠.

아미 네.

푼크툼 이 스토리가 꿈을 꾸고 나서부터.

아미 그러니까.

푼크툼 긴 여정이 단 하루였던 거죠.

아미 하루도 아닌 반나절도 안 되는.

푼크툼   사고가 나서부터 의식을 잃은 그 시간에.

아미   마치 주마등처럼 한 번에.

푼크툼   그렇죠. 메인 스토리가 그 시간에 일어났는데 제가 이 책을
         선정한 이유는 정말 아무 이유 없었습니다. 저희가 지금 자
         기계발 파트 카테고리 그중에 마지막 책으로 늘 소설책을
         하나 선정하는데 그중에 고전과 관련된 자기계발 소설을
         아직 많이 못 찾아서⋯. 그나마 가장 쉬울 것 같고 또 많이
         들어 봤던 책이라 선정하게 되었습니다.

아미   이 책은 너무 성공적이었습니다.

푼크툼   그래요.

아미   저번 네 번째 시간 때 그 책은 읽으면서 화가 막 울컥울
         컥⋯. 왜 읽어야 하냐고 이렇게 짜증을 냈었는데, 이 책은
         읽으면서도 엄청 즐거웠고 또 쉽게 읽혀서 좋았습니다. 그
         리고 저처럼 책을 잘 못 읽는 사람들은 짧은 단편소설이 딱
         좋은데 그 단편소설 7가지가 들어가 있는 책처럼 느껴져서
         너무 좋았습니다. 폰더 씨 이야기까지 있으니 8가지 단편소
         설 책인가? 하하.
         짧게 이야기가 진행되니 인물 구도가 너무 심취하게 막 복
         잡하게 엮여 있는 것도 아니고 단순하게 그냥 바로 볼 수 있

는 그런 책이었습니다. 어린아이들도 한 중학생 정도, 아니 초등학생도 충분히 이해되고 도움이 될 만한 그런 책이었다고 생각합니다.

푼크툼 지금 아미 님이 이야기하신 대로 이 책 한 권 안에 7가지 이야기가 사실 크게 보자면 정말 하나의 메시지일 법도 한데 그 7가지 이야기가 다 서로 약간씩 조금 다른 메시지 전달을 하면서. 그죠?

아미 네, 맞습니다.

푼크툼 저도 재밌게 읽은 책입니다.

아미 재밌었습니다.

푼크툼 엄청 많이 메모해 놓으셨는데.

아미 제 스타일이라.

푼크툼 오히려 아미 님이 이번 책을 이끌어도 될 것 같아, 할 정도로.

아미 그래도 푼크툼 리더님의 운영 방법이 있으니 그 틀대로 가는 게 좋습니다. 하하.

푼크툼 이 책을 읽기 이전에 읽어 봤던 적이 있나요, 아니면 이번에 처음 읽은 건가요?

아미 읽으면서 보니 예전에 한 번 읽었던 책이더라고요. 그래도 한 번 읽었었던 책인데 또 읽으니, 감회가 새로웠습니다. 그리고 그때는 독서에 대해 잘 모를 때라 그냥 무심코 지나갔지만, 지금은 이제 그때보다 조금은 좀 내공이 좀 쌓이지 않았을까? 하하.

푼크툼　그렇죠. 시간의 흐름에 따라 또 받아들여지는 게 달라지다 보니까.

혹시 그러면 본론으로 바로 들어가면 인상 깊었던 장면이 있었나요? 아니면 구절?

아미　인상 깊었던 마지막 분야에 대천사.

푼크툼　가브리엘.

아미　가브리엘에서 충격받았습니다.

푼크툼　어떤 점, 어디서?

아미　'제이슨과 줄리아 사건.'

푼크툼　폰더 씨에게서 태어나지 않은 둘째와 셋째 아이들 말씀하시는 거죠?

아미　어떤 빙이 하나 있는데 기기에는 많은 물건이 많았어요. 예를 들자면 암을 치료할 수 있는 백신도 있었고….

물건들 사체가 희망직인 메시지를 주는 물긴들이 많이 있는데 그 물건들이 궁금해지려고 할 때 가브리엘의 말이 너무 충격적이었습니다.

가브리엘은 "인간들이 조금만 더 노력하고 조금만 더 기도하였다면 내가 주려고 했던 선물이다"라는 말. 그리고 "그렇게 노력을 안 해서 그냥 세상에 빛을 발하지 못하고 있던 물건들이다"라고 설명하면서 액자에 자기 닮은 아이 두 명이 바로 '제이슨과 줄리아'.

푼크툼　폰더 씨의 아들과 딸.

아미　폰더 씨는 자녀가 한 명이 있고, 가족과 함께 더 낳으려고 했지만, 생활고로 자녀를 갖지 못한 것, 즉 '존재할 뻔했지만 결국은 존재하지 않는 것들을 모아 놓은 장소'가 바로 그 방이었고 "조금만 더 열심히 일하고 조금만 더 기도를 올렸다면 주려고 마련해 둔 것" 이렇게 가브리엘이 이렇게 말했습니다.

바로 그 장소의 이름이 '용기 없는 사람들의 꿈과 목표로 가득 찬 장소' 이 말을 들었을 때 마음이 뭉클했습니다.

나도 흥부 아빠가 될 수 있었는데 조금만 더 기도하고 조금만 돈 더 벌었으면 흥부였는데 그런 아쉬움이…. 아직 제가 힘은 좋아서, 하하하.

죄송합니다.

푼크툼   깔깔깔…. 아닙니다. 아닙니다.

아미   너무 또 우울해질까 봐 분위기를 조금 올리는 차원에서 약
         간의 조크였습니다. 저는 이 부분이 제일 인상 깊었습니다.

푼크툼   저도 그 부분이 인상 깊었습니다. 사실 폰더 씨가 천국이라
         고 치고 가브리엘 공간으로 옮겨졌을 때 그 주변에 관해서
         설명하는 것을 자세하게 읽지는 않았어요. 이게 별로 뭐랄
         까, 굳이 좀 집중해서 읽을 필요는 없겠다 싶어서 훑어 넘기
         는 식으로 봤습니다.
         주변 묘사하다 보니까 메시지를 빨리 찾고 싶어서 훑어서
         읽었던 건데 알고 보니까 지금 말씀하신 그 부분을 이야기
         하려고 앞에 장황하게 묘사했던 것 같아요.

푼크툼   여러 가지 물건도 있었고, 또 어떤 암을 해결할 수 있는 수술.

아미   암 치료법 치료제.

푼크툼   네네네. 그 부분을 읽으면서 저도 하나 생각났던 그 말이 예
         전에 김연아 스케이팅 피겨 스케이팅 선수가 했던 이야기가
         있는데 내기 조금만 더 노력하면은 물을 끓일 수 있는데….

아미   1℃의 노력인가?

푼크툼   노력만 하면 물을 끓일 수 있는데 그걸 못 하면 물을 끓이지
         못하는 그런.

아미   99℃의 한계점.

푼크툼   그랬던 것 같아요. 그런 것과 좀 비슷한 내용인 것 같은데
        저도 그 부분이 좀 인상 깊었습니다.

> "99℃까지 온도를 올려놓아도 마지막 1℃를 넘기지 못하면 영
> 원히 물은 끓지 않는다. 물을 끓이는 건 마지막 1℃, 포기하고
> 싶은 바로 그 1℃를 참아내는 것이다."
>
> 김연아 선수

푼크툼   가브리엘, 그렇죠. 그 부분이 제일 인상 깊었죠.

아미   가브리엘 하니 이 부분이…. 솔직히 제가 기독교에 대해서
        는 제가 잘 모르거든요. 기독교적 사후 세계라는 개념도 잘
        몰라서 불교나 민속신앙 같은 뭐 강림도령하고 이런 것들
        에 대해서는 제가 관심이 있어서 어느 정도 겉핥기라도 할
        수 있는데 기독교에 대해 전혀 몰라서 가브리엘에 대해 천
        사에 대해 조사를 한번 해 보았습니다. 7대 천사라고 나오
        더라고요.

푼크툼   하하하, 대단하십니다. 네.

아미   이름을 나열하자면 첫 번째부터 미카엘, 가브리엘, 라파엘,

우리엘, 라구엘, 사라카엘, 라미엘 이렇게 7대 천사가 있는데 가톨릭에서는 이 7대 천사를 인정하지 않습니다. 가톨릭에서는 총 3대 천사, 3대 천사만 인정합니다.

첫 번째 천사장, 천사 중에서 최고 우두머리라고 할 수 있는 첫 번째 미카엘. 미카엘은 신과 닮은 자라고 해서 미카엘이고, 두 번째가 가브리엘. 가브리엘은 신의 힘이라는 의미를 지니고, 그다음에 세 번째는 이제 라파엘. 라파엘은 신의 약이라는 뜻이라고 합니다. 가톨릭에서 인정하는 3대 천사이고 가톨릭 말고 다른 데에서도 인정하는 것은 4대 천사라고 또 있습니다. 기존 3명에서 추가로 신의 불꽃이라는 의미를 지니는 우리엘. 수리엘이라 부르기도 한다고 합니다.

가브리엘 같은 경우에는 이제 수태고지 그때 마귀의 예배, 성모의 죽음을 고지하고 신으로부터 암시하는 전달자 역할이라고 하는데 수태고지가 뭔지 아직 잘 모르겠습니다. 혹시 아십니까?

푼크툼　처음 들어 보는.

아미　좀 조사했습니다.

수태고지(受胎告知, 개신교), 또는 성모영보(聖母領報, 라틴어: Annunciatio, 가톨릭), 성모희보(聖母喜報, 동방정교회)는 그리스도교의 신약성서에 쓰여 있는 일화 가운데 하나로, 예수의 어머니 소위 성모 마리아에게 가브리엘이 찾아와 성령에 의해 처녀의 몸으로 예수 그리스도를 잉태할 것이라고 고하고, 또 마리아가 그것에 순명하고 받아들인 사건을 말한다.

성모 공경 사상을 배경으로 삼은 그리스도교 문화권의 예술 작품 중에서 반복적으로 이용되는 모티브이기도 하다.

이 사건을 기념하는 의식은 동방 교회에서 먼저 시작되었으며, 중세쯤에 서방 교회에 전해졌다. 오늘날에도 동방정교회나 로마 가톨릭교회 등에서는 3월 25일을 이 사건의 축일로 지정하여 기념한다.

아미   다음에 미카엘은 전사, 기사로 활동하며 아담과 이브를 낙원에서 추방했던 인물입니다. 묵시록에서 마귀와 싸움했고 싸움할 때 중요한 역할을 하였고 최후의 심판, 죄를 묻고 지옥으로 쫓아내는 역할을 한다고 합니다. 그다음에 라파엘은 미모의 청년 토비아스의 길 안내자, 이렇게 아름답다 이렇게만 나와 있었습니다. 천사와 관련된 책을 한번 찾아보니까 천사와 관련된 책이 또 하나 있었습니다.

7대 천사의 계급부터 시작해서 어떤 일을 하는지와 악마와 전쟁 성경책에 나와 있는 이야기하고 이렇게 믹스해서 만든 소설이 있다는데 한번 읽어 보고 싶어졌습니다.

이런 거 재미있지 않습니까? 아이들에게 천사 이야기하면서 천사는 7대 천사가 있고 이렇게 이야기해 주면 아이들도 재미있어야 할 것 같고.

푼크툼   오늘 떡볶이 님이 자리에 있었으면 좀 더 그 이야기에 대해서 좀 더 자세하게 이야기도 할 법도 했을 텐데.

아미   맞장구쳐 주고 반응해 주는 사람이 있어야 하는데 반응이 좀 별로였어. 하하.

푼크툼   하하. 제 관심 밖이라. 근데 진짜 7대 천사가 있다는 이야기만 들었지. 그 구체적으로 그 이름을 다 들어 본 건 처음입니다.

아미   독서토론 가입하시면 이렇게 많은 정보를 들을 수 있습니다.

푼크툼   대단하십니다.

푼크툼   노 가브리엘과 관련해서.

아미   이제 천사는 여기까지 너무 길어져서 종교계로 빠지면 안 되니까.

푼크툼　　근데 조금 전에 99℃ 이야기나 가브리엘 이야기에서 말했던 장소 이야기나 어찌 보면 공감도 가고 좀 감명도 받았지만 다르게 보자면 희망이란 부분이지 않을까 싶은 생각도 들었어요.

아미　　그러네!

푼크툼　　그렇죠. 이거 정말 포기할 법도 한데.

아미　　네.

푼크툼　　이 이야기를 계속 상기시키거나 하면은 누군가에게는 희망 고문일 수도 있지 않을까 싶은.

아미　　희망하니까 판도라의 상자 아시죠? 판도라 상자에 판도라가 이제 세상에 모든 병균하고 이런 걸 다 넣어 놨던 상자가 있는데 판도라가 호기심에 문을 열어서 그 나쁜 것들이 다 빠져나가잖아요. 그래서 놀라서 급하게 닫긴 닫았는데 그때 남아 있었던 게 마지막에 남아 있었던 게 희망이었다는 거요.

푼크툼　　희망이 어떻게 보면 최악일 수도 있겠다. 즉 사람을 괴롭게 만드는 희망. 희망 고문이라는 말이 있는 것처럼 최악의 재앙으로 불릴 수도 있는 것이 희망이 아닐까? 그 말 들으니까 문득 생각나네요.

아미 네, '최악의 재앙' 표현 오늘 괜찮은데 좀 잘되네. 그만큼 재
      밌게 봤습니다. 저번 주랑 아주 다르지 않습니까?

푼크툼 네, 맞아요. 하하.

아미 푼크툼 님이 책만 잘 골라 주시면 됩니다.

모두 하하하.

푼크툼 또 다른 이야기, 지금 여기에 7명의 위인이라고 해야 하나,
      위대한 인물이 나오잖아요. 실존 인물도 있고 가브리엘 빼
      고는 다 실존 인물이죠.

아미 네.

푼크툼 감명 깊은 인물이 있으신가요?

아미 그다음은 다 비슷하게 본 것 같습니다. 푼크툼 님은 따로 감
      명 깊었던 에피소드가 있습니까?

푼크툼 그냥 감정적으로는 안네 프랑크라는 친구를 만났을 때 그
      상황 묘사를 하는 것과 유명한 책 있잖아요. '안네의 일기'라
      는 책은 아직 보지 못했는데.

아미 저도 못 봤는데 다음에 한번 다음 주 우리 저희끼리 또 할
      것 같은데 '안네의 일기' 한번 달리나요?

푼크툼 아직 다른 계획이 있어서 어쨌든 이 책에서 안네 프랑크를

만나면서 그 주변 묘사를 할 때 뭉클하고 가슴이 아팠습니다. 당시에 수많은 유대인이 그렇게 했겠지만 거의 1년 이상을 그 한 공간 안에서 가족들이 지냈잖아요.

나치한테 들키지 않으려고 읽으면서 괜히 뭐랄까, 감정 이입이 됐던 게 나라면 저렇게 그 안에서 그렇게 살 수 있을까? 씻지도 못하고 같은 옷을 이렇게 번갈아 입고.

아미　　옷도 없어서 형제끼리 서로 번갈아 가면서 입었다니까.

푼크툼　　그리고 그 답답함. 저렇게 버틸 수 있을까 싶은 생각도 들고. 그 자체가 고문이지 않을까 싶은 생각도 들고.

아미　　창문을 쳐다보면 안 된다. 나치에게 발각되어 죽을 수도 있다는 걸 뻔히 알지만, 너무 답답한 나머지 몰래몰래 가서 창문 밖의 세상을 구경하고…. 그게 세상과 소통할 수 있는 유일한 창구였으니까 목숨 걸고 경치 구경하는 거죠. 그런 것도 좀 짠하죠.

푼크툼　　그 부분이 조금 마음이 아팠습니다. 거기서 전달하려는 메시지가 있긴 한데 '오늘 나는 행복한 사람이 될 것을 선택하겠다'.

이것도 이제 여기서 안네 프랑크의 마음가짐인 거죠. 전달하려고 했던 메시지가 아무리 내가 이 답답한 공간 안에 있

어도 이 안에서 내가 불만, 불평을 하기보다는 새로운 희망
을 품거나 행복한 사람이 되겠다고 다짐하면서 지내면 또
주변 공간이 또 달리 보이거나 그만큼 또 1년 이상을 버틸
수 있지 않았을까, 하는 마음.

아미　여기서 또 표현하는 게 그 아주머니 넬라 아주머니, 마르코,
페드로 아주머니가 안네가 너무 낙관적으로 지내니까 '폴리
아나'라고 표현하는 부분이 있어요.

폴리아나, 폴리아나가 무슨 말인지 아십니까? 저도 이것도
몰라서 또 찾아봤습니다. 하루하루를 행복하게 살려고 하
는 노력하는 여자아이인데 이게 1913년 엘레나시 포터가
집필한 고전 소설의 주인공이랍니다.

보니까 일본에서 만화로 나왔고 우리나라도 한 번 방영했
다고 합니다. 부모를 잃고 고아가 되었지만, 매우 긍정적이
고 밝게 지내는 소녀 이름이 '폴리아나 휘티어'라고 합니다.
이모 폴리 해링턴이 사는 세몬토의 침울한 마을에 이사 오
고 나서 그곳을 점점 살기 좋은 지역으로 바꿔 나간다는 그
런 예쁜 아름디운 이야기라고 합니다.
무보노 없고 혼사 이모 손에서 커 가는데 희밍을 잃지 않고
열심히 사는 모습이 너무 예쁘고 아름다워서 그때 소설을
인용해서 '폴리아나스럽다', '폴리아나다' 이렇게 이야기하

는 게 한때 유행했다고 합니다.

푼크툼 그래요. 예, '낙관적인', '희망적인'이라는 표현을 의미로 '폴리아나'라고 썼던 것 같은데 시대와 상황에 따라서 이런 대표적인 단어들이 있는 것 같아요.

아미 '집시' 이런 말도 한때 문학에서는 좀 많이 썼었고 당시에는 '폴리아나' 이런 말을 많이 썼나 봅니다. 문학 작품에서 대변하는 역할 단어 이런 것도 어떻게 바뀌었는지도 살펴보면 재밌습니다.

그리고 안네 프랑크 여기 보니까 장미정원이랑 장미들이 나오잖아요. 그래서 혹시나 해서 '장미가 무슨 의미가 있나? 책에서 왜 장미가 뜬금없이 나오지?' 하고 장미정원이 나오기에 한번 찾아보았습니다. 안네의 장미 이렇게 검색하니까 바로 나옵니다. '안네의 장미'라는 게 있습니다.

푼크툼 안네의 장미?

아미 안네 프랑크 아버지가 장미 육종자인 텔포르회로부터 새로운 장미를 선물 받았답니다. 그래서 아버지가 이 장미를 집 마당에서 길렀다고 합니다. 그래서 집 안에 장미정원이 있는 거고, 그래서 이것을 안네의 장미라고 불렀다고 합니다. 평화와 화해의 뜻을 담고 있고 분홍색을 띤 노란색이라고 합니다. 인터넷 검색을 해서 보니 장미 색깔이 제가 봤을 때는 분홍색을 띤 노란색이 아니라 노란색인데 분홍빛이 약간 보인다고 그렇게 저는 느꼈습니다. 그리고 이 안네 프랑크 장미의 묘목 10주가 1971년에 일본으로 보내졌다고 합니다.

그래서 일본에는 아직도 '안네의 장미정원'이 있고 유명하다고 합니다. 일본 가시면 한 번 꼭.(후쿠야마시 홀로코스트 기념관)

푼크툼   전혀 그런 생각은 못 했는데.

아미   이런 재미가 있어서 이번 책은 너무 재미있었습니다. 찾아보는 재미.

푼크툼   엄청 진짜 깊게 파고드는 그게 참 장점인 것 같습니다. 제가 배워야 할 점이.

아미   교관 출신이라 교범을 파야 합니다. 교관은 모르는 게 없어야 합니다.

푼크툼   대단하십니다.
         또 다른 인상 깊었던 인물이라든가.

아미   다른 건 다 그냥 다 평타 친 것 같습니다.

푼크툼   근데 이 '폰더 씨의 위대한 하루'를 쓴 작가가 마지막에 폰더

씨가 가브리엘을 만나고 나서 이번에는 미래로 향하잖아
요. 지금까지 과거였다면 미래를 가서 이제 미래에 자기 모
습을 미래 자기 모습을 보는 게 맞죠?

아미　　네, 맞습니다.

청중들을 바라보고.

푼크툼　　그러니까 그 강단에서 강의하는 게 미래 자신인가?

아미　　네, 맞습니다. 정확합니다. 뒤에 후속편도 책이 하나 더 있
는데 그 책에 보면 그 장면이 나옵니다.

푼크툼　　처음부터 강의하는 그 장면. 어쨌든 거기서 작가가 미래의
폰더의 입을 빌려서 강단에서 하는 이야기가 여기 지금까지
이야기한 7명의 위인 중에 유독 한 사람을 이야기하잖아요.

아미　　체임벌린.

푼크툼　　다시 한번 불러내서 이야기하잖아요. 체임벌린. 근데 유일
하게 체임벌린이라는 사람이 이 중에 가장 유명하지 않고 또
위인으로 남들한테 많이 알려지지 않은 인물이더라고요.

아미　　맞습니다. 주지사를 세 번인가 했던가? 그렇게 했다고.

푼크툼　　가장 강력한 메시지를 거기에 담고 있고 또 작가도 그걸 원
해서 거기다가 이렇게 쓰지 않나 싶은데.

아미   체임벌린 협회나 이런 데서 좀 돈 좀 받았나? 하하.

푼크툼   그렇게 생각했구나. 저는 '이 사람이 이 책을 쓴 계기가 체
          임벌린이지 않을까?'라는 생각도 했어요. 처음부터 이거는
          책을 한번 써야겠다는 게 아니라 혹시나 제 추측이라면 체
          임벌린이라는 사람을 연구하거나 우연히 체임벌린이라는
          이야기를 접하고 나서 영감을 얻어서 이 책을 쓰지 않았을
          까 싶은 생각도 들었어요.
          가장 강력한 메시지이면서 또 골자가 그거잖아요.
          '내가 한 선택으로 인해서 세상이 바뀔 수도 있다.' 일종의
          나비 효과죠.

아미   같은 책을 읽어도 이렇게 느끼는 분야가 너무 다르니까 너
          무 재미있다.

푼크툼   그래요.

아미   너무 재밌습니다. 체임벌린 제일 처음 읽었을 때 저는 별 내
          용 없네. 그냥 과거도 그렇고 새로 만났을 때도 별로 감흥이
          전혀 없었습니다.

푼크툼   그래요.

아미   제일 무난하게 그냥 끝났던 작품이라 저는 그냥 체임벌린
          쪽 분야에서는 가장 기억나는 문구가 '나는 오늘 죽을지도

모르지만, 등에 총알이 박힌 채 죽진 않을 겁니다. 결코, 후퇴하다가 죽진 않을 것이에요. 나는 나의 목표를 향해 줄기차게 나아갈 뿐' 이렇게 말하는 부분이 있는데 이렇게 확고한 의지를 보니까 군인으로서 의지도 느껴지고, '그래, 뒤통수는 안 맞아야지. 정면 돌파지' 이런 생각을 했습니다.

푼크툼　서로 감명 깊게 읽은 구절이 서로 다릅니다.

아미　체임벌린 이 사람 보니까 일단 조사를 좀 해 봤는데 대단하더라고요. 미국의 교수고, 또 군인 출신이고 게티즈버그 전투에서 리틀 라운드 탑에서 메인 20연대의 지휘할 때 총알이 없으니까, 책에도 나와 있지만 착검한 상태로 돌격을 해서 승리로 이끄는 나중에 이런 것이 도전적이고 용기 있는 모습으로 훗날에는 메인주 주지사, 보스턴대학교 총장까지 역임하고 정계에서도 유명했다고 합니다.

유명하고 인정 많고 투표했을 때 확고한 차이로 승리도 하였다고 하고 게티즈버그 남북 전쟁에 대해서 제가 역사도 잘 모르고 배경도 잘 모르니까 어느 정도인지 솔직히 잘 그려지지 않습니다. 이 사람에 대해 자료도 너무 없어서 조금 답답하기도 합니다.

푼크툼　그만큼 이제 자료가 없다는 이야기는 뭐랄까, 이 사람에 대해서 연관하거나 연관하고자 했던 사람들이 별로 없었던 것 같기도 하고. 근데 그럼에도 불구하고 이 책의 저자는 체임벌린에 대해서 크게 전달하고자 한 메시지가 있었던 것 같습니다. 만약에 이 사람이 없었다면 미국의 역사는 정말 바뀌었을 수도 있는 거고 전 세계 역사가 바뀌었다고 분석하니.

아미 분석하니까 그런 말이 많았습니다. 한 사람의 영향으로 이제 남군인가 이 사람이 북군이었나? 완전 전세가 기우는 그런 상황이었는데 이런 행동을 보여 주는 바람에 적들이 총알이 있음에도 불구하고 '뒤에 뭐가 있나 보다. 뒤에 따르는 2차 부대가 있나 보다. 오는 증원군 있나 보다' 해서 적들이 부랴부랴 후퇴하였다고. 그러다 보니 총이고 탄약이고 식량이고 다 놔두고 후퇴하고 빠지고 이렇게 해서 전세가 아예 역전됐던…. 사실 뒤에는 아무것도 없었는데.

푼크툼 그렇죠.

아미 그리고 이 사람 기선 제압은 정말 최고인 듯합니다.

푼크툼 순간에 여기 책에서도 이야기하지만, 체임벌린이란 사람이 이 전쟁 전에는 정말 평범한 교사였는데 그 순간 그런 선택을 함으로써, 정말 위급한 상황에서 그런 선택을 하기가 쉽지가 않잖아요.

아미   착검을 하고 뛰어간다는.

푼크툼   앞에서 몇 배가 더 많은 적군이 몰려오는데 거기다 착검하
        고 뛰어 들어간다는 그 선택하는 게 정말 쉽지 않음에도 불
        구하고…. 근데 저는 그거 같아요.
        그런 선택을 해서 승리했다는 것이 대단하다기보다는 그런
        선택을 했다는 것이 대단하다고 생각합니다.

아미   미련한 거지. 절대 그렇게 하면 안 되지. 절대 그렇게 하면
        안 되죠. 총알 없는데 무조건 빠지고 후퇴해야지.

푼크툼   그러니까 뭐가 옳은지 모르죠. 뭐가 정답인지 모르지만. 그
        상황에서는 그렇게 했기 때문에 지금의 미국이라는 나라가
        있는 거니까. 만약에 후퇴했더라면 지금까지도 미국 흑인
        은 노예로 살고 있을 수도 있고….

아미   지금의 미국은 없었을 거고.

푼크툼   그렇겠죠. 어쨌거나 흑인은 계속 노예로 지내고 있을 수도
        있고….
        근데 결국은 이 작가가 하고 싶은 이야기는 체임벌린뿐만
        이 아니라 전 세계에 정말 평범했던 사람의 어떤 선택으로
        인해서 세상이 바뀌는 것이 많잖아요.

아미   네.

푼크툼   가령 이순신이라는 사람 되게 위대한 분이시긴 하지만 누구나 과거는 다 평범한 사람이다 보니까 그 사람의 선택으로 인해서 지금 우리나라가 이렇게 이런 상황이 된 것도 그 사람의 선택인 거고. 누군가의 선택으로 해서 참 많은 영향을 끼친다는 게 저는 좀 감명 깊게 봤던 것 같아요. 그래서 이 이야기를 했던 이유가 뭐냐 하면 질문 하나 하고 싶은 게.
지금 당장 내 결정으로 미래의 세대에게 영향을 끼친다는 가정하에 어떤 행동이나 결정하고 싶은가?

아미   사실 전 너무 정치적으로 나오는데, 하하.

푼크툼   정치적인 어떤 분야든 간에.

아미   그런 걸 늘 염두에 두고 하고 싶은 의지도 있어서. 하하.

푼크툼   아, 네.

아미   과거의 군 집단이 불합리하고 부당하고 이런 폐쇄적인 집단이었다면 지금은 핸드폰이 들어오면서 어느 정도 공개되고 군의 이야기가 외부로 유출되기 시작하면서 좋은 점도 나쁜 점도 많이 공개되는 상황입니다.
또 한편으로 최근 학생들의 권리는 있는데 교사의 권리가 없는 것이 사회적인 문제로 대두되고 국가에서도 국민도 관심을 가지기 시작하나 보니 조금씩 변화된 것처럼 그런 현상이 이제 군에 투영되고 있습니다.

병사들의 권리는 있는데 병사를 지도하고 있는 우리 간부들의 권리는 현재 법적으로 정해진 것도 보호받는 것도 아무것도 없습니다.

지금도 보면 간부들이 병사 부모님들한테 전화 받고 쩔쩔매는 모습이 보입니다. 우리 애 사진 찍어서 업로드해 달라는 것이 비일비재하고 우리 애 아프니까 훈련 빼 달라. 저는 그런 전화를 직접 받았습니다.

우리 애 아프니까 훈련 제외해 달라고, 진단서상 정확하게 나오지 않고 병사는 훈련 잘하는데 부모가 나서서 열외시켜 달라고 민원을 넣습니다.

그런 것을 듣고 당할 때마다 속상한데 과연 국방부에서는 병사를 지도할 수 있게 간부를 지켜 줄 수 있는 가이드라인이라는 게 있을까? 육군 아니면 국방부라도 아니면 국가라도 그렇게 해 줄 수 있는 법적 근거 제도가 있어야 하지 않을까? 물론 병사들의 인권을 보장해 주는 것도 맞지만 전투를 위한 집단에 그래도 간부 말을 잘 듣고 따를 수 있게끔 그런 명백한 그런 권리 같은 게 하나 있어야 하는데, 그런 게 조금 부족하다고 느껴져서 나중에 기회가 된다면 그런 것을 만들고 가이드라인 제시해 주고 연구도 하고 그런 것에 힘을 쓰고 싶습니다.

너무 거창하게 이야기했네.

푼크툼 아닙니다. 아닙니다. 아닙니다.

아미 푼크툼 님은 따로 있습니까? 먼 훗날에.

푼크툼 아미 님처럼 그렇게 구체적인 계획은 없습니다.

아미 저는 쓸데없는 생각이 많아서.

푼크툼 응원하겠습니다. 나중에 고향 지역사회에서도. 하하.

아미 또 다른 에피소드 있나요?

푼크툼 크게 막 와닿은 에피소드라기보다는….

아미 저 이거 물어보고 싶습니다. 트루먼 이야기인데 여기서 첫 번째 시간 여행. 레드썬. 지금부터 1945년으로 흘러갑니다. 본인은 트루먼 대통령입니다. 33번째 대통령이고요. 지금 2차 세계대전이 일어났습니다. 핵폭탄 투어가 눈앞에 있습니다.
핵폭탄을 터뜨릴 것이냐? 핵폭탄을 터뜨린다는 것은 인류 종말을 뜻합니다. 아시죠?

푼크툼 네.

아미 트루먼 대통령은 이 원자 폭탄에 대해서 잘 알고 있었고 본인이 이제 트루먼이시니까 핵폭탄을 쓰지 않고 싸우려면

승산이 있는지 없는지도 좀 미지수인데 미군 상륙 작전만
하더라도 미군 26만 명이 희생됐다고 합니다.
본인의 선택은 하나, 둘, 셋.

푼크툼　저는 그럼에도 불구하고 발사합니다.

아미　똑같이 발사한다.

푼크툼　하는데~ 그 당시 역사적 배경과 관련된 영화가 얼마 전에
나왔죠.

아미　오펜하이머 보셨습니까?

푼크툼　네.

아미　전 못 봤는데.

푼크툼　재밌게 봤는데 그때도 그 영화를 보면서 생각했어요. 똑같
은 그런 의문을 품고 이야기를 하잖아요. 이걸 굳이 써야 했
느냐. 인류의 종말을 의미하는 건데. 근데 만약에 지금 물어
보신 것처럼 내가 만약 그 트루먼처럼 결정권 있는 사람이
라면 트루먼처럼 발사하되 일본 근처 어디 바닷가에 했을
것 같아요. 사람들이 볼 수 있는 어딘가 겁을 주기 위해서.
그냥 경고죠. 경고성 발사를 먼저 했을 것 같아.

아미　근데 그 당시에 진주만 가미카제 이렇게 하는 거 보면 안 할

수도 없었다고 생각됩니다. 피해가 너무 막심하니까.

푼크툼　그게 또 이제 정치적인 거랑 엮이면 음…. 트루먼도 참 정치가인 것 중의 하나가 미국이 먼저 당했잖아요. 진주만 습격으로 인해서 그러면 미국인들이 일본에 대한 뭐랄까 복수심이라든가 아니면 적개심이 엄청 극에 달했을 타이밍인데 그래서 우리도 이제 복수하기 위해서 거기 일본 한가운데 폭격을 한 거잖아요. 그러면서 이제 자국민의 뭐랄까 그 신뢰도도 높아지고 또 결국은 표심을 위해서 또 그렇게 한 것도 있고. 그런데도 좀 인류적으로 봤을 때는….

아미　내가 죽게 생겼는데 인류애까지 생각할 수가 있을까?

푼크툼　전쟁을 안 겪어 봐서 모르겠어요.

아미　저는 사고방식 자체가 조금 달라요. 철학책을 저도 많이 좋아하는데 의무론이냐, 목적론이냐? 많이 따지는데 저는 전혀 다른 생각 하고 있거든요. 색깔로 따지면 빨간색이냐, 파란색이냐 이렇게 물어보는데 전 딱 중간이거든요.

푼크툼　지난번에 우리가 이야기했던 것처럼.

아미　저는 가치관이 우리 민족에 도움이 되고 득이 된다면 다 괜찮다는 사고방식이에요. 지금의 미국 대통령과도 같이 굳이 이념 이런 거 따질 필요 없이 나와 같은 무리에, 민족에 득이 된다면 다른 것은 별로 따지지 않는 것 같아요.

푼크툼　되게 위험할 수도 있는 게 제 생각에는.

아미　되게 위험한 발상이 맞아요.

푼크툼　예를 들어 그게 이제 좀 거시적으로 봤을 때는 민족을 위해 민족주의적일 수 있겠지만 좀 더 미시적으로 봤을 때는 내 가족이 우선이라고 봤을 때 그럼 저쪽은 죽어도 상관없고 난 내 가족이 우선이고.

아미　예, 그렇게 해서 그렇게 되면 최악의 상황이 다가왔을 때 가족이 먼저죠.

푼크툼　그렇게 된다면 결국은 그 피해도 나한테도 있지 않을까요?

아미　그래서 저는 제 가족을 지키기 위해서 항상 운동하고.

푼크툼　그게 나만 그 생각하는 게 아니라 상대도 갖고 내 옆집 사람도 그렇게 생각하고 있어. 다 그렇게 생각하고 있으면 이 사회가 붕괴가 돼 버리잖아.

아미　그럴 것으로 예상합니다. 그래서 그런 생각을 하는 사람은 저 하나만 존재하는 것으로. 하하.

푼크툼　사실 이런 게 답이 없는 건데.

아미　예.

푼크툼	글쎄요. 당시에 핵폭탄이 딱 한 발만 발사할 수 있었기 때문에 그랬는지 모르겠지만 한 발은 좀 해변에 발사해 놓고 사람들 겁을 주고 하면은 어땠을까, 하는 생각도 듭니다.

아미	핵폭탄 투여, 과연 나는 어떤 판단과 기준으로 할 수 있을까? 이 고민을 하게 되는 그런 내용이었습니다. 멋진 말씀을 해 주셔서 감사합니다.

푼크툼	솔로몬에서는 어떤 재미있었던 이야기가 있나요?

아미	솔로몬은 워낙 유명해서 다 아는 이야기라.

푼크툼	그렇죠.

아미	솔로몬의 이야기 중 처음에 3장에 들어갈 때 55쪽, 56쪽 여기 보면 주변 배경이 나오잖아요. 삼나무가 있다. 그냥 나무가 많다고 작가가 표현했으면 되는데 삼나무라고 이렇게 표현을 하기에 삼나무가 뭐지 하고 해서 삼나무를 검색해 봤습니다.

푼크툼	네.

아미	삼나무 자체가 솔로몬 신전 자체를 의미한답니다.
	삼나무 자체가 행운의 나무라고 불린다고 합니다. 솔로몬 신전이나 3천 년 전 유적에서 발견된 '성자의 상'에서도 사용되고 고대에서부터 이 나무가 신성한 나무로 귀하게 여겨진 나무라고 합니다. 죽은 자로부터 생명을, '생명'이라는 이런 별명을 가지고 있고 고대 솔로몬 신전을 보면 다 삼나무 형상을 만들어서 했다는데 장식이 다 삼나무라고 합니다. 신기하지 않습니까? 삼나무가 그런 의미가 있는지? 그러니까 작가가 책을 적을 때 장식품 하나하나, 그러니까 영화도 그렇고 장식품 하나하나 소품 하나하나를 허투루 쓰지 않는다는 거예요.

최근에 다시 느꼈습니다. 이게 디테일이 높아야 한다. 안네의 장미 이런 것들, 평화에 의미하는 것은 많은데 하필 장미 그리고 그 장미가 평화랑은 어떻게 연관이 될 수 있을까?

아무도 생각 못 했는데 안네의 장미 자체가 평화…. 그리고 자연스럽게 장미 이야기가 나오고, 장미정원을 했던 이런 이야기가 나오고, 문득 아무도 신경을 못 쓸 수 있는 이런 디테일함.

솔로몬 신전에 삼나무 장식장이 삼나무 이야기를 좀 약간 꺼내서 이런 거 보면 진짜 작가들 정말 대단하다.

정말 다양한 지식으로 이렇게 함축적으로 디테일한 배경 하나하나, 모습, 동선 하나하나를 다 계산해서 적는구나. 그런 생각이 들었습니다.

그리고 책을 읽기 초반 부분에 미국의 정 없는 문화에 치를 떨었습니다. 26쪽에 여기 설명이 나오는데 데이비드가 일하는데 자녀가 아프다고 자녀가 아파서 수술해야 하니 마니. 이런 상황 맞나. 기억이 오래돼서.

푼크툼 직장에서는 전화를 바로 끊으라고 하죠.

아미 사장이 전화 끊으라고 막 심술궂게. 전화 한 통 그것이 뭐라고. 전화세 얼마 나온다고.

푼크툼 거기서 미국의 문화를 느끼죠.

아미 딸애가 아프다고 이야기했는데도 사장은 내 알 바 아니다. 전화 끊어라. 일해라. 노동 착취하는 그런 악덕 업주 그런 모습이 그려지면서 미국의 정 없는 문화, 연민과 정이라는 게 없는, 그런 것에 대한 온도 차이. 너는 너, 나는 나. 이런 명확한 구분 이런 것이 조금 불편했습니다.

푼크툼 이게 매번 책을 읽고 만날 때마다 만나서 이야기를 나눌 때마다 느끼는 것 중의 하나가 이 책 한 권을 가지고 바라보는 관점 혹은 어떻게 뭔가 영향을 받는 게 서로 다 다른 것 같아요.

아미 네, 맞습니다. 그래서 너무너무 재밌습니다. 다양한 소재로 이야기를 나눌 수 있다는 것 그리고 서로의 생각을 물어보고 답하고 생각을 듣는다는 것 그것이 너무 재밌습니다. 멤버만 조금 더 늘었으면 좋겠는데 신규 멤버 영입은 잘 안 되나요?

푼크툼 또 한 번 열심히 홍보해 보겠습니다. 근데 인스타에 팔로우가 순간 많이 늘었습니다.

아미 그렇습니까?

푼크툼 오랜만에 들어갔는데 10명이 안 됐는데 지금 32명.

아미 깜짝 놀랐겠습니다.

푼크툼 이래서 다들 팔로우에 목숨을 거는구나 하는 생각도 듭니다. 인스타 안 하시죠?

아미 네.

푼크툼 인스타에 저 나름 글을 올리고 있습니다.

아미 조금씩 놀러 가겠습니다. 일단 가입은 돼 있으니.

푼크툼 오늘의 한 줄 평.

아미 진짜 읽으면서 동화책 같다고 생각했는데 여기 누가 적어 놔서 현대판 우화라고. 하하.

푼크툼 일단 저는 이제 인스타 정리하면서 그때 떠오르는 한 줄 평을 지난번처럼 메시지로 보내 드리겠습니다.

아미 네, 알겠습니다. 저는 한 줄 평 '디테일의 미학'. 삼나무 디테일, 안네의 장미.

푼크툼 그러니까 디테일이….

아미 그다음에 그 소품들, 아까 그 가브리엘 할 때 소품, 디테일
의 미학, 보는 시선 하나하나, 동선 하나하나 작가는 다 고
려해서 적는다.

푼크툼 그러고 보면 저는 참 디테일하지 않은 것 같습니다.

아미 왜요? 엄청 디테일하신데.

푼크툼 이야기한 단어들이 하나도 기억이 안 나. 삼나무, 안네의 장
미, 아까 그리고 안네를 부르는 그 단어, 풀로….

아미 폴리아나.

푼크툼 저는 몰랐어요.

아미 모르는 단어니까 궁금한데 하고 한 번씩 찾아보고 검색해
보면 요즘에는 좋으니까, 옛날처럼 백과사전 찾을 필요 없
이 스마트한 검색.

푼크툼 이렇게 하면서 궁금한 것이 있으면 검색을 해서 메모도 하
는 거잖아요.

아미 예, 안 까먹으려고. 그런데 지금도 다 까먹으니까, 기억이
머릿속에 각인이 안 돼 있으니까 이게…. 두세 번 계속 반복

하고 말하고 묻고 물어보고 이렇게 하면 좀 더 기억이 오래 남으니까, 기억이 안 나더라도 나중에 한 번 들으면 혹시 들어 봤던 말인데, 이런 의미였던 것 같은데 이렇게 이해할 수 있게.

푼크툼 저는 오히려 이 책을 볼 때 물론 다음에 이제 경제 책은 어떻게 읽을지 모르겠지만 지금까지 책을 보면 그렇게 구체적인 것들을 디테일한 것들을 찾기보다는 전체적인 것을 보면서….

아미 흐름?

푼크툼 흐름이라기보다는 인문학적인 것에 의문을 찾는 것 같아요. 아까처럼 왜 사람들은 역량을 남들한테 깨우려고 할까 이런 거 있잖아요.

아미 진리 연구. 다음에 철학책 읽으면 정말 재밌겠다. 철학 바로 넘어갈까요? 도나 닦으러, 하하.

푼크툼 그래요. 고생하셨습니다.

돈의 속성

5. 돈의 속성

- 푼크툼, 아미, 떡볶이

푼크툼   자, 시작합니다. 반갑습니다. 오늘 이제 여섯 번째.

떡볶이   그럴까요? 여섯 번째 시간, 올해 첫 시간.

푼크툼   새해 첫 토론입니다. 반갑습니다. 아미 님, 떡볶이 님.

떡볶이   복귀로 들렸어요, 복귀. 하하.

푼크툼   제 닉네임은 아시나요? 기억하시나요?

아미   푼크툼. 제가 지어 드렸죠.

떡볶이   그러니까요.

푼크툼   아주 만족합니다. 오늘 하게 될 책은 '돈의 속성'이라는 책인데 다들 다 읽어 보셨나요?

모두   예, 완독. 다 읽었습니다. 완독했습니다.

떡볶이   근데 거기서 하시니까(독서토론은 늘 양덕원 남면도서관에서 하였는데 도서관 문이 닫히는 바람에 장소를 임시로 바꿰었음) 약간 음악도 나오고 카페 사장님 같아요.

아미   오늘은 왠지 하는 복고풍 라디오 DJ 느낌.

떡볶이   약간 '돈의 속성' 추천해 주시고 오늘은 왠지 책방 사장 느낌
            도. (옛날 사람!)

푼크툼   오늘 '돈의 속성' 책에 들어가기에 앞서 잠깐 책에 관해서 설
            명하자면 이 저자는 김승호 회장이시고요. 스노우폭스라는
            화훼며 도시락이며 여러 가지 사업을 하시는, 국내에도 지
            금 사업을 하는 저자입니다.

떡볶이   알고 계셨어요? 스노우폭스.

푼크툼   네, 저는 알고 있었어요.

아미   저는 이번에 검색하면서 알게 되었습니다.

푼크툼   그래요?

떡볶이   여기가 그 도시락 중에서도 한국에서는 초밥 위주로 많이
            팔거든요.

푼그툼   롤 초밥 같은 거.

떡볶이   전 그거 먹으러 다녔어요.

푼크툼   그래요? 먹어 봤어요?

떡볶이 네! 포장을 깔끔하게 해서. 남들에게 선물할 만한 곳이 여기
라서 이용했어요.

푼크툼 보통 초밥은 깔끔하게 포장되는 게 아닌가요?

떡볶이 맞아요. 그런데 신선도 관련된 보냉팩 이런 것과 어디서나
사람들이랑 포장을 풀어서 먹을 때 신선하고 깔끔하고 푸
짐한 그리고 초밥들이 잘 안 흔들려서 먹을 때 처음 받은 그
대로 유지되어 있어요. 계란과 롤 초밥도 있고요. 연어 초밥
이 유명해요. 엄청 깔끔한 느낌입니다.

푼크툼 저도 알고만 있었지, 가서 먹어 보지 않았는데 이번에 메뉴
검색을 해 보니까 가격대는 좀 있어서 이 사업이 우리나라
에서 잘 먹히려나 싶은데 장사가 꽤 잘되나 보더라고요 다
들 애용을 하나 보네.

떡볶이 그러니까요. 그 가격대에 사서 먹었을 때 그래도 요 가격이
면 괜찮다는 생각이 들어요. 밥 양이나 회의 크기나 이런 것
들이, 맛도 있고요. 저도 처음에는 '플라스틱 용기에 포장해
서 가는데 너무 비싼 거 아니야?'라고 생각했는데 생각보다
괜찮았어요. 꽃집도 이용했는데 잘되더라고요.

푼크툼 응, 저는 오히려 도시락보다 화훼 쪽이 접근하는 방식이나
사업 설명을 할 때 괜찮은 방식이라고 생각합니다. 우리나

라 사람들 특히나 꽃을 살 때는 딱 행사 그때 이벤트성으로
만 사지, 평상시에 누가 잘 안 사잖아요. 근데 그것이 소비
자의 문제라기보다는 판매 쪽에서 공급하는 업체에서 판매
루트가 그렇게 다양하지 않았기 때문에 접근성이 떨어졌기
때문인데, 그래서 소비자들이 그런 소비 행태를 보이지 않
았나 싶은 생각이 들었고, 이렇게 운영하는 거 보면 괜찮은
것 같더라고요. 그래서 검색도 해 봤는데 오히려 저는 스노
우폭스 화훼 플라워가 더 매력적이고 좋아 보이더라고요.

떡볶이　화훼 쪽을 또 알게 된 게 상권 좋은 곳에 꽃집이 들어가 있
는데 늦게까지 해요. 엄청나게 잘돼요.

푼크툼　그래요.

떡볶이　그러니까 술 먹고 즉흥적으로 사는 사람들도 많고 진짜 진
짜 바글바글해요. 술 먹고 살짝 2차 돌아가는 시간, 원래 그
시간에 목적성을 두고 하지 않잖아요. 그런 그것처럼 아이
스크림을 먹고 싶거나 빵이 먹고 싶거나 카페나 이런 데가
조금 바글바글하잖아요. 꽃도 이렇게 이용되는 것을 보고
진짜 깜짝 놀랐어요. 그 시간에 꽃집이 너무 바글바글한 거
예요.

푼크툼　남자들이 이제 죄다 꽃집으로….

떡볶이 여자 친구가 꽃 예쁘다 하면 뭐 찾아야지 어떡해요. 취했고 기분도 괜찮겠다, 그러면 바로 사는 거죠. 그래서 진짜 깜짝 놀랐어요.

푼크툼 보통 겨울철에 꽃집 지나가다 보면 아까 여기서 설명한 것처럼 뭐랄까 나뭇잎 다 떨어진 나무만 있고, 별로 가고 싶은 생각도 없고 그런데, 검색해 보니까 되게 화려하고 좋더라고요. 구경하고 싶은 생각도 들고 지나가다가 구매하고 싶을 것 같았어요.

떡볶이 영상 온도를 유지하려면 쉽지 않은데 여기는 웬만하면 꽃을 다 밖에 내놔요. 그리고 문 열고 계속 온풍기가 나가게 그렇게 하시더라고요.

푼크툼 같은 상품을 판매하는데 그 진열을 어떻게 하느냐 혹은 어떻게 홍보하느냐에 따라서 매출이 달라지는 것 같아요.

떡볶이 그러니까 그분은 전기세 조금 더 쓰더라도 이 생물을 어쨌든 빨리 치우자, 이거잖아요. 생물이니까 기간이 있을 거 아니에요. 판매할 수 있는 그 기회를 잘 노리는…. 저는 책을 읽고 서울 한번 가 봤거든요.

푼크툼 그랬구나. 그래서 연 매출 1조 원이라는.
스노우폭스라는 네이밍은 어떻게 이루어졌는지, 비하인드

스토리를 아십니까?

스노우폭스를 한글로 바꾸면 하얀 여우, 백여우 아닙니까? 김승호 회장님의 아내 되시는 분의 어렸을 적 별명이 백여우였답니다.

아미   하도 오래돼서 이게 기억이 이제 조금 기억나네요.

푼크툼   그렇다고 합니다.

아미   한 달 만에 하는 거라. (훈련 때문에 회원님들이 또 이해를 해 주시고 독서토론 일정을 미루어 주셨다) 계속 정리해 주십시오.

푼크툼   그 책을 봤을 때 그 첫인상 하고 혹은 기대했던 뭔가 있었나요? 책을 읽기 전 당시로 가 보면 각자 이 책을 접했을 때 '돈의 속성'이라는 제목만 보고 혹은 책의 디자인을 보고 이 책은 뭘 기대할까 혹은 첫인상 이런 게 있었나요?

아미   독서토론에서 경제학을 이제 한번 해 보자 해서 경제에 대한 첫 번째 책이잖아요.

푼크툼   그렇죠, 첫 책이죠. 경세 분야, 첫.

아미   읽으면서 경제 책보다는 '자기계발서'에 가까운 책 같았습니다. 경제이론을 배우고 싶은데 전혀 나오지 않는 거로 확인했고요. 갖다 붙이자면 '게임의 법칙' 등 일부만 과다 해석하면 경제 논리가 들어갈 수 있다고 보이고 첫 장에서 '돈은 인격체'라고 나오는데 이 말이 가장 인상 깊었습니다.

푼크툼 가장 큰 키워드죠.

떡볶이 저는 경제 쪽을 다룬다는 게. 너무 속물적(돈만 밝힌다는)으로 느낄 수도 있잖아요. '부자가 되자'이지만 나쁜 쪽으로 생각하면 '너무 속물적이다.', '물질만능주의다.' 이렇게 생각할 수 있어서 조금 거북한 면이 있었어요.

경제가 주제이다 보니 투자 부분이 나오는데, 투자에 관한 생각은 각자 많이 다르잖아요.

예전에 이런 토론을 했는데 논란이 너무 많고 각자 의견이 너무 달라서 난감했던 기억이 있어요. 그래서 궁금하기도 하고 같이 토론을 하면 재밌겠다 싶기도 하고 어려웠어요. 저한테 진입하기는 좀 그랬는데 생각해 보니 아미 님이 이야기해 주신 것처럼 자기계발서라고 생각하니 공감이 되고 오히려 접근이 좀 편해졌어요.

주식, 투자 뭐 어떻게 해야 하는지, 펀드 관리 어떻게 되는지 디테일하게 그렇게 갔으면 조금 어려웠을 것 같은데 '이걸 삶에 어떻게 녹이지', '지금 주식을 사야 하나'와 같이요. 하지만 오히려 '자기계발서' 느낌에 좀 가깝다고 했을 때 이걸 받아들이기가 쉬웠던 것 같아요.

푼크툼 저는 이 책을 이 모임이 있기 전부터 알고 있었고 초반을 좀 봤어요. 근데 초반부터 아까 이야기했듯이 돈은 인격체라는 그런 의미가 그 의미가 엄청 임팩트 있게 다가왔어요. 제가 이 모임을 진행하면서 경제라는 파트를 진행할 때 가장 첫 번째 책으로 이 책을 하고 싶었어요. 왜냐하면, 돈에 대한 나름 뭐랄까 비유가 너무 적절하고 경제가 어려울 수 있는 사람들한테도 그런 식으로 접근을 하면 경제가 재밌기도 할 것 같아서 물론 이제 이후에 있을 경제 분야에서 마지막 책은 아마 조금 어려운 책을 한번 건드려 보긴 할 텐데 입문서로서는 아마 좀 괜찮지 않나 생각됩니다.

떡볶이 맞아요. 딱 입문서 느낌.

푼크툼 네, 그래서 한번 선택을 해 봤습니다. 책을 읽고 나서 이제 다 읽으셨다 하니까 이 책의 장단점이라는 게 있었나요. 장점도 있지만 뭔가 아쉬웠다거나 단점, 이거는 좀 아니다.

아미 떡볶이 님이 말씀하신 투자 분야에 대해서 생각을 해 봅니다. 투자라는 게 자산과 자본을 얼마큼 가지고 있느냐에 따라서 투자의 개념이 다른 건데 투자해야 한다, 그런 이야기가 책에서 많이 나옵니다. 과연 투자할 사람, 투자할 여유가 있는 사람이 대한민국에 과연 몇 퍼센트나 될까? 투자할 여유가 있는 사람이 과연 있나? 하루 벌어서 하루를 연명하는

사람이 대부분 서민의 삶이라고 생각이 드는데 돈의 속성
이란 무엇이냐, 어떤 생각 방식으로 접근해야 하나? 투자를
할 만한 여유를 가진 사람은 대한민국의 어느 정도 수준일
까? 그런 생각과 여유가 없어도 투자를 하는 사람은 무엇일
까? 한 달에 9급 공무원이 현재 200만 원 정도 된다고 가정
을 하고 숙박비, 그러니까 월세 제하고, 통신료, 교통비, 식
비 제하면 수중에 있는 돈은 월 30만 원도 안 될 텐데. 이런
상황에서 양쪽 부모님이 건강하시고 부모의 지원 하나 없
이 오롯이 자기가 번 돈으로 생활해야 한다면 친구들과 어
울리지도 못하고 모아야 하는 그런 돈인데 이 돈을 가지고
과연 투자한다는 게 과연 현명한 것일까?

푼크툼   그러면 아미 님이 생각하는 투자는 어느 정도 돈은 돈이 있
어야 투자를 할 수 있다고 생각하시나요?

아미   저축이 우선이고 삶의 여유가 어느 정도 되고 해야 한다고
생각합니다.

푼크툼   이 책을 읽기 전에도 아니면 지금도 마찬가지로.

아미   네, 읽기 전에도 그랬습니다.

푼크툼   지금도 마찬가지.

아미   지금도 투자라는 것은 진짜 일반인들한테는 그냥 허울뿐인

실체가 없는 그런 거란 생각이 돼서.

푼크툼   이 이야기는 이따가 또 책 이야기하면서 하려고 했는데 이미 이야기가 나왔으니 투자라는 거는 사실 내가 가진 현금을 가지고 투자를 할 수도 있지만 남의 돈을 빌려서 투자할 수도 있잖아요. 그런 방식으로 투자를 할 수 있지 않을까요?

아미   그러니까 이게 투자를 대출받아서 한다는 건데 완전 모험가 삶을 살아가는 거죠. 책에서는 모험가 삶을 살아야 한다고 하는데 그 모험이 잘되었을 때 삶을 잘 살았다고 하지만 실패했을 때는 답도 없는 거라. 그리고 이 회장님의 마인드 자체가 돈이 벌리면 수익의 100% 다 사업 투자를 하는 것이 아니라 50%는 투자하고 50%는 가족을 주든지 이렇게 관리를 유지해야 한다. 그래야 다음에 무너지더라도 여유자금이 있어서 다시 일어설 수 있다. 이런 대비책이 있으니까 공격적인 직접적인 투자가 가능한 건데, 왜냐하면 세이브된 돈이 있으니까 즉 자본잉여금이 있으니까요.

일반인들이 과연 그렇게 할 수 있는 사람이 과연 몇 명이나 될까요? 예전 한창 갭 투자 유행할 때 아파트 하나 사기 위해서 은행 대출을 과도하게 받아서 일명 영혼까지 끌어모아 대출받은 사람들, 지금 부동산 경기 침체라 엄청나게 손해 보는 사람 많을 텐데.

푼크툼 그 방식은 김승호 회장도 옳지 않다고 한 방식이잖아요.

아미 네, 하하.

푼크툼 궁극적인 투자 모습은, 김승호 회장이 이야기하는 투자 방식은 저하고도 좀 어느 정도 일맥상통하는 것 같은데 그 규모가 다를 뿐이지 아르바이트생도 투자할 수 있다고 저는 봐요. 그리고 아까 이야기한, 그리고 김승호 회장이 이제 어린 나이부터 투자하라고 하는데, 내가 정말 궁핍한 삶을 사는 학생이라면 세상 물정 모른다고 할 수도 있겠지만 어른 측면에서 봤을 때는 젊은 사람들은 어느 정도 약간의 사서 고생한다는 느낌으로 주식 투자를 조금이라도 사서 그거를 지속해서 하고 했으면 하는 바람에 그런 식으로 이야기를 하지 않았나 싶기도 하고.

사실 투자라는 게 1억을 갖고 주식이나 부동산을 사도 투자지만 내가 천 원, 만 원을 가지고도 뭘 할 때 그것도 투자는 마찬가지거든요. 제가 봤을 때 투자라는 의미는 내가 어떤 거를 이용해서 플러스가 됐든 마이너스 됐든 그거를 생산화하는 게 저는 투자라고 보기 때문에 그게 주식이든 부동산이든 투자라고 생각됩니다.

아미 이해가 됩니다. 맞는 것 같아요.

푼크툼　로또도 사실 어떻게 보면 투자일 수도 있고.

아미　손실이 오고 실패하더라도 그게 경험으로 갔다면 경험에 대한 투자라고도 이렇게 이야기하더라고요.

떡볶이　그렇죠. 실패가 아니라 그건 경험에 대한 투자다.

푼크툼　어떻게 보면 이건 좀 이따가 이야기할 거긴 하지만 우리 3명도 지금 투자하고 있습니다. 그 어떤 방식으로 투자하고 있는지는 제가 조금 있다가 이야기를 해 드릴게요. 제가 곰곰이 생각해 봤는데 저도 저 나름대로 투자하고 있고….

떡볶이　지금 이야기해 주시면 안 돼요? 지금이요. 약간 이렇게 이야기 나온 김에 궁금하면 못 참아요. 하하.

푼크툼　저는 저자가 돈은 인격체라고 이야기를 한 거에 되게 와닿았던 이유가 뭐냐 하면 저는 예전부터 나름 여러 방면으로 투자하고 있다고 생각하고 있었어요. 내 돈을 가지고 그게 뭐냐 하면, 이해를 잘 시켜야 하는데.
예를 들어 아미 님 같은 경우는 주식 투자나 부동산 투자를 안 한다고 하더라도 현재 투자를 어떤 방식으로 투자하느냐면은 나중에 연금을 받잖아요. 군인이시니까. 연금을 받기 위한 지금 하루하루를 투자하는 거죠. 보이지 않는 투자를 하는 거고.

떡볶이 님 같은 경우나 저 같은 경우는 이제 소매업을 하는 사람으로서 이런 물건들 저 같은 경우는 이런 볼펜 하나하나들이 인격화시키면 돈만 인격화가 아니라 얘네들까지 인격화한다면 저는 얘네들 가지고도 투자하는 거죠. 왜냐하면, 저한테 플러스 요인을 만들어 주니까 혹은 재고가 쌓이면 마이너스 요인이 되긴 하겠지만 그리고 떡볶이 님 같은 경우도 지금 만들고 있는 상품 판매가 결국은 투자인 거고, 어떻게 보면 얘네들이 제 직원이죠. 저한테 돈을 갖다주는 직원인 거죠. 자신들의 몸을 팔아서 저한테 돈을 주는.

아미   표현 예술. 감동.

푼크툼   그렇죠. 아미 님은 그렇게는 아니지만 어쨌든 간에 본인의 시간, 시간도 인격화한다면, 시간도 본인의 직원이라고 생각한다면 하루를 보내서 나중에 먼 미래에 자기한테 연금이 들어오는 것도 어떻게 보면 투자일 수 있고. 이해가 되셨나.

아미   하루하루 군 생활이 투자다. 군 생활하는 사람으로서는 가슴 썩 와닿지는 않는데 이해는 됩니다. 하하.

푼크툼   연금은 시간이니 가장 안전하고 확실한 투자 아닙니까? 연금은 사실….

아미   이해하기 싫네. 가슴에 왜 안 와닿지. 하하

떡볶이　저희는 저희한테 묶여 있는 상품(직원)만 많고.

푼크툼　사실 그렇죠. 저한테 다 묶여 있는 직원들이죠. 그리고 아파트 투자도 마찬가지로 보면 아파트 또한 인격화한다면 그러니까 그 아파트도 직원이라고 본다면 그 안 팔린다는 직원은 일을 제대로 못 하는 직원인 거야. 왜냐하면, 결국 소유주한테 수익을 안 갖다주고 있고 빈둥대는 게 좋지 않은 직원인 거죠. 만약 내가 강남에 있는 아파트를 갖고 있어. 근데 몇 년 사이에 확 뛰어올랐잖아. 그러면 그 아파트는 저한테 엄청 좋은 직원인 거죠.

아미　진짜 그런 걸 인격체로 한다면.

푼크툼　인격체로. 왜냐하면 우리가 그 아파트를 사기 위해서 은행에 대출받잖아요. 혹은 내 돈을 갖고 아파트를 사잖아. 그러면 그 아파트가 직원이라고 본다면 그 직원한테 우리 돈을 준 거라고.

떡볶이　저는 그래서 이 부분에서 그 투자라는 것 자체를 읽으면서 어디까지 적용할 거냐는 생각이 많이 들었어요. 경제 쪽을 다룰 때 책 이름도 직관적이고 '경제 흐름' 이런 느낌이 아니라 '돈의 속성' 이렇게 하니까 직관적으로 느껴지는 부분이 많았어요.

제가 대학교 때 봉사동아리를 하면서 나눔 모임을 한 적이 있어요. 노숙인 급식 봉사를 했는데, 왜 이 봉사가 존재하고 가난하다는 것이 상대적인 개념이기 때문에 가난하지 않은 사람들과 결국 가난한 사람들과 같이 살아가는 방법 이런 것들을 생각해 보았어요. 그리고 그 가난에 우리는 속해 본 적이 있는가? 그래서 우리나라가 정의하는 빈곤에 대한 것은 무엇인가 키워드도 좀 생각해 보고 그랬는데, 그러면서 투자에 대해 다시 생각하게 되었어요. 투자가 금전적인 게 아니라 사람에 대한 투자도 있잖아요. 예를 들어 내가 누구의 학비를 지원한다든가 하면 어쨌든 그것은 사람에 대한 투자인 거잖아요.

돈의 흐름에 투자로만 이야기할 수 없고 사람이 다른 삶을 도왔어요. 돈 말고 뭔가 내가 노동으로 그것도 투자인 거잖아요. 우리가 이렇게 이 투자라는 말을 어디까지 부여할 수 있나 그런 확장성이 좀 어려웠어요.

푼크툼 　제가 생각하는 투자의 확장 범위는….

떡볶이 　나에게 돈을 가져다주는 거, 플러스가 되는 거?

푼크툼 　그게 플러스가 됐든 아까 이야기했듯이 나쁜 직원이면 마이너스가 되는 거고, 그래서 이 책에서 이야기한 돈이 인격체라는 것을 나는 조금 더 확장해서 모든 물건이 다 나한테 투자되는 개념이라고 보는 거죠.

떡볶이   저는 NGO 단체에 후원하거든요. 그래서 이 책을 읽고 다른 생각이 좀 드는 거예요. 이게 내가 어떻게 보면….

푼크툼   그것도 투자다.

떡볶이   네, 투자. 후원인 건데 이것을 투자라고 확장해서 본다면…. 사실 나한테 직접 돈을 가져다주지는 않지만, 한 가정에 후원한 것으로 염소가 생겨서 그 염소로 젖 짜서 팔고 재봉틀을 사서 그 재봉틀로 점점 수익이 높아지고, 처음 후원한 금액으로 수익이 발생하게 됐다. 이런 소식들 있잖아요.

푼크툼   그거는 약간 투자는 좀 별개로 기업공헌, 사회공헌 느낌으로 갈 수도 있겠다는 생각이 드네요.

떡볶이   공헌? 사회공헌?

푼크툼   사회 기여 느낌으로 가는 게 좋을 것 같아요. 이미지 메이킹 그런 쪽으로 플러스 요인이 될 수는 있겠지만.

떡볶이   그러면 만약에 제가 어떤 사람에게 학비를 지원했다든가 이런 것도 사회공헌….

푼크툼   투자라는 개념은 결국은 내가 한 만큼 뭔가 돌아오는 게 기브 앤 테이크가 그게 있어야 투자인 것 같아요.

떡볶이   근데 이제 아까 아미 님이 이야기했을 때 어떤 손실이 있었
          을 때도 그게 경험으로 왔다면 경험을 가져다줬기 때문에
          실패의 경험들이 또 투자된 것이라고 생각도 돼요.

푼크툼   장기적으로 봤거나 그런 면에서도 투자가 될 수도 있겠죠.
          물리적이지 않지만, 관념적으로 투자가 될 수 있으니까.

떡볶이   그랬을 때 그러면 후원하고 이런 것도 경험으로 들어갈 수
          있지 않나? 그러니까 저는 좀 어렵더라고요.
          혼자 왔다 갔다 하는 거예요. 그렇다고 해서 이 경험이 직접
          적이지 않은데. 또 다른 예로 후배 집안 사정이 어려워서 몇
          개월 동안 정기적으로 돈을 보내 준 적이 있어요. 저는 직장
          인이었으니까 그런 것도 나한테 어떤 경험이 된다면 투자
          인가 약간 모호해지는 거예요. 인생의 어떤 경험을 하나씩
          다뤄 봤을 때.

아미   저는 투자라고 봅니다.

푼크툼   거기까지 확장돼 버리면은 이게 끝이 없을 거 같아.

떡볶이   그러니까요.

아미   언젠가 후배가 잘살게 되었을 때 나한테 뭔가 도와줬던 사
          람 생각난다면.

푼크툼   그렇게 해서 나중에 그 사람을 이렇게 떠올리거나 공을 세

운다면.

아미 그것도 투자가 될 수가 있겠죠. 개국공신으로 처음으로 아파트 한 대 사 주고 이러는 거 그럴 수도 있죠. 그럴 수도 있으니까 그게 다 투자지 뭐 그렇죠. 사람에 대한 투자.

푼크툼 그렇죠. 베푼다는 것이 다 투자죠.

떡볶이 그렇죠. 그렇죠. 맞아, 그렇죠. 자신을 팔아서.

아미 베푼다는 게 어떻게 보면 말만 좋은 거지. 모두 투자가 아닐까?

푼크툼 그러니까 투자라는 것은 결국 다양한 의미가 있는 것 같은 느낌이 들어요.

떡볶이 '돈은 인격체다'에서 너무 많은 것을 품고 있다는 생각이 들더라고요. 처음 시작할 때 저는 돈의 흐름만 생각했거든요. 내가 어떤 것을 사고팔아서 일어나는….

아미 그럼 제가 정리를 해 드리겠습니다. 제일 처음에 14쪽부터 15쪽까지 나오는 게 돈은 인격체라고 이게 첫 장에 나와 있습니다. 사람처럼 감정과 의지가 있다. 그래서 이제 더 큰 의미로 회사도 인격체다. 법인이라고 본다면 그렇게 나와 있고 사람과 같이 얘들은 이제 몰려다니고 어울리는 걸 좋아하고 또 평생 숨어 지낸다.

특징이라는 게 아까 말씀하셨던 것이 정확하다면 소중히 여기는 사람한테는 돈이 꼭 붙어 있고 함부로 대하는 사람한테는 패가망신할 수 있게끔 보복한다. 합당한 대우를 할 때 이자를 준다. 또 집에만 가둬 놓는다면 나가려고 한다. 주인이 구두쇠이기 때문에 오지 말라고 한다. 존중하지 않으면 협조 절대 안 한다. 존중하지 않고 '술과 도박' 이런 데 사용하면 이제 비참한 등 돌림을 당하게 된다. 또 하나 표현한 게 사랑하되 지나치게 하지 말고 품더라도 보낼 때는 또 보내 줘야 한다. 즉 돈은 인격체이고 깊은 우정을 나누는 친구처럼 대해야 한다.

푼크툼　돈을 그렇게 인격화하면서 이야기를 했죠.

아미　마지막으로 사치나 허세를 위해서 친구를 이용하지 않는 것처럼 돈을 그렇게 이용하지 말라. 그렇게 한 장에서 이렇게 깔끔하게 정리가 되어 있었습니다.

푼크툼　제가 봤을 때 이 책의 장단점은, 우선 단점부터 이야기를 하자면은 저는 이제 책을 읽고 나서 나름 정리를 하는데 정말 정리하기 어려운 책이었어요. 왜냐하면, '역행자'란 다음의 책 같은 경우는 이게 챕터가 구분이 되어 있거든요. 근데 이 책은 중구난방이에요. 돈 이야기했다가 투자 이야기했다가 부자 이야기했다가 너무 중구난방이어서.

떡볶이   이게 강연 스타일이에요.

푼크툼   강연인데도 왠지 준비되지 않은….

아미   연결되지 않는 기승전결이 안 느껴지는.

푼크툼   그러니까 뭐랄까, 희로애락 이런 순서가 전혀 없이 계속 중구난방으로 이야기를 하다 보니까 이 책 한 권을 가지고 강연을 한다면 강의를 듣는 사람은 매우 혼란스러울 것 같은 느낌이 있어요. 정리가 되지 않아서.
근데 그걸 반대로 생각해서 장점은 이 책은 어디서든 아무 데나 펴서 읽어도 그때그때 읽어도 그게 다 뭐랄까, 팁이 되고 도움이 될 수 있는 책이기도 하고.

아미   그냥 자기가 생각하는 것을 순서 없이 적어 놓고 보는.

푼크툼   결국은 이 책에 관한 책의 구성이 장단점이 될 수 있다고 저는 생각을 해요. 책 자체만 봤을 때.

아미   솔직히 기승전결이 안 되니까 앞에 있는 책들 읽고 나서 마감하고 새로운 거 읽고 또 마감 정리하고 이런 식으로 봐야 하니까 그것도 모르고 주야장천 읽고 지나왔다가 앞뒤 내용, 뭔 이야기 했지. 이게 이렇게 볼 필요가 없는 책인데.

푼크툼   예, 그렇죠. 나름 책을 제 나름 정리를 해 보니까 이 사람이 저자가 하고 싶었던 이야기는 첫 번째 돈에 대하여, 그리고 두 번째는 투자에 관하여 자기가 생각한 투자들, 그리고 세 번째가 부자가 되기 위한 태도 혹은 부자가 되었을 때의 태도에 대해서 그렇게 좀 세 가지로 이야기를 하고자 했던 것 같아요.

나중에 이 책에 다시 뭐랄까 다시 인쇄되고 한다면 그런 식으로 정리를 한다면 더 좋은 책이지 않을까 싶은 독자의 바람입니다.

그리고 제가 준비한 질문은…. 그렇다면 여러분이 생각하는 부자의 의미는 무엇인가요? 그게 정성적으로 혹은 정량적으로 수치를 딱 금액이 어느 정도 있을 때 나는 부자라 생각한다. 혹은 취지를 따지지 않고 정성적으로 이야기했을 때.

아미 금전적으로 따진다면 연봉 6천에 아파트 자기 이름으로 된 아파트가 있고 빚 없고.

푼크툼 연봉 6천에.

아미 연봉 6천에 아파트 한 채 있고 빚 없고 이 정도면 부자가 아닐까. 긍정적으로.

푼크툼 가족 없이 혼자 살 때.

아미 혼자 살 때 기준이면은.

떡볶이 이게 혼자 살 때라고 하니까 관대해지네요. 관대해져요. 나만 건사하면 되니까.

푼크툼　　연봉 3천이면 월급이 200만 원.

아미　　네, 200만 원에 오피스텔 하나 정도만 있어도 그냥 집 걱정 없이 자기가 버는 만큼 먹고 살 수 있으니까 그 정도만 되면 그다음 자기 노후는 자기 버는 돈으로 얼마든지 설계할 수 있으니까 그 정도만 돼도 여유가 있지 않을까?

푼크툼　　혼자 산다면.

떡볶이　　혼자 건사한다고 하면은 연봉 한 3~4천 하면 어쨌든 월세 얻어서 어떻게든 사니까 그렇게 해도 상관없다고 생각하거든요. 그러니까 저는 그 부자의 기준이 굶어 죽지 않으면 된다고 생각이 들어요.

푼크툼　　굶어 죽지 않네!

아미　　입에 풀칠할 정도.

떡볶이　　굶어 죽지 않는 것. 왜 그렇냐면 맛있는 것 좋은 것을 잘 먹고 다니는 것도 있겠지만, 진짜 입에 풀칠해서 굶어 죽지 않는다면 지금 현실에 맞게 현재 나이니까 이렇게 생각할 수도 있는 것 같다는 생각이 들긴 하더라고요. 왜냐면 20대 때는 지금보다 더 없었으니까 근데 굶어 죽지는 않았다 이 생각…. 20대를 좀 돌아보면서 그 정도라도 지금 나이에 비해

서는 책임질 게 없으니까

아미　부자의 기준이 되게 소박하시네.

푼크툼　그러면 본인이 생각하는 부자의 정의는?

아미　저는 사람이라고 생각합니다. 얼마큼 신뢰 가는 사람과 알
음알음하고 관계 유지를 하냐는 게 중요하다고 생각됩니
다. 그런 좋은 사람이 주변에 많다면 투자 자금도 받을 수
있는 거고, 다 할 수 있는 거니까 믿어 주는 사람이 많고 나
를 지지해 주는 사람이 많다면 뭐라도 할 수 있지 않을까요?

떡볶이　그런 거 있겠네요. 이재용이랑 친구.

아미　이재용이 친구야. 그럼, '친구야, 차 한 대만 보내 줘' 하면
바로 보내 주고. 그럼 그 사람이 제일 중요하다. 하하.

떡볶이　근데 전 여기 방금 이야기에서도 나왔던 것 같아요. 그냥 부
자, 그냥 굶어 죽지 않는 거.

푼크툼　굶어 죽지 않는 정도, 소박하시군요.

아미　엄청 소박하신데.

떡볶이　지금 나이를 먹고 그래서 그런 것 같다는 생각이 좀 많이 들
어요. 저는 그리고 약간 가족 없이 진짜 1인 기준으로 했을
때 부자 이렇게 정의를 우리가 했잖아요. 그랬을 때 약간 더

이 정의가 나온 것 같아요.

푼크툼 그러면 굶어 죽지 않는 거라면 지금 대한민국의 모든 사람은 부자일 수 있겠네요.

떡볶이 모두보다는 대부분.

푼크툼 대부분 0.01%의 그런 분들도 계실 테니까.

떡볶이 그렇죠. 아니 굶어 죽지 않는 게 어쨌든 보장되지 않은 사람들도 있잖아요. 그러니까 내가 지금은 어떻게 한 끼를 해결하지만, 다음 끼니는 어떻게 해결해야 할지 좀 미지수인 사람은 내가 지금 굶어 죽을 수 있다는 생각으로.

푼크툼 그럼, 거기서 노숙자는 제일 악수이겠네!

떡볶이 그렇죠. 그런 여러 가지 사례들이 좀 제외가 되겠죠. 근데 이건 제 기준이죠.

푼크툼 그렇지. 물론 서로 기준이 다른 거니까 저는 이 책에서 이야기한 것과 같이 일을 하지 않았을 때의 수익이 보장되어야 하고.

아비 파이프라인?(내 노력이 들어가지 않는 고정적인 수익)

푼크툼 그렇죠. 파이프라인을 만들어서 내 노동이 들어가지 않고 오는 그 수익이 진짜 수익이라고 저자도 이야기했고. 저는 그게 보장이 돼야 한다고 생각해요. 그래서 아미 님은 연금, 그러니까 가장 좋은 투자를 하고 있다. 그래서 저는 만약에 그렇다면 지금 제 시점에서 그 자금이 월 200만 원에서 300만 원이면 엄청난 부자라고 생각해요. 제 상황에서는.

아미   고정 수입이 월 300만 원.

푼크툼   그렇죠. 고정 수익인데 노동에 들어가지 않은.

떡볶이   그냥 숨만 쉬는데 들어오는.

푼크툼   쉽게 이야기해서 건물에 임대료가 300만 원 들어오는 거. 일하지 않고도.

아미   연금. 지금 당장 전역하면 연금 170만 원 나올 텐데.

푼크툼   근데 혼자면 이제 300만 원은 좀 넘어갔을 수도 있고 혼자라면 150만 원, 200만 원.

떡볶이   200만 원이면….

아미   150만 원 혼자면 괜찮은데 처자식이 있으면 쉽지 않죠.

떡볶이   그렇죠. 혼자면 150만 원도 괜찮죠.

푼크툼   집도 있고.
　　　　　다음으로 이야기 다음 좀 넘어가자면 각자 재테크를 하시나요?

아미   요즘 다 하지 않나요?

푼크툼   하시나요? 여기서 말한 재테크는 연금 이야기, 이 이야기가
         아니라.

아미   주식, 부동산 다 합니다. 코인만 안 합니다. 코인을 안 해서
         지금 엄청나게 후회하고 있습니다. 2천만 원대에 사야 했는
         데 지금 1억 4천만 원까지 올라서…. 2억까지 오른다고 하
         는데 아우, 약 올라. 하하.

떡볶이   코인이랑 주식은 하지 않고요. 네, 펀드를 했다가 잘 안 돼
         서 은행에서 저축 그러니까 적금만 하고 있어요. 이렇게 하
         는데 한때 유행이 약간 펀드 쪽을 많이 권할 때가 있었어요.

아미   미래에셋 그 시절….

떡볶이   그런 쪽도 유행이 조금 있잖아요. 그래서 한 번 펀드 했다가
         정말 피똥 싸고.

푼크툼   펀드가 피똥 싸기는 쉽지 않은데.

아미   단기를 해서 그런가? 장기로 하면 10년 보고 투자하면 괜찮
         을 텐데. 펀드는 초기 사업비가 많이 나가니까,

떡볶이   그렇죠. 그렇죠. 단기로 했어요.

아미   단기로 하면은 펀드는….

떡볶이 10년 미만으로 했어요.

푼크툼 근데 그 금액도 꽤 컸나 봐요.

떡볶이 어쨌든 저축 생각으로 했으니까 그 나이 때는 어쨌든 사회
딱 초년생으로 적금 통장 좀 만들면서 하나를 한 거였으니
까 그 당시에 제 감정적으로나 이런 형편으로는 좀 크다 느
꼈죠.

푼크툼 약간 공격성으로 좀.

떡볶이 그렇죠. 제 성격이 게임 같은 걸 해도 시세를 보거나 그리고
주식도 하면 안 되겠다 싶었던 게 그거에만 매여 있어요. 책
에서도 '일희일비할 거면 좋은 투자가 아니다' 이런 이야기
도 있었고 투자한 자산의 가치가 떨어지고 있어도 내가 기
분 좋을 수 있으면 해당 투자 가치에 대해 깊은 이해와 공부
도 해야 하고 그렇지 않더라도 어쨌든….

푼크툼 어쨌든 투자를 하기 위해서는 거기에 대한 기본적인 소양
과 공부를 해야 한다는 말씀인 거잖아요.

떡볶이 그렇기도 하고 너무 일희일비할 필요 없다고 했는데 지식
은 계속 공부하겠지만 그쪽에 관해 관심이 가니까, 돈을 투
자했으니까, 일희일비를 너무 해서.

푼크툼 그렇지, 감정 컨트롤도 해야 하는 거고.

떡볶이   맞아요. 그리고 저는 여기서도 어떤 투자를 이야기할 때 어
         느 정도 안정적인 게 확보되고 진짜 없어도 될 돈일 때 그걸
         투자를 해도 별로 기분 좋지 않았던 것이 저는 어려웠어요.

푼크툼   저는 재테크를 나름 하는 게. 아까 아미 님께서 이야기했던
         것처럼 돈 없는 사람, 경제적으로 여유 있지 못한 사람들은
         투자하기가 쉽지 않는다는 뉘앙스로 이야기를 하셨는데 저
         는 그런데도 제 나름 재테크를 하는 건 매주 월요일마다 주
         식을 삽니다.
         그게 한 주가 됐든!

떡볶이   계속 사세요? 그러면 매주.

푼크툼   매주 월요일마다 혹은 1만 원이 됐든, 소수점으로 요즘에
         살 수도 있으니까. 그게 왜 그렇게 했냐 하면 저는 이 재테
         크를 해서 주식을 해 보겠다. 이런 마음으로 시작한 게 아니
         라 어느 날 친구랑 밥을 먹는데 친구는 매주 금요일인가 뭐
         언제마다 일주일 한 번씩 로또를 산대요.

떡볶이   맞아요. 그런 분 주변에 많아요.

푼크툼   은근히 그렇게 사는 사람들이 많잖아요. 로또를 사는 이유
         가 한 번에 일확천금을 얻는다는 그 기대 하고 일주일을 버
         틴다고 하는데.

떡볶이   어머나.

아미   월요일 사서 토요일 날인가 확인하는.

푼크툼   그러니까 한 주 동안 5일 동안 내가 이거 당첨되면 뭘 하고
         해야지 그런 행복한 상상을 하면서 사는 게 많더라고. 은근
         히 합리화.

떡볶이   오늘 죽고 싶다, 살기 싫다 하더라도 안 돼. 토요일은 로또
         확인해야 해. 이거 은근히 낭만 있다, 하하. 본인 이야기 아
         니죠? 친구가 그랬다는 거죠? 친구?

모두   하하.

푼크툼   네, 친구요. 하하. 그래서 저는 그 옆에서 초를 쳤죠. "야! 그
         러면 그렇게 해서 매번 로또를 만 원어치 사느니 차라리 만
         원어치 테슬라 주식을 사든 뭘 사면 더 좋지 않냐?"라고 반
         문을 던졌습니다. 그 친구는 10년 후에도 그렇게 조금씩 모
         아서 일확천금을 누릴 수 있겠냐, 이런 식으로 서로 의견이
         대립이 됐는데, "그래. 그럼 나는 오늘부터 만 원씩 살게."
         그래서 지금 친구와 대결이 된 거예요.

떡볶이   그 말이 어떻게 보면 진짜 실천이 된 거잖아.

푼크툼   왜냐하면 만 원이라는 건 사실 저한테는 그렇게 큰 자금이
         아닌 거고, 물론 친구는 만 원어치 로또를 산다면 난 만 원

어치 주식을 사겠다고 했는데 사실 그 말이 지나고 나서 지
금 한 3~4년 지났어요. 그 친구는 지금까지 로또 당첨되지
않았고.

아미   자, 그러면 지금 주식 총액은?

푼크툼   총액은 아니지만 어쨌든 간에 수익률은 계속 장기적으로
좀 오르고 있으니까 많은 돈은 아니죠.

아미   우리는 지금 궁금한데 얼마나 올랐을까?

푼크툼   어쨌든 간에 지금.

떡볶이   그래도 모르고 계속 부으니 다행이죠.

푼크툼   몰랐으니까 이런 이야기를 하죠.

떡볶이   제가 좀 안 좋은 사례로 제 이제 직장 동료 중에 진짜 나름
의 주식의 철학이 있었어요. 이분 철학을 좋게 보는 사람도
있고 뭐 안 좋게 보는 사람도 있지만 자기는 수익의 5%가
되면 무조건 뺀대요.

푼크툼   응.

떡볶이   그런 사람이 많아요. 나름의 기준 그리고 어디에다 투자할
지는 본인이 또 공부하고. 그래서 우리가 들어 보지 못한
데도 있고 그중 하나는 그 5%가 아니라 진짜 한 마이너스

20% 이상이었거든요. 어쨌든 그렇게 하락한 주식이 있는데 그분은 플러스 5%가 아직 안 됐기 때문에.

푼크툼 계속 갖고 있구나.

떡볶이 '나는 주식이 3년째다' 이러고 있는 거예요. 계속 떨어지고 있고.

푼크툼 그런 사람들도 많죠. 저도 그런 것도 있고.

떡볶이 그리고 플러스 5%가 되면 수익으로 플러스 된 돈들 있죠. 그것으로 또 투자하고 주식을 사기도 하고 노트북을 바꾼다거나 물질화시키거나 하더라고요.
그런데 저는 이런 생활 못 하겠더라고요. 그 치열한 삶이 치고 빠지는 그 5% 기준으로 이 삶이….

푼크툼 사실 그 기준이 저 같은 사람 말고 그렇게 집중적으로 하는 사람들은 그 기준선이 중요하다고 해요. 그렇지 않고 기준선이 없으면 내가 이걸 팔아야 하나 빠져야 하나 이걸 모르기 때문에 기준선을 확실히 지켜야 한다고 하더라고요.

떡볶이 근데 그 판매를 할 시기를 알기 위해 주식 창을 온종일 보는 그런 삶. 주식 하나에 매여 있는 거예요.

푼크툼 저는 그렇게까지 안 하지만 어쨌든 간에 이 책에서도 권하는 게 주식 입문자에게 가장 관심 있는 분야에서 제일 잘나가는 회사의 주식을 매달 한 주 이상을 형편에 따라 사라고 이야기를 하잖아요. 1등 주식을.

아미　2등이 아닌 무조건 1등.

푼크툼　그렇죠. 그러니까 그렇게 실천을 하면은 사실 이게 사실 누적이 되는 거잖아요. 복리라는 건 없지만 그래도 누적이 되니까 나름 그렇게 재테크를. 제 나름 게임 삼아 해 보고 있습니다. 50살이 됐을 때 그 친구와 저의 비교해 보기.

떡볶이　그러니까요.

아미　로또 당첨되면 어떡하지?

푼크툼　하하하. 그때 가서 제가 배 아플 수 있겠지만.

아미　주식 이야기하니까 82쪽 주식 하는 사람들의 세 가지 특징이 있어요. 우리가 했던 이야기와 똑같은데, 여기 보면 뭐 주식 손실 보는 사람들의 특징이 '그냥 따라 들어왔다. 참 이상한 건 재산을 모을 때는 자식같이 아끼고 살피며 모으면서 투자할 때는 가이드 단체 관광하듯이 따라다닌다. 거액을 투자하고도 계획도 없고 공부도 하지 않는다. 남의 집 개 사료 고르는 것보다 성의 없다.' 이런 식으로 표현한 것이 너무 와닿습니다.

푼크툼　그런 사람들이 주식에 실패하는 거고.

아미　　맞습니다. 그러고 보니까 우리 고정 수입 월 300만 원 정도 이렇게 파이프라인을 만들기 위해서 몇 가지 중의 하나가 대기업 주식, 그러니까 배당이 많은.

푼크툼　　그렇죠. 배당금이 있죠.

아미　　전에 삼성전자에 한 2천만 원 정도 구매했을 때 배당금이 80만 원 정도 들어왔던 거로 기억하는데….

푼크툼　　근데 그 배당금이 1년에 한 번 아니에요?

아미　　1년에 한 번 하는 게 아니라 성과가 많이 나거나 분기별 등 다양하더라고요.

푼크툼　　분기별로 나오나, 배당금이. 우와~

아미　　3억이라는 돈이 있다면 이걸 아파트를 살 게 아니라 삼성전자에 3억만 넣어 놔도 배당금이 나오니 이런 게 파이프라인이 아닐까?

떡볶이　　그렇죠, 그렇죠. 은행 이자보다 괜찮을 것 같고, 또 이건 언젠가는 오를 거고.

아미　　그러니까 진짜 돈이 돈을 번다. 그런 생각이 확 들었습니다.

푼크툼　　그것도 되게 뭐랄까, 다양한 방법으로 재테크하는 사람들이 많잖아요. 예를 들어 미술품으로 투자하는 사람들도 있고,

와인에 투자하는 사람도 있고.

떡볶이   식물 재테크.

푼크툼   식물.

아미   식물도 몇 억짜리가 있더만.

떡볶이   예민한 식물 재테크하는 사람들은 집 안이 온통….

푼크툼   그렇죠. 그것도 있고, 저기 파충류라든가 붕어, 금붕어 맞아
         요. 일본 사람들 금붕어에 아주 그냥 매료되어 있으니까 그
         렇다고 합니다.

푼크툼   이제 책 이야기를 계속 그냥 중구난방으로 해 볼 텐데. 뭐
         인상 깊었다거나 지금까지 한 이야기들이긴 하지만 뭐 해
         보고 싶은 이야기가 있나요? 저는 먼저 이야기하자면 자산
         의 투자도 팀 경기라는 그 부분 재미있게 읽었는데 전 축구
         보는 걸 좋아하니까. 축구 좋아하세요?

아미   저는 축돌이입니다.

떡볶이   해외 축구도 보나요?

아미, 푼크툼   넵, 다 봅니다. 엄청나게 좋아합니다. 해외 축구도 봅니다.

푼크툼   근데 어쨌든 간에 감독의 관점에서 아까도 이야기했듯이
         내가 여기저기 투자하기 위해서 뿌려 놓은 것들을 제가 직

원이라 이야기했지만, 선수라고도 비유하죠.

내가 감독이었을 때 그것들을 선수들이라고 봤을 때 좋은 선수들은 누구고, 이 선수는 어디에 배치해야 하고, 이런 식으로 이렇게 비유한 것도 되게 재미있게 봤습니다.

아미 박항서 감독 예시에 나와 있고.

떡볶이 맞아요, 맞아. 후반부 쪽에 있었는데.

푼크툼 여기서 이야기하는 게 같은 팀이지만 선수들이 여럿 있는 것과 같다. 제 돈이니까 다 같은 팀인 거죠. 근데 돈마다 속성이나 뭐랄까 성향이 달라서 선수들이 여럿 있는 것과 같다.

아미 감독이 중요한가, 선수가 중요한가?

푼크툼 맞아, 그렇게 이야기했죠.

아미 자산 배분이 중요한가, 포지션이 중요한가? 감독을 자산 배분으로 본 거고, 선수를 포지션으로 보고, 박항서 감독 이야기해서 이렇게 풀었는데 이것도 재미있었습니다.

푼크툼 한국 사람들의 투자 특징이 자산 배분보다는 투자 포지션에 관심을 두는 경향이 높다고 이야기하고 그런 내용은 맞는 것 같았습니다.

아미 자산 배분에 관여해서도 이건 또 앞쪽에 또 지금 나와 있는데 KB금융지주 경영연구소에서 발표한 자료에 따르면 2019년 한국 부자 보고서에 10억 원 이상 금융자산 보유 부자가 32만 명으로 전 국민의 0.63% 정도 되고 이 사람들의 자산 비율이 부동산이 53.7% 그다음에 금융자산이 39.9%. 일반인은 이제 부동산이 이제 76.6%. 부동산에 집중된 거고, 금융자산은 이제 18.1%. 부자들하고 일반인을 비교한다면, 금융자산 같은 경우에는 일반인보다 부자가 보면 두 배 이상 차이 난다고 합니다. 그러니까 가진 돈의 범위도 차이가 크게 나는데 투자하는 것도 2배 이상 차이 나니까 부자는 더 많이 돈을 벌고 일반인들은 더욱더 벌기 힘들고.

푼크툼　돈이 돈을 벌듯이. 더군다나 일반인들 같은 경우는 부동산에 투자를 많이 하는 경향은 부동산은 왠지 안정적이고.

떡볶이　그럴 것 같아.

푼크툼　그렇죠. 그러다 보니 부동산에 투자하는 거고, 또 우리나라 사람들 인식으로 주식은 하지 말라고 하는 그런 부정적인 성향이 강하니까.

떡볶이　맞아요, 맞아.

푼크툼　왜냐하면 주변에서 주식에 투자하다가 빈털터리 된 사람들 많으니까.

아미　　　그런 것이 다 우리가 세뇌 교육을 받은 세대들이잖아요.

떡볶이　그렇죠, 그렇죠. 맞아요.

아미　　　부모님들이 항상 돈, 돈 너무 그러지 말라, 사람이 돈 밝히
　　　　　면 안 된다고. 근데 돈은 밝혀야 하는데.

떡볶이　근데 또 투자에 대해서는 소극적으로 말하는.

푼크툼　그렇죠, 그렇죠….

떡볶이　그러니까 돈 밝히지 말라고 하면서 뭔가 관대한 척하는데
　　　　　대출도 받지 말라고 하고.

아미　　　우린 세뇌 교육받은 세대잖아.

푼크툼　왜냐하면 우리가 지금, 이 나이 때 그리해서 거금을 못 만지
　　　　　는 이유가 착해서 그래요. 부모님 이야기 잘 듣고.

아미　　　착하죠. 착한 아이 콤플렉스.

푼크툼　오히려 지금 돈 많고 젊은 나이에 명품, 슈퍼카 사고 다니는
　　　　　사람들은 착하지 않은 애들이야. 책에서 이야기하잖아요.
　　　　　그래서 애들이 사업가 기질이 있고, 그래서 비트코인이나
　　　　　이런 데도 남들 모를 때 투자하기도 하고.

아미　　　나 너무 착하게 살았어. 오늘부터 삐뚤어질 거야.
　　　　　투자하면 또 리스크라는 게 반드시 존재하는데, 리스크에

대해서 정리한 걸 보면서 제 개인적인 생각이 드는 게 하나 있었어요. 리스크가 크다는 것은 리스크를 줄여 놓는다는 것인데 리스크가 있다면 그때가 또 기회라는 표현, 주식이 제일 떨어져서 큰일이라고 방송되면 그때 주식 사야 한다고 이렇게 표현하는 말도 있고, 리스크에 또한 통상 사람들을 현혹하는 말이 평균이라는 단어. 평균 10년에 한 번, 평균 30년에 한 번, 이런 용어를 써서 리스크에 부담감을 많이 주고 사람들은 그걸 현혹하게 한다.

근데 그 평균이라는 용어에 속지 말라고 이렇게 표현을 체계화해 놨길래 '평균'이라고 하다가 제가 최근에, 예전에 봤던 스토브리그 명대사가 생각이 났습니다.

푼크툼   네.

아미   스토브리그의 주인공 남궁민이 하는 대사 하나가 마음에 드는 게 있어서 가지고 와 보았습니다.

푼크툼   뭔가요, 남궁민요?

아미   맞습니다. 하하, 1985년도 노스캐롤라이나 대학교 지리학과 졸업생 평균 초봉이 10만 달러였답니다. 왜인 줄 아십니까? 85년도에 10만 달러? 왜냐하면, 마이클 조던이 포함돼 있었기 때문에, 그러니까 거기서 문제가 평균이라는 거죠.

푼크툼   평균 그렇지.

아미   평균 함정에 현혹되지 마라. 10만 달러 말도 안 되는 돈인
데 그 돈이 왜 높았냐. 마이클 조던이 포함돼 있었거든요.
평균 그러니까 평균 초봉 노스캐롤라이나 대학교 지리학
과 졸업생 평균 초봉이 10만 달러라는 말 자체가 평균이면
되게 좋다, 이렇게 할 수 있는데 디테일하게 살펴보면 아니
라는 거지.
그러니까 이런 함정이 우리 경제학 용어에서도 많이 등장
하고 신문 기사에서도 많고 이런 거에 대해 우리가 현명하
게 대처해야 하는데 우리는 평균이라는 단어를 워낙 좋아
하고 쉽게 설명하려는 습성이 있다 보니 그런 것 같습니다.

푼크툼   평균이란 단어가 어떻게 왜 좋아하냐고 생각해 봤을 때 골
치 아프고 싶지 않으니까. 내가 그거를 더 조사하고 깊게 파
고들고 싶지 않고 그냥 표면적인 것만 보고 이해하고 싶은
거야. 그러니까 그런 오류가 발생하는 것 같아요.

아미   맞습니다. 이런 내용이 있어서 가지고 와 보았습니다.

푼크툼   그런 통계학적으로 봤을 때 그렇게 위험한 것 중의 하나가
우리나라 성범죄율보다 전 세계에서 살기 좋기로 유명한 스
웨덴의 성범죄율이 더 높대요. 왜 그런지 알아요? 통계학의

오류인 건데 우리나라는 성범죄율을 매길 때 예를 들어 a라
는 사람 범죄자가 성범죄를 한 명한테만 성범죄를 한 게 아
니라 3명에서 5명을 했어. 우리나라는 그걸 한 건으로 봐요.

떡볶이　　한 명이면.

푼크툼　　한 건, 근데 스웨덴은 한 사람이라도 성범죄를 한 횟수로 보
죠. 그래서 5건으로 보는 거죠.

아미　　한 사람이 5번이라 5건.

푼크툼　　그러니까 성범죄율이 높게 나오는 거죠. 그러니까 이게 오
류인 거죠.

아미　　평균의 오류. 그래서 편차가 크다.

푼크툼　　그래서 뉴스를 보거나 할 때 거기서 이야기하는 그 기사나
뉴스를 그 표면적인 것만 보고 이해해서는 안 되는 거죠. 투
자도 마찬가지고, 우리가 정치적인 걸 이해할 때도 마찬가
지 사회적으로 봤을 때도 마찬가지고.

아미　　다양한 측면의 이야기를 보고 확인하고.

푼크툼　　이 이야기를 얼마 전에 다른 친구하고도 이야기했는데 얼
마 전에 1월 1일 우리나라에 태어난 아이한테 어디지 거기
가 용인이었나 인천이었나.

아미   10년인가 20년 동안 1억 지원.

푼크툼   성인이 되기 전까지 1억을 준다고 이야기를 했어. 근데 그 뉴스에서는 이 아이한테 성인이 될 때까지 1억을 투자하겠다고 이야기를 했는데 그 표면적으로 봤을 때는 1억 큰돈이잖아요.

떡볶이   클 때까지이면 적잖아요.

아미   매달 40만 정도.

푼크툼   매달 20만 원도 안 돼. 초반 지원하고 크게 몇 번 지원한 다음 매달 지원하니 십만 내외일 겁니다. 그러니까 이거를 그렇게 보도해야 하는 건데, 사실 오류가 발생한다는 겁니다. 또 다른 이야기 뭐 있을까요? 뭐 인상 깊었던 이야기가 있었나요? 네네.

아미   삶의 때.

푼크툼   삶의 때?

아미   107쪽에 '부자가 되기 위해 우선 당장 할 수 있는 일 한 가지' 여기 나와 있는 내용인데 여기서 주인공이 말하는 것은 "몸에만 때가 있는 것이 아니다. 이것은 삶의 때다. 올바른 부는 찾아왔다가 돌아간다". 이 말을 보고 나서 나에게도 때가 있을 텐데 내 삶의 때는 어느 정도일까?

기상과 동시에 이불도 개고 주변을 깔끔하게 정리를 해 둔
상태에서 뭐든지 맞이해야 하는데 이게 주변 환경뿐만 아
니라 눈에 보이지 않는 내면적으로 정리, 정돈을 해야 한다.
즉, 내가 빨리 포기하고 버려야 할 것은 내 머리 안에 있는
것들. 조금 더 쉽게 말하자면 내 정신 안에 있는 것을 정리
해서 쓰레기통에 버릴 건 좀 버리고 깔끔하게 머릿속을 정
리하고 판단을 빨리할 수 있게끔 이런 게 필요하지 않나, 그
런 생각을 하게 되었습니다.

사람 관계에도 마무리가 안 된 것이 있다면 마무리도 하고
그런 생각을 하게 되었습니다.

푼크툼　그게 참 쉽지 않은데.

아미　정리, 정돈한다는 게 물건만 정리, 정돈하는 게 아니라, 생
각도 정리, 정돈해야 하고 인간관계도 보낼 사람을 보내야
하고 뭐 그렇다는 생각이 듭니다.

푼크툼　맞습니다.

책에서 돈을 다루는 네 가지 능력 이야기가 있는데 버는 능
력, 모으는 능력, 유지하는 능력, 쓰는 능력.

하나 질문을 해 볼게요. 본인이 부자가 된다면 정말 금전적
부자가 된다면 혹은 어떤 부자가 멋있는 부자인 것 같아요?

저는 제가 먼저 이야기를 꺼냈으니까, 말을 하자면 온갖 명

품 차를 끌고 다니고 힙합 가수들처럼 도끼나 이런 애들처럼 명품 차가 집에 몇 대씩 있고 호화스러운 집에서 살고 명품 백 들고 다니는 그런 거는 저는 부자로 부자답지 않은 것 같아요. 저한테는 오히려 엄청 오래된 올드카를 몇 년씩이나 타고 다니고 혹은 대중교통을 이용하고 그런 사람들이 저는 더 멋있는 부자 같아요. 혹은 이제 그 사회에 기여하는 정도, 그런 사람들. 예를 들어 주윤발 같은 경우는 지금도 홍콩에서 지하철을 타고 다니잖아요. 그리고 자기가 가진 돈을 다 사회에 환원하고 그런 부자들이 더 멋있는 것 같아요.

아미 저도 똑같은 그런 생각 하고 있는데 조금 다른 부분이 하나가 있어요. 사회 환원을 하기 전에 그러니까 연금같이 계속 나올 수 있는 그런 사회 환원 시스템을 만들어 놓고 싶어요. 노벨 평화상과 같이 원금은 보존되어 있고 장학금 재단 같은 원금은 보장돼 있고 거기에서 은행 이자로만 매번 장학금 주고 이렇게 하는 시스템이 갖춰지듯이 그런 시스템을 만들어서 환원하면 좋지 않을까? 이제 그런 생각.

푼크툼 누가 차를 가지고 차를 사는 그 행태에 대해서 부자를 나눈 게 있었는데.

아미 그것뿐만 아니라 핸드폰도 계급 계층도 있고 시계도 계급 계층이 나뉘어 있습니다.

푼크룸 그렇죠. 시계도 있고. 근데 이제 차 같은 경우는 가장 하위
가 이제 대중교통이겠죠. 근데 그 위에 가 이제 국산 승용
차, 경차, 그다음에 이제 고급 차, 세단, 그리고 그게 이제 외
제 차, 그다음에 그 위에 이제 탑클래스가 롤스로이스 그리
고 그 맨 위가 뭔지 알아요. 더 위에가 이제.

아미 도보? 기사 대동?

푼크룸 맨 위에가 대중교통이래요. 정말 부자들은 대중교통 그러
니까 결국 맨 밑에 있는 클래스와 위에 있는 클래스가 같은
거야. 차량으로만 봤을 때.

푼크룸 떡볶이 님이 생각하는 멋진 부자는 어떤 부자인가요?

떡볶이 저는 살면서 이 부분에 대해 느낀 건데, 많이 살지 않았지만
이게 또 변할 수 있지만, 주변에 부족한 게 없는 사람들만
남았을 때 그러니까 주변 사람이 다 부유했을 때 그때가 비
로소 부자라고 생각하거든요.

푼크룸 부자의 정의를 다시 내리자면, 본인이 생각하는 부자는 주
변에 있는 지인들이라는 사람들이 다 부자였을 때.

떡볶이 제 앞가림을 스스로 할 수 있게 됐을 때. 저는 홍전 오기 전
에 10년 동안 쭉 자취했거든요. 혼자 저축할 돈이 어느 정도
있든 없든 상관없이 내 앞가림을 손 벌리지 않아도 할 수 있

다, 됐을 때. 제가 취직을 친구 중에서 제일 빨리했어요. 그러니까 주변 친구들은 아직 취업이 되지 않았는데 제일 길었던 친구가 5년, 6년 너무 궁핍한 거죠. 이 친구는 먹고 싶은 음식도 못 먹고 가난하게 살아야 하는 생활을 대학교 졸업 이후에도 5~6년 동안 계속 누리지 못한 거예요.

아미   너무 우울하다.

떡볶이   누구는 졸업하고 이제 월급 생겼을 때 먹고 싶은 거 먹을 수 있는 거죠. 하지만 이 친구는 그 시간의 기약 없이 연장이 계속됐던 거예요. 그때 저는 앞가림할 수준이어도 제가 행복하지 않더라고요. 내가 약간 누릴 수 있는데 내 수준의 부자라고 말하기엔 좀. 나를 그렇게 정의하기가 좀 불편하고 힘들었어요. 결국엔 주변이 다 잘되었을 때가 비로소 좀 부자인 거 아닌가? 그때가 좀 마음 편한 부자, 멋진 부자는 아니더라도 마음이 편한 부자.

푼크툼   비슷한 관점으로 봤을 때 젊었을 때는 왜 그런 거 있잖아요. 질투나 뭐 그런 마음가짐이 있어서 시기, 질투 이런 게 있어서 안 됐으면 좋겠다. 내가 싫은 사람을 증오하는, 이런 분노, 이런 게 있어서 안 됐으면 좋겠다. 아니면 혹은 쫄딱 망했으면 이런 게 있잖아요.

모두   가끔 있죠.

푼크툼   나이가 들면서 보니까 같은 맥락인데 다 잘됐으면 좋겠어.

아미   밥 한 끼 얻어먹으려면 옆에 돈 많은 사람이 있어야지.

모두   하하.

푼크툼   건강이든 아니면 경제적이든 내가 아는 사람이 잘못되고 힘
          든 처지에 들어가면 내 친구가 혹은 나까지 마음이 불편해지
          더라고. 근데 그게 거기서 내가 함부로 도와줄 수도 없어.

아미   그렇지.

푼크툼   도와줄 수 있는 여력이 있다면 있는 대로 미안하고, 혹은 여
          력이 없다면 도와줄 수 없어서 미안하고.

아미   도와주는 것도 눈치 보이는.

떡볶이   맞아, 이게 여력을 떠나서 어떤 그런 뭔가 맥락.

푼크툼   그래서 다 잘됐으면 좋겠다는 그런 맥락이 같은 것이 있죠.
          이제 좀 또 하시고 싶은 이야기가 있나요? 아니면 살짝 마무
          리를 지어 볼까요?
          그러면 이제 마지막 질문인데 이 책을 읽고 나서 읽기 선과
          읽고 나서의 그런 돈에 대한 관점이나 아니면 재테크 이런
          거에서 조금 약간 변화가 있나요? 책이 변화를 줬나요? 아

미 님부터.

아미   얼마 전 친구 아버지가 돌아가셔서 고향에 내려갔다 왔습니다. 가서 아버지와 나눴던 이야기입니다.

모두   네.

아미   아버지께서 저한테 세뇌 교육했던 것 중의 하나가 사람이 너무 돈! 돈! 돈 거리면 안 된다. 돈 밝히면 안 된다. 투자는 절대 하면 안 된다. 주식 절대 하면 안 된다. 이런 교육을 어릴 때부터 쭉 받아 왔었습니다.

저는 그런 세대니까 이번에 이 책을 읽고 아버지한테 책에 나왔던 이야기를 그대로 했습니다. "아버지요. 그렇게 돈, 돈 밝히는 건 아닌 게 맞지만 그래도 세상은 모든 게 다 돈으로 이루어져 있어요. 돈으로 안 되는 거 없습디다." 그러면서 "돈은 인격체다. 누가 그럽디다. 돈은 인격체라고 돈을 갖다가 그렇게 귀하게 생각하고 모실 줄 알고 접대를 잘해 줘야 돈이 붙지, 돈을 갖다가 돈 아무것도 아니다. 돈, 돈 그러면 안 된다. 돈 밝히면 나쁜 사람이다. 이렇게 해 버리면 돈은 절대 옆에 안 붙는다고. 그래서 제가 지금까지 돈이 없나 봅니다. 저는 이제 독하게 돈 벌 겁니다." 이렇게 이야기했는데 그전까지는 이해를 안 하시더니 돈은 인격체라고 말을 한마디 하니까 아버지도 "그래, 네 말이 맞는 것 같다. 돈을 인격적으로 귀하게 할수록 돈이 나한테 오고 천하게 할수록 나한테 천하게 오는 것 같다. 그렇지, 그런 것 같다." 이렇게 이해해 주셨습니다. 이제서야 아버지와의 돈에 대해서는 같은 공감대를 만들 수 있는 그런 계기가 되었습니다.

푼크툼 그 대화 그 시간에서 바로 그렇게 이해하시고 그렇게 이야기하시는 거에 있어서 아버님께서 되게 내공이 있으시네.

아미 네, 그렇습니다. 그런 에피소드가 있었습니다.

떡볶이 저는 아까 대중교통 있잖아요. 그것처럼 결국 부자들은 보여 주기 위해서 하는 것보다 내가 만들고 싶은 라이프가 중요한 것 같아요. 사실 차를 왜 그렇게 가지고 다니고, 왜 비싼 차로 바꿔야 하고 보이는 것도 조금 중요하잖아요. 어떤 편리함도 있지만 좋은 세단, 편하고 좋은 것도 있겠지만 당연하게 누릴 수 있는 사람도 결국에는 대중교통 감성이 좋고 그때 할 수 있는 시간이 나름의 가치가 있을 것 같다는 생각이 들어요. 단순히 나 겸손한 척해야지 이런 느낌보다는 그리고 우리는 결국 뭔가 보이는 것보다 본인의 어떤 소신이나 그 가치관으로 살아가는 그런 게 멋진 부자라고 생각돼요. 이런 생각을 느껴서 검소함에 많이 꽂혔던 것 같아요. 초반에는 사실 책 읽으면서 결국엔 어느 정도 자본이 확보되었기 때문에 이렇게 투자도 좀 할 수 있고 모험적으로 좀 하실 수도 있는 거 아닌가 했어요. 그런데 다이내믹한 그런 모험적인 기질만 좀 이야기해 주셨으면 그렇게 느꼈을 텐데 어쨌든 돈을 이렇게 잘 다뤄야 한다. 소중하게 했을 때 지출에 관해서 정리하기 시작했어요.

푼크툼 책 읽고 나서.

떡볶이 이 책을 이제 시작하면 이렇게 같이 가면서 뭔가 내가 이 책을 읽고 어떤 실천적인 거 하나는 좀 가져가고 싶다 했었거든요. 경제 쪽을 하니까 그래서 지출에 내가 특히나 카드 지출은 좀 이름이 좀 명확하지 않을 수 있잖아요. 주식회사 어디 이렇게 하면은 그거를 내가 기억하는 이름을 해서 정리 지출을 하는 거죠. 그래서 그걸 했는데 계속 마이너스잖아요. 지출은 마이너스 되는 걸 맨날 보고 앉아 있으니까 너무 화가 나는 거예요. 야, 숨만 쉬자. 돈을 벌려면 돈을 안 써야 해요.

푼크툼 안 돼, 그러면 안 돼.

아미 역효과네.

떡볶이 그런 것보다는 그러니까 더욱 의미 있는데 써야겠다 이렇게 잔지출보다는 이런 생각이 좀 들더라고요.

푼크툼   그렇지, 그래야지.

떡볶이   100만 원에 쓰나 만 원에 쓰나 내가 이 지출을 써야 하는 건 똑같으니까 이거는 굳이 안 써도 되지 않았나. 약간 이런 접근이 좀 생기더라고요.

아미   맞아.

떡볶이   약간 그리고 큰 지출이어도 빌려준 돈 있잖아요. 그것이 엄청나게 괴롭히고 이제 플러스 만들려 애쓰고.

푼크툼   그렇죠. 그렇죠. 나름 다들 관리를 잘하고 계시네. 저도 그냥 작은 것부터 이야기하자면 저기 뭐야, 혹시나 쓸 것 같은 가능성 때문에 끊지 않은 게 있어요.
            정기적으로 나가는 지출 중에 그게 이제 인터넷 비용. 제가 원주 집에 TV하고 인터넷이 같이 쓰고 있는데 사실 주말에 쓰려고 제가 계속 정기적으로 매달 얼마씩 내고 있었는데….

떡볶이   어떻게 보면 4회, 5회.

푼크툼   그렇죠. 월 2~3만 원씩 계속 나가는 건데 그걸 끊었어요. 과감히.

떡볶이   책 시작하고요.

푼크툼   근데 고객센터에서는 항상 이야기하지! 이거 끊으면 다른 할인 받는 것들이 오히려 돈을 조금 더 내실 수도 있다. 차라리 이거를 좀 더 할인해 드릴 테니까 그냥 갖고 가시라.

떡볶이   결합 할인 때문에.

푼크툼   저는 과감히 그냥 끊었습니다. 그런 것 작은 것 중에 그런 것도 있고 어쨌든 또 아까 이야기하다 보니까 불현듯 떠오른 생각인데 이 책도 '돈의 속성'이라는 책도 그렇고 '역행자'라는 책도 아무래도 그렇겠지만 돈은 굴려야 된다고 그러잖아요. 묶어 두면 돈은 썩은 것 같고. 근데 책에서는 돈은 인격체라고 이야기했는데 재밌는 생각이 든 게 떡볶이 님이 좀 많이 이해하실 수도 있겠지만 예를 들어 우리 모두 견주야. 돈을 강아지로 애완견으로 생각했을 때 이 애완견이 내가 애한테 막 폭행하면 이 애완견이 삐뚤어지고 안 좋아지잖아요. 내가 좋아하고 사랑해. 얘도 나를 좋아하고 사람처럼 아까 이야기했던 것처럼 그리고 이 애완견을 밖으로 계속 나가서 활동시켜야 애가 건강해지는 거잖아. 돈도 마찬가지로 밖으로 계속 활동을 시켜야 해. 묶어 두지 않고 그런 관점으로 보면 돈을 훈련하고 활동시켜야….

떡볶이   되게 의미 있는 활동을 시키기 위해 또 공부하고.

푼크툼   그렇습니다. 그러면은 오늘 한 줄 평은 누구부터?

아미		오늘은 떡볶이 님부터.

떡볶이		전 돈은 관계적이다. 그러니까 인간관계가 삶에서 좀 뗄 수
		가 없잖아요. 그러니까 본인이 진짜 섬에 무인도에 고립돼
		서 살지 않는 한 인격체라는 것에서 좀 공감이 많이 돼서 돈
		도 어떤 교류가 있고 운동성 있고 내가 이 사람이 좋았을 때
		관심을 가지고 들여다보고 관찰하듯 돈도 그런 행동을 하
		지 않으면 불릴 수 없다.
		돈에 대해 내가 정말 사랑하는 사람으로 좀 다가가도 되겠
		다는 생각이 좀 많이 들었거든요.

푼크툼		다시 한번 한 줄 평 이야기하자면.

떡볶이		돈은 관계적이다. 관계적이다.

아미		돈은 관계적이다.

푼크툼		아미님은?

아미		돈은 공부다. 제일 마음에 와닿았던 게 '돈을 그렇게 정성
		들여서 그렇게 벌어 놓고 투자할 때는 단체 관광하듯' 저는
		이 말이 너무 꽂혀서 주식을 하더라도 업체가 어떻게 관리
		를 유지하고, 회사 총수는 누구고, 그다음에 예산 편성 어떻
		게 되어 있고, 이 회사의 기업 목표는 뭐고, 올해 목표 이런
		거 좀 알고 해야 하는데 그런 것 없이 투자하지 않았나, 그

래서 돈이 많이 안 모였나, 이런 생각도 들고 그래서 돈은 다 중요하지만 얼마만큼 본인이 공부하느냐에 따라서 돈이 그만큼 속이지 않고 오는 게 돈이라고 저는 생각이 듭니다. 그래서 돈은 공부다.

푼크툼　저는 이건 결국은 한 줄 평이 아니라 뭐라고 해야 하나. 돈은 뭐 뭐라 정의 내리는 그런 것 같은데.

아미　정의든 한 줄 평이든 편하신 거로 하시면 됩니다.

푼크툼　우리는 모두….

아미　또 길어. 또 길어, 또 2줄 이상이다.

푼크툼　하하, 우리는 모두 총수이자 감독이다. 팀의 감독이다. 책을 보고 확실히 느낀 게 우리 전략가가 돼야 한다.

아미　다시 한번 더 하자면 우리 모두.

푼크툼　우리는 모두 오너이자 감독이다.

아미　고생하셨습니다. 고생하셨습니다. 다음 모임에 다들 참석하시죠? 그러면 다음 모임에는 깜짝 손님이 오십니다. 기대하셔도 좋습니다. 하하.

역행자

6. 역행자
- 푼크툼, 아미, 떡볶이, 완구

푼크툼   시작하겠습니다. 7번째 시간 '역행자'라는 책을 가지고 시작할 거고요. 저희가 닉네임이 있어요. 알고 계시나요? 여기는 떡볶이, 저는 푼크툼, 그리고 여기는 아미. 닉네임이 어떻게 되시나요?

완구   완구입니다.

푼크툼   완구로 하신 이유가?

완구   어릴 적 없는 게 없는, 모든 게 다 있는 그런 장소가 완구점이라 학창 시절도 생각나고 해서 별 뜻 없이 지었습니다.

푼크툼   그러면 오늘 완구님과 같이 한번 시작해 보도록 하겠습니다. 저희가 보통 대략 1시간 정도를 해요. 하다가 이제 끝나면 마무리 지을 거고요.

바로 시작해 볼 텐데 아까 저기 뭐야, 떡볶이 님께서 아미 님이나 푼크툼이 이 책을 좋아할 거라고 그랬는데 이유가 뭐였죠?

떡볶이 이전 책이 공교롭게 약간 두서없이 좀 진행된다, 이런 느낌이라 두 분은 조금 힘들어하시는 스타일이었고. 그 뭐죠? '죽고 싶지만 떡볶이는 먹고 싶어'라는 책도 그렇고 그런 걸 힘들어하셔서…. 그래도 우리가 읽었던 것 중에 두 분이 스타일에 그래도 이건 좀 낫지 않았나 생각합니다.

푼크툼 저부터 말씀드리면 그 부분에서는 만족스러웠던 게 사실이죠. 조금 있다가 이야기해 볼 거긴 하지만 저는 이 책 선택하면서 아차 싶은 마음이 있었어요.

떡볶이 초반 선택할 때요, 아니면 읽으면서?

푼크툼 읽으면서 아차, 했어요. 저는 정리를 하다 보니까 떡볶이 님이 이야기한 것처럼 정리된 책을 읽어야 나름대로 정리하기가 쉬운데, 이전에 읽었던 '돈의 속성'이나 이런 책들은 정리하기 너무 힘들었거든요.

그래서 이 책 같은 경우는 정리하기 쉽지만 뭐랄까 우리 회원들한테 약간 미안하다는 마음을 표현하고 싶었어요, 이 책이 읽어 보셨겠지만 약간 뭐랄까, 돈을 벌어야 하는 돈을 벌게끔 만드는 뭐라고 해야 하지, 마치 속물….

아미 그런 느낌. 돈을 너무 밝히는 약간.

푼크툼   사실 이런 책은 좀 제가 피하고 싶었는데 저도 모르게 선택
해서 조금 미안한 마음을 갖고 있고….

아미   아닙니다. 우리 이전 시간에도 전전 시간에도 이야기했지
만, 부모의 세뇌 교육. '넌 착한 아이로 커야 해', '돈 너무 밝
히면 안 돼' 이런 세뇌 교육을 받은 세대라 유럽 국가, 서구
권에서는 돈에 대해서 나쁘게 생각하지 않는데 유독 우리
나라만 유교 문화의 동양권에서 특히 부정적인 견해가 많
아서…. 부모님께서 '돈을 너무 밝히면 안 돼', '돈만 찾으면
안 돼' 그런 교육을 쭉 받아 왔기 때문에 우리가 더 거부감을
가지고 있는 건 아닐까 하는 생각이 듭니다.

떡볶이   저는 오히려 그리고 저희가 지금 경제 관련 주제로 가고 있
잖아요. 그랬을 때 그 주제와 본질에 충실하지 않았나, 해서
저는 오히려 좋았어요.
만약에 돈이 관련된 내용보다는 사람이나 행복 이런 걸 추
구해야지 하면서 달려갔다면 앞의 책처럼 자기계발서 쪽으
로 치우칠 수 있는데 우리가 많은 주제 내용을 다뤄 보았듯
이 경제 다루기에는 본질이 되게 충실했던 책이라는 생각
이 들어요.

아미   오히려 '돈의 속성' 할 때 너무 돈, 돈 그래서 이번 책은 거부
반응이 조금 덜한 것 같습니다. 처음부터 센, 돈은 인격체라

는 것부터 시작해서 돈의 민낯을 파헤치다 보니 이번 책은 거부감이 덜했다, 그런 느낌. 우리가 그때 책을 읽으면서 이래도 되나 싶은 말을 많이 했잖아요. 부모님에게 세뇌 교육을 너무 받아서 너무 거부감을 부리는 것 같다. 근데 그런 거부감을 완화한 상태에서 같은 결의 책을 보니까 색다른 느낌이었고 잘 읽혔던 책이었습니다.

푼크툼   저는 이 책을 보면서 그 제 개인적인 느낌, 책에 대한 느낌 때문에 약간 부정적인 게 있었나 봐요. 그러다 보니 이렇게 사고를 했던 것 같은데 뭐라 해야 할까? 마치 읽으면서 제 개인적으로는 사기꾼 느낌을 좀 많이 받았어요. 다른 분은 어떨지 모르겠는데….

아미   저도 똑같은 느낌을 받았습니다.

모두   저도요, 저도.

떡볶이   느낌 알아요.

푼크툼   이 사람 약장수 같은 느낌을 받으면서 그러면서 한편으로는 마케팅 잘하네.

떡볶이   약간 다단계 그런 느낌, 다단계.

아미   저는 읽으면서 다단계 느낌 확실히 받았습니다. 정리해 놓은 것도 있는데….

푼크툼　　그런데도 이 책이 좋았어요. 좋았습니다. 그래요. 저기 완
　　　　　　구 님은?

완구　　　이 작가의 마지막 이야기는 역시 본질은 행복. 자기가 이 책
　　　　　　을 쓰는 이유는 앞에서는 돈이었지만 내가 하고자 하는 이
　　　　　　야기는 행복이다. 행복을 추구하는….

떡볶이　　그게 솔직히 크게 와닿지 않았어요. 너무 짧게 건드려 줘.

완구　　　맞아요. 행복이라는 것을 먼저 말하면 이야기의 흐름이 원
　　　　　　활하지 않기 때문에 정확한 워딩은 기억이 안 나지만 행복
　　　　　　이었던 것 같아요.

떡볶이　　맞아요.

완구　　　그래서 아무도 이거를 잘 받아들이지 못할 거기 때문에 돈
　　　　　　에 대해서 먼저 이야기한 거고, 이 사람도 결국에는 행복을
　　　　　　추구하는구나, 그거였고 이 책은 그냥 우연히 유튜브를 보
　　　　　　다가 1억을 기부하는 사람이 있어서 누가 1억을 기부하나
　　　　　　하고 봤더니 그 사람이 이 사람이었고, 이 사람이 누구지 해
　　　　　　서 봤더니 이런 사람이고 작가가 3~4년 전부터 이런 이야기
　　　　　　를 했는데 그때부터 사기꾼 이야기를 들었다고. 하지만 나
　　　　　　는 여전히 그대로 잘살고 있으니 나는 사기꾼이 아니라고
　　　　　　하는 걸 봤어요. 그래서 이걸 읽으면서 사람의 본성, 욕구,

기본적인 것을 잘 알아채는 사람이구나. 경제서 읽은 것 중에 이 사람이 가장 뭐랄까 꾸밈없이 포장하지 않고 있는 그대로를 이야기한 사람이지 않을까? 사실 '부자 아빠 가난한 아빠'도 돈이 우선이다. 약간 그 결이 좀 비슷한 것 같아요. 돈이 우선이라는 면에서는….

푼크툼　사실 그 '사' 자 느낌 사기꾼이 되려면 그 뭐랄까 그 요소가 결국은 누군가에게 피해를 줘야지 사기꾼이 되는 거잖아요. 이 사람은 그런 쪽으로 사기꾼은 아닌데 저는 계속 부정적인 느낌을 받았던 이유가 여기서 이야기하는 게 이대로만 따라오면 당신들도 경제적 독립을 얻을 수 있고 뭐 이렇게 이야기를 하잖아요. 근데 그 부분에 있어서 만약 이대로 따라 하지 않으면 당신은 책을 제대로 읽은 게 아니다, 이런 식으로 이야기하고 지금 완구 님께서 이야기한 것처럼 마지막에 무슨 행복에 관해서 이야기했는데 그것 또한 저로서는 뭔가 빠져나갈 움직임을 하는 것 같다 이런 느낌을 저는 받았습니다. 그러면서도 한편으로는 글도 잘 쓰고 마케팅을 잘한다고 느꼈던 점은 제대로 행동하지 않았을 땐 당신이 독서를 제대로 하지 않았다고 이야기하는 게 결국 그 문제점은 본인에게 있다고 이야기를 하는 거죠.

읽으면서도 이런 생각하는 것조차도 내가 자의식을 헤쳐히

지 못했기 때문에 내가 이런 생각하는 거냐는 것과 읽으면
서 이 사람 하는 말에 내가 동화되어 가는 느낌, 설득되어
가는 느낌 그런 면에서 봤을 때는 마케팅이나 글을 잘 쓴다
는 느낌을 받기는 해요.

완구　원래 아시는 분이었어요?

푼크툼　아니, 아니요.

떡볶이　저는 클래스 원이라고….

완구　되게 유명해요. 한 3~4년 전부터 되게 유명했어요.

떡볶이　지금은 클래스 원이 너무 커졌는데 그냥 인터넷 강의 듣는
채널이에요. 근데 인터넷 강의라고 하면 학생들 과목 정도
로 생각하잖아요. 근데 여기는 다양해요. 홈트레이닝도 있
어서 전 운동으로 했거든요. 그래서 틀어 놓고 같이 운동하
고 근데 요즘에는 연애 강의도 거기서 해 주고 이 사람이 약
간 이런 돈 관련, 재정 그런 강의를 한다고만 봤어요.

완구　35억 벌었다잖아. 이걸로 클래스 원으로.

떡볶이　그래서 저는 그냥 그런 강사님인 줄 알았어요. 그래서 원래
말 잘하는 사람은 글을 못 쓰고 글 잘 쓰는 사람은 말 못 한
다는 말이 있잖아요. 속설이 그런데 이렇게 책이 있는 줄은
몰랐어요.

푼크툼   저는 이 책을 처음에 선택했던 이유는 책 내용을 제대로 보지 못하고 선택한 것도 있고 제가 여기 말고 다른 온라인 독서 모임이 있어서 거기서 거의 유령 회원으로 살고 있지만, 거기서 어떤 책을 보나 했는데 이 책에 대해서 많이들 이야기하더라고요. 그래서 이 책을 경제 분야에서 한번 읽어 봤으면 좋겠다, 해서 선택을 했던 거고…. 네, 그렇습니다. 이 책을 읽기 전에 어떤 느낌을 받으셨는지 한번 이야기를 해 볼까요? 읽기 전에 뭔가 기대. 이 책을 읽고 나서 내가 뭔가 기대할 점이나 뭐 이런 게 있었을까요?

완구   그냥 역행이니까 뭐를 거꾸로 생각하면 되는 건가, 그 정도. 거꾸로, 근데 읽고 나서는 역시나 제가 읽었던 명예나 성공했다는 사람들 하는 것 중에 공통적인 게 다독이랑 그다음에 글쓰기거든요. 근데 이 사람도 역시나 그거를 똑같이 이야기하는구나, 라는 면에서 완전 역행은 아니다.

푼크툼   그 부분에서는.

떡볶이   그 본질은 가져가는.

완구   무조건 여행은 아니다.

푼크툼   평소에 완구 님은 이런 자기계발서를 많이 읽나요?

완구   자기계발서는 별로 안 좋아해요.

떡볶이　　어떤 거 좋아하세요?

완구　　저는 그냥 술술 이렇게 쉽게 읽히는 거 좋아하고….

푼크툼　　구체적으로?

완구　　성공한 사람들의 이야기 스포츠 선수나 이런 고난을 이겨
낸 사람들의 이야기 그런 거 있잖아요.

푼크툼　　저도 자기계발서를 아주 좋아하지 않는데, 요즈음에 이렇게
좀 접하다 보니까 '역행자'도 그렇고 '슈퍼노멀'이라고 신사
임당 유튜버 그분이 쓴 책도 잠깐 봤는데 아까 말씀하신 것
처럼 공통적인 게 다독. 그리고 무슨 홍대리인데….

아미　　독서 천재 홍대리.

푼크툼　　네, 그 책에서도 보면 그 책은 완전 다독을 해야 한다고 이
야기를 하고.

아미　　대놓고 책 읽으라고.

푼크툼　　그렇습니다. 혹시 뭐 사실 제가 이거 순서대로 이렇게 이게
정해 놓고 하긴 하는데 오늘은 그냥 뭐 이렇게 뭐랄까 생각
나는 대로 프리 스타일로 이야기를 한번 해 볼까 해요. 그래
도 일단은 자의식 순서가 첫 번째로 해야 할 게 7단계 중에
자의식 해체가 첫 번째인데 거기서 이야기해 보고 싶은 부

분이 있을까요?

아미   1단계 자의식 해체 읽으면서 '사람은 무조건 노력만 할 뿐
이 노력의 연쇄 작용을 모르기 때문에 엉뚱한 데에 힘을 쏟
다가 지쳐 포기한다'라고 나와 있는데 저는 노력하다 성과
가 보이지 않으면 포기하는 것이 제 습성이라.

단기간에 성과가 나와야 도전을 하는데 이 책에서 자의식
해체 부분에 나오듯이 대부분의 노력을 하다가 중도 포기
하는 이유가 성과가 보이지 않는다고 포기하는 게 너무 이
르지 않았나. 꾸준함과 끈기가 없는 것에 대해서 여기서 꼭
집어 주기 때문에 와닿았습니다. 왜 영어 공부는 안 될까?
이런 것들, 그리고 왜 그런지 논리적으로 설명해 풀어 놓는
게 꼭 집어서 세 가지가 있다.

첫 번째는 무의식 스스로 한계를 규정하고 나는 안 돼. 여기
까지만. 한계를 극복한 스토리를 계속 노출을 해서 무의식
을 변화시켜야 한다. 그런 내용과 두 번째가 끊임없는 자기
합리화. 이것도 또 같고, 세 번째가 유전자 자체가 선사시대
때 최적화돼 있어서 수시로 안 하려고 하는 습성 자체. 원
래 그런 유전자를 타고났으니까 그걸 자기 스스로 인정하
고 그걸 변화시키도록 노력해야 한다고 꼭두각시의 세 가
지 줄로 비유하며 나와 있었습니다.

올해는 좀 끊어 봐야 하지 않을까?

푼크툼 완구 님은 1단계에서 감명 깊었다거나 인상 깊은 구절이 있을까요?

완구 저는 다른 사람들이, 주로 직장이죠. 네가 이랬으면 좋겠어. 저의 자의식의 문제나 자아의 문제에 관해서 이야기하면 잘 받아들이는데 그렇게 가족이 이야기하면 기분이….

떡볶이 맞아요. 다 그래요. 가족끼리 다 그렇죠. 맞아요.

완구 아직은 해체까지 가려거든 그걸 받아들일 수 있는 사람한테 들어야지, 가족끼리는 안 됩니다.

푼크툼 그러네요. 안 됩니다. 결혼하지는 않았지만, 부모님과 같이 살면서 느끼는데 맞는 것 같아요.

완구 힘듭니다. 똑같은 이야기를.

푼크툼 똑같은 이야기는 맞아. 그렇죠. 왜 그렇죠?

완구 아주 기분이 나쁩니다.

떡볶이 왜 그러지?

푼크툼 심지어 내 가족이 예를 들어 변호사라고 해도 변호사 아내 말은 안 들을 것 같아. 그럴 것 같아. 신기하네.

아미   부모, 자식은 자기 마음대로 안 돼. 가족은 내 마음대로 안
         돼. 가족도.

완구   가족이 더 안 됩니다.

푼크툼   원인이 뭐라고 생각하세요? 이유가 있을 것 같은데.

완구   자존심이에요. 자존심.

아미   근데 자존심 같은 거 전혀 세우지 않는다고 하는데 돌이켜
         서 생각해 보면 자존심을 많이 세우는구나. 편안함에서 오
         는 자존심이 아닐까?

떡볶이   편안함에서 그 자존심이 나오는 거다.
         진짜 이거 왜 그럴까요? 지금 진짜 뭐가 왜 그럴까? 했을 때
         뭔가 답이 안 나와요. 왜 그러지. 왜, 응.

아미   당연하다는 것에 대한 생각.

떡볶이   내가 집에서도 나의 있는 그대로 못 있어? 이 집에서도 내가
         날것의 나로 못 있나?

푼크툼   만약에 집에서조차도.

떡볶이   나에 대해 어떤 것을 이야기했을 때 팅겨 나가는 게 '어써라
         고' 이런 건가, '내가 날것으로 내 집에서도 못 있어? 밖에서
         는 그런 소리 안 듣는 줄 알아?' 약간 이런 느낌.

푼크툼   그런 거랑 비슷한 것이 이 책에서도 잠깐 얼핏 이야기했던
게 기억나는 게 인간은 사회적으로 남들한테 뭐랄까 그….
남들의 시선에 대해서 되게 본능적으로 유전적으로 느낀다
고 하잖아요.

떡볶이   맞아요. 지금 그런 것이라면 가족 안에서는 '여기조차 내가
편하게 못 있냐?'라는 식으로 반문할 수 있을 테니까 그럴
수 있겠구나!
편하게 있고 싶어요.

푼크툼   떡볶이 님은 뭐….

떡볶이   전 여기 1단계에서부터 좀 좌절됐어요. 그런 기분이 그러니
까 이 자의식 해체가 좀 잘 안 될 것 같다는 생각이 좀 많이
들었던 게, 한 살 더 먹는 시점이잖아요.
나이를 더 먹는다는 건 경험이 더 풍부해진다는 생각이 들
고 경험이 풍부해지는 것만큼 이해할 수 있는 것들이 많아
지는 것 같다는 생각이 들었어요. 그래서 20대 초반의 나보
다 지금의 내가 더 다양한 경험을 했고, 다양한 것들을 이해
하고 섭리를 받아들일 수 있는 유연함이 생긴 것 같아요.
사실 '나이를 먹는다는 건 세상을 조금 더 유연하게 볼 수 있
는 기쁨 아닌가?'라고 생각을 했거든요. 근데 이 생각이 나
이를 먹으면 다르게 바뀌겠지만 지금 31살을 맞이하니 그

런 생각이 많이 들었어요. 근데 막상 자의식을 해체해야 한다, 뭔가 인정할 건 인정하고 그 인정을 통해 열등감도 해소하고 변화의 계기로 삼아야 한다고 했을 때 다시 변화의 계기로 삼아서 액션 플랜을 만들고 이런 것들을…. 인정까지는 하되 내가 진짜 변하고 싶은가 했을 때 그런 의지가 많이 없는 것 같은 거예요.

아미　　자의식 좀비? 남 탓, 자의식 탓, 그다음에 부모가, 시대가, 책이 그렇게 나와 있어요.

떡볶이　맞아요. 맞아요. 그러니까 이제 안 그럴 줄 알았지만 이게 있던 거죠. 누구나 다 그래서 나이를 먹고 많은 경험이 생기면서 좀 유연하게 바라볼 수 있다고는 인정은 했지만, 변화의 계기나 어떤 전환점을 가지고는 변화하려고 했을 때 좀 불편하더라고요.

아미　　방금 같은 경우 자의식 과잉이라고 보기는 좀 어렵고 또 다른 분야라고 저는 생각이 드는데….

푼크툼　방금 이쪽 분야가….

아미　　방금 말한 이런 분야가 책에서는 자기 포장을 위해 자기 합리화를 하고 방금 같은 경우는 두려움 같은 전혀 다른 느낌이라 전혀 생각도 못 했네.

떡볶이   자의식 해체, 이 5가지 글자가 주는 뭔가 느낌이 뭔가 지금,
         이 시점 시기를 생각했을 때 좀 어려웠어요.

푼크툼   근데 사실, 이 자의식 해체라는 것이 저희가 봤을 때는 이 7
         단계 중에 가장 어려운 것 같아요. 내가 지금까지 살아오면
         서 이게 옳다고 생각하면서 나름의 그런 고집과 철학 가치
         관을 형성해서 살아온 건데 그런데도 우리가 이 책을 보는
         이유는 뭔가 얻고자 하는 목적이 있어서 이 책을 읽는 거잖
         아요. 근데 이 책에서는 그거를 해체해야 한다고 하니까 지
         금 이야기한 것처럼 지금까지 옳다고 해 온 것들을 내가 해
         체해야만 하는 건가, 그런 느낌도 없잖아 있죠. 저는 여기서
         내가 어떤 발언에 과민 반응을 하고 기분 나빠하겠느냐는
         이런 생각도 하면서 읽어 보긴 했거든요. 사실 그런 것도 어
         떻게 보면 내 자의식인 거잖아요. 결국은 질투에서 비롯된
         거라고는 하는데 그걸 인정하고 전환해야 자의식이 그룹으
         로 해체가 된다고 이야기를 했고.

아미   그리고 예를 들며 자의식 과잉에 관하여 책에 나와 있기를
         인스타그램하고 페이스북이나 이런 것이 조회수 하나에
         목숨 걸고 사진 찍고 하는데 이것들이 자의식 과잉이 아닐
         까? 자기 평판에 너무 집착한 나머지 오로지 거기에 목숨 걸
         고…. 엊그제도 뉴스에 보니까 돈을 30만 원인가 사주해서

때리는 영상 찍고 그런 사건들 이런 것들이 자의식 과잉이
다. 단편적인 예들을 현재 뉴스로 이해할 수 있어서 머리에
잘 들어왔습니다.

푼크툼   그럼 2단계로 넘어가면, 정체성 만들기.

아미   정체성 만들기 한번 해 보신 적 있습니까?

푼크툼   실행해 본 적이 있냐고요?

떡볶이   단순하게 운동하러 가는 거.

아미   운동하는 거. 새해 되면 항상 늘 하는.

떡볶이   운동 등록부터 운동화 사고.

아미   정체성 만들기. 가상 목표 설정해서 자기한테 내면화하고
자기를 만든다는 그런 내용이던데. 저는 이 책에 나와 있지
만 제 나름대로 이해했던 거는 가상의 목표를 설정해서 목
표 선언을 하고 주변 사람들 막 이야기를 해서 공약처럼 내
가 지킬 수밖에 없는 상황이 만들어지게끔 그런 상황을 만
들어 조성해 주고 반복을 통해서 자기 자신도 인정하게 되
면 그것이 자기의 정체성이 아닐지 전 이렇게 이해했는데
혹시 다르게 이해하신 분 계십니까?

푼크툼   이 2단계에서 정체성 만들기의 골자는 제가 봤을 때는 그냥

그 환경을 먼저 만드는 게 중요하다는 것. 그 이야기하신 것
처럼 나 혼자 스스로는 힘드니까 주변에 알려서 내가 억지
로라도 할 수 있게끔 그런 환경을 만든다든가 배수진을 치
는 거죠. 그래서 그런 것들 터닝 포인트가 되어 줄 만한 대
사건이나 혹은 환경을 인위적으로 만들어서 나의 정체성을
바꾼다고 정리를 해 봤는데 여기서 이제 방법의 하나가 나
는 뭐가 된다는 결심을 종이에 100번씩 써 보는 것도 정체
성 만들기 중에 일부라고.

아미 '돈의 속성'에도 나왔던.

푼크툼 방법이 제가 예전에 되게 이런 자기계발서로 되게 유명한
책이 하나 있는데.

아미 다 똑같은 말이에요. 갑자기 생각나죠. 책을 많이 읽으면.

푼크툼 근데 그 책에서도 하는 이야기가 이걸 비전 보드라고 하더
라고요. 그래서 그거를 잘 보이는 곳에 벽에나 아니면 내 방
이나 혹은 가족들이 볼 수 있는 곳. 그건 결국 제삼자들이
볼 수 있게 그렇게 해서 이제 그거를 아침이나 지나갈 때마
다 보면 그게 자연스럽게 내 머릿속에 각인이 되어서 할 수
있다는 그런 이야기인데 여기서도 똑같은 이야기를 하더라
고요. 사실 결국은 이 저자도 책을 많이 읽었다고 하니까 자

기계발서와 관련해서 최소 20권에서 몇백 권을 읽었다면 결국은 똑같은 내용을 여기서도 또 이야기하는 것 같아요. 다독, 다작 그리고 비전 모드.

아미　이런 책들은 다 자기가 열심히 적어 놓고 자기만 성공하면 그냥 짜깁기해서 내도 될 것 같아요.

푼크툼　그러니까 베스트셀러가 되기 위한 조건 중의 하나가 뭔가 비유, 은유, 상대방이 이해하기 쉽게끔 자기만의 방식으로 비유하거나 은유하는 게 가장 요점일 것 같은 게 '돈의 속성'에서는 키워드가 인격체잖아요. 돈의 인격체가 그러니까 자기만의 그런 비유를 만들고 엄청나게 길게 나열한 것이 '돈의 속성'이고 '역행자'도 마찬가지로….

아미　이번 책은 순리자와 역행자?

푼크툼　그 키워드 하나로 이렇게 책을 만들어서 베스트셀러가 되는 것 같고.

아미　하기 싫은 걸 해야지, 그게 역행자지. 그렇죠. 그런 거 아니면 순리자. 순종적인 사람.

푼크툼　그렇죠. 앞으로 누군기가 이 중에서도 책을 민드실 분이 있다면 그런….

떡볶이　키워드를.

푼크툼　어차피 하는 내용.

아미　참고하겠습니다. 2단계 구절에서 저는 개인적으로 가슴에 제일 와닿았던 문구가 있어요. "사람들은 자기 마음의 상처를 핥기에 여념이 없다." 이 문구가 계속 마음에 와닿더라고요.

푼크툼　이유가 있을까요?

아미　전 항상 위로가 필요한 여린 남자라, 하하.

완구　가족은 또 이게 안 됩니다. 위로가.

모두　하하하.

푼크툼　완구 님은 2단계에서….

완구　2단계. 그냥 저는 1단계든 2단계든 어쨌든 뭔가를 나를 바라본다는 것은, 그 목표가 있어서 그것을 위해서 이것을 밟아라, 이 단계를 밟아라! 이거로 받아들였거든요.
어떤 목표가 있다면 저는 어떤 목표가 없어서 굳이….
하하하. 그러니까 돈을 벌고 있고 따로 목표에 대해서 생각해 본 적이 없어서. 하지만 저는 이 책을 보면서 남편이 생각났거든요. 추진력도 있어서 이거대로 하면 너무 잘 맞을 것 같아서 저는 이걸 읽으면서 저보다는 남편이 생각이 났습니다. 그리고 저는 딱히 지금까지는 어떤 목표가 아직은 없어서. 그래서 어떤 정체성을 내가 해야 하나, 어떤 계획을 세워야 하나 뭐 그런 건 아직 모르겠습니다. 두 분은 그러면 어떤 목표가 있으셔서 각자의 모습을 새로 보고 싶으신 건지.

푼크툼　이 독서 모임이 참 중요한 게 제가 만약에 이런 모임이 없이 혼자 읽었다면 제 생각으로 했을 텐데 다들 공감을 하겠지만 또 다른 관점으로 지금 보는 건데, 목적이 없는 상태에서 이 책을 읽으면 아무 의미가 없다는 게 지금 불현듯 떠올랐어요.

아미　근데 실질적으로 완구 님이 현업에 계시니까 잘 아시겠지만, 학생들 대부분이 목표 설정을 안 한대요. 그 목표 없이 그냥 있는 애들도 있겠지만 예전처럼 커서 뭐가 될 거야, 이렇게 확실하게 정해 놓고 이런 게 아니라 그냥 목표 없이 그냥 자기 그냥 하던 대로.

떡볶이　그래요?

아미　그렇다고 저는 들었는데 근데 그게 굳이 잘못된 것 같지는 않아서요. 그게 잘못된 게 아니에요. 제 가족 앞에서 애들한테 '커서 뭐 할 거냐. 이제 미래에 대해서 고민해 봐야지. 어떤 걸 하고 싶냐'고 했는데 그런 거 하지 말라고 하면서 '목표 없이 사는 사람에게 목표를 강요하지 마'라고

푼크툼   우리는 옛날식 교육 방법에 서 있으니까, 요즘 교육 방법에
         따라야죠.

아미   반성하고 있습니다.

완구   내가 이야기하는 거랑 푼크툼 님이 이야기하는 거랑 똑같은
         데 내가 이야기할 때는 듣지도 않더니. 너무 싫어. 하하하.

아미   그렇지.

완구   똑같은 이야기 하는데 내가 하면 안 들어. 하하. 우리 이렇
         게 이야기하면 싸우거든요. 하하. (완구 님과 아미 님은 부
         부임. 그것도 동갑)

떡볶이   그러게요. 진짜.

푼크툼   이래서 사회성이 중요한 겁니다. 모임도 중요하고 떡볶이
         님은 2단계에서 하실 이야기가 있나요?

완구   아까 맞아, 목표 물어보셨죠?

떡볶이   저는 근래의 목표 중의 하나가 경제적 독립. 그래서 조금 전
         에 그 비전보드에 나는 뭐가 된다고 종이를 쓴다고 했을 때
         '나는 뭘 쓸까?' 하다가 "나는 경제적 독립을 하는 사람이 된
         다"라는 문구가 딱 떠올랐어요.

아미   직접 적으셨구나!

떡볶이 일하기 싫습니다.

아미 파이프라인부터 빨리 만들고 떡볶이 님은 쉬고 싶다는….

떡볶이 그냥 올해는 사업 하는 것에 대출 상환 이런 그런 목표가 있고요. 올해는 인생으로 봤을 때 저 혼자 준비하는 건데 그러니까 본격적으로는 못 하고 자잘하게….

회사 다닐 때 사내 조직 문화 형성하는 팀에 항상 들어갔었어요. 그래서 회사 행사 진행을 한다든가, 워크숍 기획 준비해서 진행도 하고 대학생 때부터 계속 맡아서 해 왔기 때문에 이걸 너무 좋아하니까 그쪽은 제가 그냥 해야 하는 거예요. 누가 안 시켜도 행사 진행이나 워크숍 준비는 제가 하고요. 그런 걸 좋아해서 그런 경험도 늘다 보니까 너무 재밌더라고요. 회사 대상으로 중국인, 탈북민 등 하면서 이거 재밌다. 그리고 여기에 대한 경험이 쌓이는 게 너무 즐겁다. 그래서 자격증 공부랑 그리고 저만의 틀을 만들고 있어요.

레크레이션 해 온 것도 파일 정리해서 모아 놓고 연말 한 해 돌아보는 프로그램으로 정리하고 연, 연초, 분기별 점검 이런 것을 그냥 혼자 만들어 놔요. 그래서 누가 부르면 할 수 있게. 제가 지금의 이 일을 못 하더라도 내가 좋아하는 길 할 수 있게 프리랜서라도 나는 이걸로 무조건 먹고는 살 수 있다. 이 일이 안 되고 다른 일을 해서 안 되더라도 내가 이걸 좋아하고 잘하는 것이 있다는 걸 잊지는 말자는 생각으로 가져가고 있어요. 왜냐면 이 일이 또 지금 하는 일이 잘 안 될까 봐 두려운 것도 있거든요. 그래서 뭔가 계속….

아미　　엄청나게 잘되는데.

떡볶이　　그렇진 않아요. 그래서 뚜껑 열어 보면.

아미　　큰 빵집인데.

떡볶이　　크기만 커요.

아미　　양덕원 최고인데.

떡볶이　　크기만.

푼크툼　　그게 자영업 하는 사람들은 앞날을 매우 불안하게 생각합니다. 고정적인 수입이 들어오는 게 아니다 보니까 공감합니다.

떡볶이　　맞아요. 그래서 딴 궁리를 하게 되더라고요.

푼크툼　　그래도 좋은 고민인 것 같아요. 그럼 다음 단계 3단계 유전자 오작동.

아미　　3단계가 핵심이 그거죠, 클루지 바이러스?

푼크툼　　아, 네. 그렇죠.

아미 '클루지'라는 책 한번 보셨습니까? 혹시 '클루지' 책 보신 분?
저도 안 읽어 봤습니다. 그냥 검색만 해 봤습니다.

떡볶이 요약을 부탁드리는데….

푼크툼 또 준비해 오셨겠죠?

아미 네, 하하. 게리 마커스 책이라고 이게 처음에 21쪽인가 이때
이제 클루지가 처음에 나오는데 3단계에서는 아예 클루지
에 대해서 풀어서 적었더라고요. 게리 마커스 책이라는 건
다 아실 거고 임시방편으로 땜빵 된 기계라는 의미라고 합
니다.
그럼 어떤 기계를 수리해야 한다고 가정했을 때 이 기계는
좀 특별한 기계라서 한 번이라도 1초라도 멈추면 고장 나는
기계입니다. 다 이해되셨나요? 여기까지.

떡볶이 1초라도 멈추면 고장 나는 기계?

아미 다시 설명하자면 어떤 기계를 수리해야 하는데 이 기계는
좀 특별한 기계라서 1초라도 멈추면 고장 나는 기계라서 또
고장 나면 영원히 사용이 불가한 기계, 그린 특별한 기계가
있습니다.
여기서 질문 하나 드립니다. 먼저 첫 번째 기계가 멈추든 말
든 나는 완벽하게 수리해야 하니까 전부 다 뜯어서 고친다.

두 번째 이제 기계가 멈추면 영영 못 쓰는 거니까 멈추지 않
는 선에서 꼭 필요한 부분만 살살 고친다. 1번과 2번 어떤
걸 선택하시겠습니까?

푼크툼　　내가 기계의 오너라!

아미　　고장이 나든 말든 완전히 멈추지만 저는 완벽하게 수리해
야 하는 사람이라 전부 다 뜯어서 고친다. 이게 첫 번째고
두 번째는 1초라도 멈추면 아예 영영 못 쓰는 기계니까 고
장 나지 않는 선에서 살살 고치면서 사용한다.

푼크툼　　이거 단적으로 좀 예를 들자면 내가 차를 운전하는데 뭐 하
나 고장이 나서 차가 운행이 안 된다면 다 뜯어고치진 않잖
아. 전 두 번째.

떡볶이　　저도 지금 커피머신이 있는데 그거 생각했거든요.

아미　　미리미리 조금 조금씩 수리한다?

떡볶이　　커피머신 이거 지금 끄면 이제 다시는 못 써. 내가 들인 돈
이 있는데. 그리고 감가상각을 하면 조금 조금씩 고쳐서라
도 얘를 좀 돌려야 되지 않나. 저도 두 번째.

완구　　이렇게 자동차 생각하고 있었거든요. 제 스타일을 보면 안
전이 우선이어서.

아미   조금 조금씩.

떡볶이   문제가 있으니까.

아미   이제 일반적으로 사람들이 생각할 수 있는 범위이기도 하
         지만 두 번째가 클루지 책에서 말하고 있습니다. 그러니까
         1초라도 멈추면 고장 나는 기계. 그리고 한 번 멈추면 영원
         히 이제 작동 불가능하다는 이것이 유전으로 생존과 이제
         번식으로 본다면 살아 있는 생명체가 끊임없이 번식하는데
         이 생명체가 멈추게 되면 진화가 멈추는 것이고 그것은 전
         멸을 뜻하거든요, 전멸.
         아예 없어지거나 사라지는 건데 자기가 생존에 유리한 것
         을 조금 조금씩 변해서 살다 보니까 불필요한 것들이 남는
         다는 거죠.
         예를 들어 인간 같은 경우는 맹장이 지금까지 남아 있는 것
         처럼, 아까 이 책에 나와 있는 것은 '뇌의 중간 부분에 불필
         요한 부분이 크게 남아 있다'든지 이런 것들이 완벽하게 다
         멈춘 상태에서 다 뜯어고친 다음에 새로 합쳐서 만들어 쓴
         다면 종족들이 훨씬 더 나은 종족들이 나올 수 있겠지만 그
         게 불가능하니까 상황에 따라서 조금 조금씩 변한다.
         그러다 보니까 모든 물체 생물은 하자가 하나씩 있다. 없어
         도 되어야 할 것이 들어가 있기도 하고 또 잘못되어 있는 게

들어가 있기도 하고, 예를 들어서 불나방 같은 경우 불나방은 불만 보면 달려들어. 왜냐하면 생존 때문에. 밝은 곳에 살았던 그런 경험이 있으니까 그 유전자가 계속 대물림이 되어서 불만 보면 미친 듯이 달려들어서 타 죽는 것인데, 그런 것들을 보고 이제 '클루지다', '클루지스럽다' 이렇게 표현을 합니다.

쉽게 말하자면 임시방편으로 땜빵 된 기계. 진화와 인간 모든 것에 대해, 모든 생명에 대해서 임시방편으로 땜빵 되는 상황. 이런 상황을 '클루지답다', '클루지스럽다' 이렇게 표현한다고 합니다.

푼크툼　　또 하나 새로운 용어.

아미　　책이 있다고 하니까 시간 되면 한번 읽어 보고 싶다는 생각이 좀 듭니다. '종의 기원'도 아직 다 못 읽었는데 3단계는 클루지로.

푼크툼　　정리 감사합니다. 또 있으신가요? 4단계로 바로 넘어갈까요?

떡볶이　　좋아요. 별로 막 어렵지 않아서.

푼크툼　　지금 앞으로도.

아미　　자동화, 요거는 보면서 파이프라인 책이 계속 생각나고 '돈의 속성'도 생각나고. 자동화, 돈 버는 기계 이런 거잖아요.

푼크툼 세팅해야 하는 데 경제적 동의를 하나.

아미 안 쓰던 뇌 사용하기, 그다음에 안 가 본 길 걷기, 그다음에 충분한 수면 이렇게 세 가지가 나오던데 혹시 해 보신 분 계신가요? 저는 충분한 수면 요거 해 봤고, 안 가던 길도 가 본 것 같기도 하고….

완구 다양한 능력치를 키워라, 같아요. 경험해 보기로.

푼크툼 오목 이야기도요. 그렇죠.

완구 현재 하시는 일이랑 하고 싶은 잘할 수 있는 일 말씀하셨기에 그게 생각이 났어요.

떡볶이 그러게요. 저는 생각을 못 했는데 정작.

아미 여러 가지 갈래의 길을 만들어 놔야….

완구 그게 파이프라인인 거잖아요.

떡볶이 그래서 아까 3단계도 그렇고 읽으면서 좀 생각났던 친구가 있는데 제가 20대 초반 동갑 친구인데, 블로그를 이 친구가 하루에 한 개 무조건 쓰기 목표로 해서 블로그를 꾸준히 했었어요. 처음엔 맛집. 잠실에 살아서 저희가 취직할 때가 되니까 친구가 한 2년째 하고 있었거든요. 그 블로그를 근데 대기업 다니는 선배가 "너는 자기 고집도 세고 특이하고 해

서 회사에서 너 같은 애 못 받아 준다. 너 그 고집을 꺾고 회
사 안으로 들어오든지 아니면 넌 맨날 그 블로그 글이나 쓰
고 그냥 그렇게 블로그 체험비로 주는 공짜나 오가며 거기
까지인 거야"라고 했어요. 근데 이 친구가 이젠 클래스 강의
를 해요.

아미   역전 현상. 역행자다.

떡볶이   하루 방문자 수 1천만 명 이렇게 해서 여행 블로거가 된 거
예요. 그래서 친구는 한 달에도 여행만 4~5개를 다녀요. 그
러면서 그런 패키지 소개해 주고. 근데 그 선배와 이 친구
를 아는 우리 친구들이 너라는 존재를 네가 이 길을 가면서
증명했다고 그렇게 말했어요. 사회의 뭔가 불합리함을 인
정하고 불합리함에 굴복할 줄 모르는 친구였거든요. 결국
에는 본인의 길을 만들어 낸 게 이 부분 보면서 생각이 많이
나더라고요.

푼크툼   남들 배우는 거 다 똑같이 배우면서도 다른 길을 계속하고
있고 본인의 삶을 증명했네. 이게 아까 자의식 해체 1단계
를 제가 제대로 이해를 한 건지 모르겠지만 지금 이런 예를
들어 봤을 때 이 아까 기준이 모호해서 되게 어렵다고 이야
기했잖아요. 근데 그 선배가 그렇게 이야기한 거는 그 당사
자한테 어떻게 보면 너의 자의식을 해체하라는 말이랑 똑

같은 거잖아. 네가 잘못됐어. 자의식을 해체하라. 근데 그거를 받아들여서 이대로 따라 했다면 그건 안 됐지. 이런 삶이 아니었을 텐데. 그러니까 이게 기준이 너무 모호하다.

아미 어떤 성향이냐, 어떤 길을 갈 것이냐에 따라.

푼크툼 그렇죠. 사실.
아, 부모가 예를 들어 내가 돈 들여 가지고 자청이라는 사람 소개해 줄 테니까 한번 만나 보자.

아미 게임 그만해라.

푼크툼 우리나라에 페이커라는 사람 없었을 수도 있는 거고.

아미 그래서 이게 정말 어려운 정말 어려운 것이 예스, 노처럼 이분법적으로 보는 게 아니라는 거죠. 다양하다. 다양한 색깔이 있듯이 다양하다. 그리고 기준점은 그때그때 달라요. 어렵죠. 많이 느낍니다. 다양성을 인정해 주고 다름을 인정해 줘야 한다.

푼크툼 공감도 되고 근데 이게 함부로 누구한테 뭐라고 말도 할 수가 없거나 조언을 해 줄 수가 없는 게 그 친구가 그게 소신 대로 가는 거잖이요.

떡볶이 그렇죠. 그리고 그 순간 이 친구도 정말 기분도 나빴던 게 이 선배가 진짜 이 친구를 위해서 한 말이었거든요. 그렇게 고집스러운 친구 둘 다 데리고 인턴을 시킨 거예요. 진짜 '그래, 얘네 용돈이라도 벌게 해 주자.' 이 선배가 그러면서 끌고 가려고 하고 얼마나 이 세상 사회 구조에 넣으려고 애 쓰는지를 봤어요.

근데 이 친구는 결국 튕겨 나와서 그냥 블로그 하면서…. 그래서 이 친구를 만나면 항상 그 블로그 체험해야 한다고 같이 공짜 밥 먹으면서 사진 찍고 있고 그랬거든요. 어쨌든 그 친구는 일하면서 친구 만나는 거예요. 그래서 맛있는 데 데려가고 시그니처 호텔 데려가고 그랬는데. 한 친구는 결국 이 사회에 적응시켰어요. 그렇게 끌고 가서 b라는 친구는 굴복시키고 a라는 친구는 그냥 어떻게 보면 이 선배 관점에서 굴복시키지 못한 존재죠. 근데 지금 둘 다 자기 앞가림 잘하고 있어.

아미   이 사례 너무 재밌다.

떡볶이   근데 저는 다시 자의식 해체로 가서 적용할 생각을 못 했거든요. 그 이야기 듣는데 진짜 내 경험 내 생각으로 그 누군가의 자의식을 해체한다는 것 자체도….

푼크툼   근데 난 그래서 이 시점에서 참 듣고 싶은 완구 님께 여쭙고 싶은 게 함부로 지금 직업 특성상 함부로 누군가에게 자의식 해체라는 단어를 쓰는 게 좀 위험할 수도 있겠죠.

완구   안 합니다. 안 합니다. 거의 안 해요.

푼크툼   매우 위험할 수도 있겠다.

떡볶이   예를 들어 뭘 안 해요? 어떤 느낌을….

완구   사과. 억지로 화해 안 시키는 거.

떡볶이   진짜요? 이거 신기하다. 어떤 부분에서 그러면 안 돼요?

완구   아동학대 신고 들어갑니다.

떡볶이   자기 안에 어떤 그런 의지가 없는데.

완구   없으면? 그래서 "하고 싶니?" 물어보고 "아니야" 그러면 "그래, 알겠어!" 하고 안 시킵니다.

아미   사과도 하고 싶다고 말을 해야 시키지 않으면 강제로 안 해도 돼. 이런 거죠?

완구   함부로 조언하지 않고 함부로 이야기하지 않고.

푼크툼   제가 지금 방금 웃은 이유가 뭐냐 하면 두 분이 되게 비슷한 직업을 갖고 계신 게 결국은 누군가를 이끄는 조직에 계시는 거잖아요. 근데 한 분은 자의식 해체를 함부로 시켜서는 안 되지만 한 분은 자의식 해체를 거의 끊임없이 해야 하는 직업이잖아요.
교화시키고 해야 하는 거 아닙니까?

완구   그래서 아미 님은 애들한테 자의식 해체를 하려고 해요. 그
        러면 저는 지금 세대 아이들은 그렇게 교육을 받아 온 세대
        들이 아니다. 그렇게 하면 안 된다고. 아미 님은 그런데도
        여기 군대라는 조직은 이게 필요하다고 해서 그렇죠. 많이
        상충이 되죠.

푼크툼   그러네. 그 부분에 있어서 좀 대립이 좀 있어요.

떡볶이   그리고 또 어떻게 보면 큰 첫째분이 또 갈 미래의 조직이
        니까.

푼크툼   그것도 이제 아빠, 엄마 관점에서 또 달라지기도 하겠지만.

아미   칼만 안 들었지, 맨날 난리도 아닙니다.

푼크툼   그런 거에 있어서 진짜 그렇겠네. 근데 지금 아미 님 입장에
        서도 이해가 되는 게 그 조직이란 특성상 어쩔 수 없는 거나
        본인 특성이 아니라 그 조직의 특성상 어쩔 수 없게 그렇게
        해야 하는 부분이 있는 거고.

(갑자기 숙연한 분위기)

푼크툼   사실 저자가 이 책에서 딱 독자가 얻었으면 하는 방법 두 가
        지가 있잖아요. 22 전략 두 개는 꼭 얻어 갔으면 좋겠다는
        거. 사실 22 전략은….

완구   쉽지 않죠. 일하면서 하루 2시간은.

푼크툼   그렇죠. 쉽지 않아.

완구   그래서 '30분이라도 읽어라'라고. 30분이라도 읽고 10분 타
           이머 놓고 쓰고.

아미   쓰는 게 참 중요한 것 같습니다. 쓰는 게.

떡볶이   근데 운동 2시간은 그러니까 궁금해서 그런데 운동 2시간
           vs 책 2시간 하루.

아미   운동은 쉽게 하지, 운동은.

푼크툼   뭘 더 선호하냐고.

떡볶이   어떤 게 더 쉽다, 어떤 걸 더.

푼크툼   운동. 운동은 할 만하다. 운동 2시간이 낫지.

떡볶이   운동이 나을 것 같아. 저도 운동 2시간.

푼크툼   나는 둘 다 2시간은 어려운 게 없을 것 같다는 생각이.

떡볶이   진짜 오히려 왜냐하면 저 그 일을 하면서 그랬거든요.
           책 2시간 너무 어려운데 이랬는데 제가 근데 '운동 2시간 하
           는데 왜 책 2시간을 어렵게 느끼지?' 이런 생각이 혼자 드는
           기예요.

아미   사람마다 다….

떡볶이   그래서 궁금했어요. 나만 좀 이렇게 느끼나!

푼크툼   이건 좀 구체적으로 가야지 좀 비교 대상이 될….

아미   운동 수준이 어떠냐에 따라서 요가 2시간에.

푼크툼   할 수 있고, 뭐 하잖아요.

떡볶이   요가 2시간. 음…!

아미   완전 행군 2시간.

떡볶이   책도 성경책으로.

푼크툼   그래서 잠깐.

떡볶이   약간 그러네요.

아미   안 쓰는 뇌 자극하기에서 새로운 이제 통합적 사고방식, 창
         의성 이거에 관해서 이야기하고 있는데 예전 교수님한테
         한 번 들었던 이야기입니다. 미래의 사회는 컨버전스된 사
         회다. 그러면서 예전에 1차 단편적인 분야였다면 미래에서
         는 2가지가 합쳐진 컨버전스된 사회라고 했어요. 예를 들자
         면 교통 분야와 통신 분야가 합쳐져서 이동통신이라는 새
         로운 먹거리가 나타난 것처럼 새로운 지식과 새로운 먹거
         리들이 나타난다.

이렇게 이야기한 적 있는데 '이런 것들도 우리 눈에서 잘 찾아 통합해서 새로운 하나를 만들면 창의적인 아이디어가 나오지 않을까? 이런 것들을 좀 더 연구하면 좋지 않을까?'라는 생각을 감히 해 봅니다.

푼크툼　사업 아이디어.

아미　사업 아이디어 그래서 예를 들어서 우리 독서토론 이야기하는 것도 지금 나온 책들은 이제 한 분야, 인문 분야 그다음에 철학 분야 아니면 경제 분야 이렇게 이런 책들이 예전에 있었던 책이 주류였다면 지금은 이제 인문과 경제를 결합한 이런 책들. 그다음에 철학과 그다음에 여행을 또 접목해서 한다는. 이런 것들이 조금 더 힘이 있고 조금 더 먹거리가 되지 않을까? 이런 것들이 좀 더 창의적이고 조금 더 통합적 사고방식을 갖추는 것들이 아닐까 그런 생각을 조금 해 봤습니다.

푼크툼　그렇죠, 그렇죠. 각 분야로 깊고 파고드는 것보다는 분야별로 콜라보를 하게 될 때 뭔가 조금 더 창의적인 게 나의 사업도 마찬가지로 요즘에는 예전 같았으면 빨래방과 마사지 의자가 따로 있었다면 빨래방에 마사지 의자가 들어가 있고 커피 머신이 들어가 있는 것처럼 그런 식으로 콜라보를 할 수 있겠죠.

아미   그렇습니다. 가게에 새로운 콜라보를 하나.

떡볶이   빵집에 안마의자 좀 넣을까요? 배보다 배꼽이 더 커. 저 누워 있을걸요, 이제. 하하.

푼크툼   카페 안마의자 아닌 것 같아요. 사람 안 갈 것 같아요. 안 나 갈 것 같아. 회전율이. 킥킥킥.

아미   자의식 해체를 강요하지 말라고 하는데 지금 그렇죠. 그렇죠. 그렇죠.

떡볶이   혹시 궁금해서 그냥 그러니까 먼저 이야기 꺼내 주셨는데 안 쓰는 뇌 자극하는 방법들이 좀 대충 나왔었잖아요. 내 삶에 이런 게 있는지 그 의도치 않을 수도 있고 아니면 자극하려고 의도적인 것도 있고.

떡볶이   아니면 그냥 삶의 어떤 신선함이나.

푼크툼   내 삶의 자극.

떡볶이   자극을 주는 삶도 그렇고 뇌도 그렇고 그냥 뭐 그런 게 있는지.

아미   네, 저는 왼손으로 양치하기.

푼크툼   진짜요?

아미   왼손으로 양치하기.

떡볶이   신기하다.

아미   왼손으로 밥 먹기.

푼크툼   일부러 오른손잡이인데 뭐 때문에 내 뇌 발달을 위해서 아
            니면.

아미   약간 그런 것도 있고.

떡볶이   오른손 다칠 때 대비해서 그 운동도.

아미   운동을 좋아하다 보니까. 뇌 발달도 있다고 하고 손을 자주
            미세하게 할 수 있는 게 처음에는 쉽지 않았는데 이제 밥 먹
            는 것도 어느 정도 젓가락질도 이제 어느 정도 해요. 잘하지
            는 못하지만….

떡볶이   근데 이게 약간 소확행일 수 있을 것 같은데.

아미   재밌기도 하고.

푼크툼   내가 점점 뭔가 발전하는 느낌.

아미   그리고 또 도움이 되는지, 안 되는지 모르겠지만 그렇게 하면
            또 뇌 발전에도 도움이 된다고 하니까 뇌를 200% 쓰지는 못
            하더라도 0.001%라도 좀 더 쓰려는 나름대로 발버둥입니다.

떡볶이   완구 님은 있으세요?

완구 남편이랑 같이 사는….

모두 하하하.

아미 저희 서로 로또라 생각합니다. 안 맞아, 안 맞아. 한 번도 맞은 적이 없어.

완구 안 맞아요, 하하.

아미 맞으면 대박인데 한 번도 맞은 적이 없어….

푼크툼 개인적으로 만나서 이야기를 들었는데 두 분이 MBTI 성향이 완전히 다른….

아미 ENFJ랑 INFJ요. 하나만 다른데 극과 극이에요. 행복합니다.

푼크툼 결혼은 서로 다른 사람과 하는 게 맞는 건가요? 아니면 좀 닮은 사람?

아미 다른 사람, 다른 사람하고.

완구 저도 다른 사람. 안 걸어 본 길이어서 지금도 종종 생각하는 거예요. 성향이 비슷한 사람이랑 살면 덜 싸울까?

아미 더 싸우지.

완구 덜 싸울까? 이거는 모르는 거죠.

아미 성향 같은 사람들이 더 싸우는 그러면 다음 생에는….

떡볶이　　여기까지 열린 결말.

아미　　　푼크툼 님, 삶의 자극.

푼크툼　　갑자기 떠오르지는 않는데.

완구　　　저는 이거 이 독서 모임을 2개나 하고 있다는 거에서 놀랐
　　　　　어요. 그런 게 자극되는 것 같아요.

푼크툼　　온라인은 그냥 아까 이야기했듯이 거의 유령 회원이라 전
　　　　　혀 자극되지 않고 삶의 재미는 재미로 본다면 저는 이 재미
　　　　　인 것 같아요.

떡볶이　　그리고 다들 팟캐스트 들으시지 않아요?

아미　　　팟빵.

떡볶이　　운전할 때 그것도 나름.

푼크툼　　그것도 자극이라고 할 수 있는 건가?
　　　　　자극이라는 거는 꾸준히 하는 게 루틴이 아니라 좀 뭐랄까 가
　　　　　끔 하는 걸 하는 거로 저는 이해를 해서 그래서 딱히 자극을
　　　　　좀 싫어하는 스타일인가 봐요. 그 되게 그냥 일상을 루틴으로
　　　　　사는 걸 좋아하는 사람인 것 같아요. 떠오르는 게 없어요.

떡볶이　　뭐 있어요? 저 그러고 보면 저는 자극을 진짜 좋아하는 것
　　　　　같아요. 저 진짜 익사이팅한 거 좋아해서 안 가 본 장소, 처

음 간 식당 아니면 처음 새로운 메뉴 이런 것도 좋아하고 막 찾아서 가 보는 거. 그리고 저는 그거예요. 그런 유튜브나 이런 거 볼 때도 완전 새로운 분야도 한번 들어 보고 그러는데 최근에 이제 명화에 빠진 거예요. 명화 해설. 근데 이제 듣기만 해요. 일하면서 듣기만 하는데 어떤 미술가의 삶과 해서 그래서 이 작품이 나왔고…. 사실 듣기만 하니까 몰라요. 다 섞여요. 안 좋은 점이 인물들이 다 섞여 버려요. 근데 이게 또 저한테 자극인 거예요. 이게 나는 이 분야에 관심이 없을 사람일 것 같았고 뭔가 접근이 어려울 것 같았는데 막 재밌고 사실 지금, 이 경제 쪽도 제가 많이 읽어 본 쪽이 아니라 약간 흥미를 느낄 거라고 생각 못 했거든요. 그래서 저는 오히려 이 두 권의 책 선정 다 만족한 게 이렇게 좀 허들을 좀 쉽게 넘을 줄 몰랐거든요. 이런 것들.

아미 그래서 선물을 준비했습니다.

푼크툼 뭘요?

아미 경제에 대해서 조금 더 파 보고 싶다는 욕구가 다 생길 것 같아서.

떡볶이 진짜요?

아미 이 책이 절판돼서 이제는 안 나오는 책입니다.

떡볶이   진짜요?

아미   책인데 그래서.

떡볶이   제목도 아주 마음에 들어요. '경제의 속살.'

아미   근데 이게 중고 책이라 구하기 쉽지 않아요.

푼크툼   2권도 있고 3권도 있고 그러는 건가요?

아미   네, 1편은 이제 경제학에 대해서 나와 있고 2편인가 그거는 이제 경제학자인가 돼 있고 3편은 이제 정치에 대해서 정치화 이제 경제를 이제 믹스해서 이야기하고, 4편은 이제 불평등. 불평등에 대해서 경제가 어떻게 풀어졌는지. 이 책은 제가 예전에 한참 읽었었는데 기자가 적은 거고요. 이 책에 보면 경제 논리 그러니까 논문에 나왔던 근거로 해서 쉽게 풀어 수박 겉핥기 정도 할 수 있는 책입니다. 예를 들어서 행동경제학, 주류 경제학에 나와 있는 책이고 행동경제학에서는 인간이 이기적인 존재라는 것. 주류 경제학에 따른 반론인 최후통첩 게임이라는 게 경제 논리인데 이런 것들이 나옵니다. 이 논리기 경제학에서 어떻게 녹아서 사용하는지.

떡볶이   이거 되게 재미있게.

푼크툼   경제이론을 하나하나씩.

떡볶이   정말 감사합니다. 진짜 심쿵, 심쿵.

아미   네, 전 경제 할 때 이런 이론에 대해서 좀 바삭하게 외워서
내 걸로 만들어서 뭐 하면 이거는 경제이론이 뭐다 이렇게
하고 싶었는데 다 자기계발서라서.

떡볶이   근데 맞아, 맞아. 그래서 어떤 용어나 키워드를 찾아서 써먹
어야 한다고 알려 주시고 이런 걸.

푼크툼   되게 좋아하더라고요.

완구   저는 되게 안 좋아하는 스타일의 책이라서 지금 이거 이 책
을 선물한다고 배송이 어떻게 일주일 만에 와.

떡볶이   이거를 중간에 이거 한번 갈까요?

아미   아니, 이거는 이제 경제 파트 보면서 책에 나오는 게 어떤
논리구나! 이걸 이제 알면 더 재밌을 것 같아서.

푼크툼   딱 있었던 지금 저기 뭐야.

완구   하자고 하고 싶었는데 내가 이렇게 말해서 못 하는 거지.

푼크툼   아미 님의 성향에 딱 맞는 책.

떡볶이   아니, 한 1부나 2부나 한 부만 이렇게 딱 해 볼까요?

아미   그래도 재밌을 것 같기도 합니다.

떡볶이   우리 중간에 소설 이렇게 넣자고 제가 했잖아요.

푼크툼   네, 어차피 소설은 정해져 있으니까 한번 해 보시죠.

아미   이게 읽다가 이 책이 나와서 그냥 이제 5단계 이제 '역행자'
          의 지식에 나오는 분야가 제로섬 게임.

떡볶이   예.

아미   제로섬 게임도 나와 있습니다. 제로섬과 논제로섬. 그다음
          에 이제 최후의 통첩이라는 게임도 이제 경제 논리인데 이
          것도 나와 있고 저는 한 번 읽었던 기억이 있어서 이게 무슨
          내용이구나. 이 맥락이 이거구나! 이해가 돼서 수박 겉 핥기
          지만 알고 나면 다음에 내가 알고 싶은 분야에 대해서 파고
          들기는 편한 책일 것 같아서 추천합니다.

떡볶이   근데 진짜 약간 아미 님이 좋아할 스타일인 거 한눈에 보이
          네요.

아미   필요한 부분만 찾아서 보고 그냥 덮으면 됩니다. 필요한 부분.

떡볶이   정말 감사합니다.

푼크툼   지적 호기심이 되게.

떡볶이   맞아요.

아미   좀 학창 시절에는 공부하지 못했습니다. 진도 나가야 하는

데 혼자 연구한다고. 학교 진도를 따라가야 하는데….

떡볶이　'푼크툼'도 우리가 다 같이 책을 읽었는데 그 단어를 저희 둘
은 그냥 지나간 거예요.

푼크툼　그렇죠.

떡볶이　그랬는데 갑자기 '푼크툼이란 단어가 나왔는데' 하면서 알
려 주셨는데 너무 매력적인 거예요. 그리고 이게 다 같이 똑
같이 책을 읽었는데, 우리는 놓쳤는데 약간 그런 상황도 너
무 신기했고.

아미　이해 안 되는 용어, 단어 있으면 이게 뭘까 궁금한 게 좀 많
아서 쉽게 설명을 좀 해 줬으면 하는 게 있습니다.

푼크툼　그래서 이 모임에서 좋은 게 뭐냐 하면 이런 성향을 보이는
사람이 아니다 보니까 도움이 많이 돼요.

떡볶이　마치 전자사전이 딱 옆에 있는 느낌. 감사합니다.

아미　감사합니다.

완구　짧게 말해야 해. 말이 너무 길어.

떡볶이　자의식 해체에 들어간 건가요?

아미　편집하면서도 느끼지만 좀 짧게 이야기해 줘야지. 정리하
는 사람은 너무 힘들어. 짧게 핵심만 짧게 핵심만 하는데 정

작 저는 잘 안 되네요. 하하.

떡볶이   5단계 끝났죠. 하나, 둘, 셋 아니, 이제 4단계 하고 이제 5단계 있어요. 지금 5단계 뇌를 증폭시키는 게 있겠어요.

푼크툼   나머지 4, 5, 6, 7은 이어서 갈까요? 원하시는 부분 있으면 이야기해 주시겠어요?

아미   '경제의 속살'에도 나와 있는 내용인데 몇 가지 게임에 보면 여기서 승률 55% 포커 게임 잘하는 방법 이렇게 나와 있던 데 요거 무조건 100% 승리를 이 자랑하는 게임 논리가 하나 있습니다.

바로 독립 시행의 법칙입니다. 블랙잭 게임은 숫자를 21로 만드는 게임인데 1장의 카드를 받고 진행할 것인지 말 것인지 선택한 다음 카드를 순서대로 계속 뒤집어서 21에 가까워졌을 때 스톱하면 됩니다.

저는 제 딸하고 이 게임을 자주 합니다. 딸은 매일 지는데 저는 오랫동안 할 수 있는 노하우가 있습니다. 바로 한 개의 칩을 걸고 이제 주고받고, 저는 시작하는 그 칩 하나를 따기 위해서 계산을 많이 하는 게 첫 번째 판에는 하나 걸고 두 번째 판에는 두 개를 걸고 세 번째 판에는 네 개를 걸고 다섯 번째 판에는 여덟 개를 걸고. 2배수, 즉 내가 다섯 번을 하든 여섯 번을 하든 한 번만 이기면 다시 원상 복구된 상태에서 100원을 따는 겁니다.

처음에 100원을 들어 땄다. 땄으니까 다시 또 100원 걸고 근데 100원 잃었다 그러면 그다음 판에 200원을 걸고 200원을 잃었다. 그다음 팔면 400원을…. 그러니까 연속 5번에 질 확률이 거의 0.3% 정도, 1%도 안 되는 그 정도 수치라 계속 이런 식으로 늘 해서 딸내미랑 오랫동안 하는데 이 방법이 전문용어가 있더라고요.

바로 마틴 게일이 주장한 '독립 시행의 법칙'이라는 겁니다. 경제학에서는 벌써 분석을 다 끝내 놓아서 이런 걸 알면 좀 더 수월하게 하지 않을까? 그리고 또 이건 잡다한 지식인데 카지노에서 이런 논리를 벌써 알고 있어서 이런 걸 못 하게끔 한도액을 걸어 놨습니다. 그러니까 어느 베팅판에 들어가면 베팅 초반을 얼마부터 시작할 수 있고 최고 베팅은 얼마까지 이렇게 한정을 걸어놔서 이런 걸 아예 못 하게끔…. 참고하시라고 가지고 와 보았습니다.

떡볶이   신기하다.

푼크툼   실생활에서는 접목하기가 좀 어렵겠지만 정선 갈 때는 유용할….

이 책 봐야겠는데.

아미   6단계 경제적 자유를 얻는 구체적 루트. 여기서 이제 아까 완구 님이 말했던 '행복', 행복이라고 나오는데 220쪽에 이 말이 나옵니다. 220쪽에 돈을 버는 원리, 그 돈을 버는 근본 원리. 행복해야 돈을 벌 상대를 편하게 해 주기. 그다음에 상대를 행복하게 해 주기. 요 두 가지가 돈을 버는 근본 원리라고 합니다.

근데 이걸 또 인간관계를 약간 또 접목했습니다. 돈을 번다는 말은 이제 돈이 모인다는 뜻인데 그럼, 사람이 모이는 원리는 무엇일까? 상대를 편하게 해 주고 상대를 행복하게, 사랑 그러니까 전에 배웠던 '돈의 속성'에서 돈은 인격체라고 했으니까 그 사람과 똑같지 않을까? 돈을 편하게 행복하게

(한 시간 알림 울림)

아미	시간이 거의 다 돼서 스피드하게 진행을.
푼크툼	그럼 마무리해 주시죠. 한 줄 평.
떡볶이	느낀 거 혹시 있으세요? 한 줄 마무리하면서.
푼크툼	한 줄 평 순리자가 아닌 역행자로 살아 봄직한 책입니다. 좀 더 붙이자면 그동안으로 순리자로 살아왔던 것 같은데 사실 책을 읽고 나서 역행자로 한번 살아 봐야 한다는 마음은 아직 들지는 않습니다만 역행자로 살아 봄직한 책입니다.
떡볶이	자의식 해체?

아미   제 거랑 겹치는데 그러면.

떡볶이   어떠셨어요?

아미   나는 과잉 자의식. 해체가 필요할 때.

완구   '역행자'가 옆에 있으니 저는 내가 잘하는 걸 더 잘하게.
        아미 님은 워낙 그러니까 원래 삶이 역행자의 삶에 가까웠
        던 것 같아요. 순리대로 잘 하지 않아요. 저는 순리대로 하
        는데.

아미   포장 잘해. 말 안 듣는다는 말을 이렇게 포장해 주시는구나!

완구   말 안 들어요. 저는 역행을 할 자신은 없고 내가 잘하는 거
        를 더 집중하는 게 낫지 않을까? 나한테는 그게 더 맞지 않
        을까?

푼크툼   그런 것 같아요. 조금 전에 딱히 지금 목표가 따로 잡혀 있
        지 않기 때문에 이 책에 대한 뭐가 감명 깊은 책은 아니었던
        것 같은데 더군다나 지금 그러다 보니 역행자로 살 필요가
        없으신 게 그렇죠. 어떻게 보면.

아미   혜민 스님과 같은 분위기인데요. 무소유로 해 놓고 풀소유
        다 가지고 있으니까 그런 거 그런 느낌.

푼크툼   그러면 오늘 이 모임은 여기서.

떡볶이   여기까지 할까요?

푼크툼   고행하셨습니다.

세이노의 가르침

7. 세이노의 가르침
- 푼크툼, 아미, 떡볶이

푼크툼　　모임 이야기 시작하겠습니다.

떡볶이　　전체적인 느낌이 좀 어땠는지.

아미　　열여덟, 연놈들 다 적혀 있고 뭐 까라 등 블로그 글이라고 하던데 원본을 보고 싶네요, 하하. 완전 날것 살아 있는…. 일반 책들은 좀 미사여구도 좀 넣고 말을 좀 돌려서 예쁘게 이렇게 적는 반면에 이 책은 거침없이 있는 그대로 자기 생각 표현하는 것이 그냥 날것이라고 저는 느낌을 받았습니다.

푼크툼　　거침없이 쓴 느낌이 있죠. 맞아. 어떠셨어요? 저는 책을 읽다 보니까 앞에 읽었던 두 권하고 계속 비교가 되는 것 같아요. 앞에 '돈의 속성'이라는 책도 그렇고 '역행자'도 그렇고 거의 같은 결이다 보니까 비교를 하면서 읽었는데 저는 개인적으로 이 책을 더 좀 더 재밌게 읽었던 것 같아요. 진짜 내용은 워낙에 방대하고 모든 분야에 자기만의 고집과 철학이 있는 분이라고 생각이 들면서 과연 본인과 다른 생각을 하는 사람과 대화는 될까 싶은 생각도 들었는데 어쨌든 읽으면서 뺄 건 빼고 내가 받아들일 건 받아들이고 이건 좀 아니다 싶은 거는 넘기면서 봤던 것 같아요. 어떠셨나요?

떡볶이   이 사람을 직접 만난다면 실제 작가의 느낌이 아닌 운동선수라든가 거칠고 무겁게 있는. 거친 느낌의 사람이 글을 쓴 느낌. 그래서 보통 작가의 글이라면 김영하 작가처럼 어떤 문장을 예쁘게 꾸며 하나의 문장을 만들어 내는 게 있잖아요. 근데 그렇지가 않으니까 이 사람의 진짜 그 고집스러움을 알겠고 개인 일기를 본 느낌. 저는 문장 하나하나를 좀 예쁘게 다듬어서 나온 글을 좋아하거든요. 근데 이건 너무 센 거예요. 이거는 좀 꾸밀 수 없었나, 그런 느낌으로 보았습니다.

푼크툼   근데 이 사람 성향이 그런 것 같아.

떡볶이   맞아요, 맞아요.

푼크툼   내가 하고 싶은 말은 너희들이 필요해서 이야기하고 너희들이 원해서 써 주는 글인데 이런 느낌.

떡볶이   그래서 누군가는 이 스타일이 노 재밌고 잘 맞겠구나 싶디라고요. 근데 또 지루하지 않은 매력은 있어요.

푼크툼   그래서 좀 뭐랄까, 호불호가 되게 강할 것 같은 책인 것 같기도 해요. 누구한테는 완전히 꼰대다 싶은 사람도 있을 테고.

아미 전 이 책을 동생한테 추천했습니다.

푼크툼 어!

아미 동생에게 당장 사서 읽어라. 너한테 당장 필요한 책이다.

푼크툼 이 부분 전체가 다.

아미 책의 내용 전체가 제가 동생한테 늘 했던 말입니다. 동생은 몸을 쓰는 걸 좋아하고 책을 늘 멀리했던 사람이고 책에서 진리를 찾으려고 하지 않고 자기가 직접 경험해야 한다는 행동파 스타일입니다.

저는 동생에게 "왜 그렇게 힘들게 돈 깨지고 몸도 괴로워하면서 사냐. 책에 다 있다. 그걸 몸으로 겪지 말고 책으로 한 번 보고 이해하고 넘어갈 수도 있다."라고 말을 합니다만, 동생은 그걸 굳이 몸으로 겪어야 하는. '나는 모든 것을 직접 경험하고 몸으로 해야 한다'는 그런 동생이 하나 있어서.

푼크툼 읽기 시작했다고 하나요.

아미 네, 그래서 요즘 책은 표지가 빨간색이라는 걸 그렇게 해서 알게 된 겁니다. 표지가 까만색도 있고 흰색도 있고 빨간색도 있고 몇 쇄 인쇄할 때마다 이게 연도별로 색깔이 달라졌다고 알고 있습니다. 그걸 알게 되고 동생은 지금 빨간색 표

지로 지금 처음 시작하고 있어서 가끔 체크해 주고 "잘 읽었
니?", "어떤 내용이야?", "어떻게 생각해?" 하며 동생과 단둘
이 독서토론을 시작했습니다.

푼크툼   좋다.

떡볶이   근데 가족이랑 하면 좀 어색하거나 그러진 않아요?

아미   이제 나이도 이제 먹을 만큼 먹었으니까.

떡볶이   그래서 더 어렵지 않나요?

아미   그래서 이것에 대해서 어떻게 생각해? 이제 서로 살아온 발
자취가 있으니까 에피소드를 이야기하면서 그때 이런 일이
있었는데 이런 상황에서 굳이 네가 몸으로 겪으면서 손해
를 입어 가면서 해야 했나? 그때는 왜 그렇게 생각했어? 이
런저런 이야기를 하면서 조금씩 더 알아 가는 것 같아요.

푼크툼   지금 떡볶이 님이 이야기하신 것처럼 이게 가족하고 독서
토론이 가능할까 싶은 말을 했는데 뭐랄까 평상시에 했던
대화체보다는 지금 우리 이 모임처럼 언니 아니면 동생하
고 존칭하면서 존대를 한다면 좀 괜찮지 않을까 싶은 생각
이 듭니다. 사실 저도 이 책을 제 동생한테 추천했어요. 제
가 이 책을 시작 전에 이야기했듯이 구매한 지 한 5~6년 된
것 같은데, 코로나 훨씬 전에 2권을 구매했어요. 당시에 이

책이 처음 판매를 한다고 해서 그때 이 책 두 권이 나왔는데 겉표지는 이렇게 생겼는데 제본해서 나왔거든요. 그래서 각각 하나씩 동생 하나 주고 제가 봤는데 제가 구매한 책은 분실하고. 지금 이 책은 동생한테 빌린 책입니다.

동생한테 물어보니 그 친구는 앞에만 조금 읽다 말았다고 하더군요.

근데 제가 어느 정도 다 읽고 보니까 동생한테 또 추천해 주고 싶은 책입니다.

아미　세이노의 가르침이 완전 날것이라.

우리 최근에 경제 분야 세 파트를 읽었는데 '돈의 속성'과 '세이노의 가르침'은 부류가 좀 비슷한 느낌이었고 그다음에 이 두 권을 실험실 비커에 거름종이에 잘 정제해서 만들어 나온 게 '역행자' 같다는 느낌을 좀 느끼게 되었습니다.

쉽게 말하자면 '돈의 속성'은 약간 이제 빛을 발하며 보고 있는 양지의 것이라고 하면, '세이노의 가르침'은 음지의 것이라고 판단이 되고 이 두 개를 잘 혼합해서 정제해서 나온 게 '역행자' 같다, 그런 느낌이 책 읽는 동안 계속 생각되었습니다.

떡볶이　뭔가 정리가 돼요.

푼크툼　나름 그렇게 정리를 하네. 그러니까 그 이야기는 아미 님도 이제 읽으면서 앞에 있던 두 권하고 이 책하고 계속 뭔가 비교를 해 보면서 읽었다는 그렇게 이해를 할 수도 있겠네요.

아미　　그러니까 같은 부류 경제 부류의 책을 연달아서 계속 읽다 보니까 그런 책의 지식이 조금씩 쌓이는 것 같고 보는 시야, 기준점이라는 게 어느 정도 생긴 것 같습니다. '경제 분야면 이 정도는 알려 줘야지' 이런 기준점, 그리고 전문지식 습득 이런 것이 아니라 통찰력이 어느 정도 정립된 것 같아서 좋았습니다.

푼크툼　　그러면 사실, 이 질문은 이따가 하려고 그랬는데 지금 어차피 계속 지금 이야기가 나오니까 질문 하나 드리겠습니다. 지금 본인들에게 24시간 잠을 안 자고 딱 24시간 쓸 수 있는 그 시간이 주어지는데 본인들 앞에 3명이 있어요. 김승호라는 사람과 자청이라는 사람과 세이노라는 사람이 있어요. 시간 분배를 어떻게 해서 만날 거예요? 한 사람한테 집중해도 되고 분배를 해도 되고.

아미　　한다면 한 사람한테 집중할 것 같습니다.

푼크툼　　24시간 누구와요?

아미　　세이노한테.

떡볶이　　진짜요?

아미　　세이노는 그러니까.

푼크툼　먼저.

아미　자청이라는 사람과 이제 김승호 회장님 같은 경우에는 밝은 것만 알려 주실 것 같고 긍정적인 것만 알려 주실 것 같고. 실전 업무, 그러니까 변호사 섭외할 때 어떤 변호사를, 병원에 갈 때 의사는 어떤 식으로 만나야 한다. 근데 인생이 그따위라면 가끔 옆에서 욕도 해 주고. 그러니까 공포의 외인구단 감독 같은 역할을 해 줄 수 있는 사람이 그 세 사람 중에서는 세이노가 가장 유력하지 않나. 그리고 좋은 이야기만 하지 않고 나쁜 이야기를 해서 채찍질해 줄 수 있는 유일한 사람이라는 생각이 들어서 그래서 저는 세이노 님께 저는 24시간을 투자해서 듣고 싶다, 그런 느낌을 받았습니다. 떡볶이 님은요?

떡볶이　자청요.

푼크툼　왜요.

아미　일단 훈남이잖아. 잘생겼잖아, 하하.

떡볶이　맞아요, 하하. 이왕 쓰는 시간 훈남과 보내고 싶어요. 이왕이면 데이트도 하고 싶고요. 그리고 저는 그 ‘돈의 속성’보다는 뭔가 다루는 게 그 ‘역행자’가 좀 더 폭이 넓다고 생각이 들었어요.

푼크툼   '돈의 속성'이 말하고자 하는 부분보다 '역행자'가.

떡볶이   그러니까 경제에서보다 조금 더 넓게 가지고 갔다.

아미   '돈의 속성'은 이제 돈 버는 방법에 대한 것이라면 '역행자'는 이제 성공하는 방법, 성공 유전자를 만드는 방법에 대해서 말하다 보니까….

떡볶이   네네네. 맞아요.

아미   포괄적이니까.

떡볶이   '돈의 속성'으로 가면 약간 재테크 이런 정보를 아주 꼼꼼하게 얻을 수 있을 것 같지만 사실 삶의 전반적인 것과 어우러져서 듣기를 원하고 어떻게 보면 세이노가 더 맞을 수 있잖아요. 그런데 세이노의 말투나 거센 표현들을 제가 힘들어해서 사실 읽으면서 좀 불편했거든요. 그게 좀….

아미   욕 듣는 기분.

떡볶이   맞아요. 내가 뭔가 이 책을 돈 주고 샀는데 돈 내고 욕먹는 기분. 약간 이래서 세이노랑은 같이 못 있을 것 같아요.

푼크툼   혹시 이 책에서는 그, 욕도 하지만은 약간 성과 관련된 단어도 거침없어.

떡볶이   그렇죠. 그렇죠. 그래, 맞아요. 낳아요. 그내로 있어요.

푼크툼   여기에도 그대로 있어요?(푼크툼 님의 책은 블로그에서 출
        력해서 만든 것으로 책이 발간하기 전에 만든 출력물을 제
        본한 책이다)

아미   협상 이런 이야기도 해서 적나라하게 나와 있고.

떡볶이   푼크툼 님은요, 어떻게 시간을 분배하실 건가요?

푼크툼   저는 김승호 회장님한테 좀 더 많은 시간을 할애할 것 같아
        요. 왜냐하면, 일단은 자청이라는 사람하고는 큰 이야기를
        못 할 것 같아. 계속 나는 아직도 자청이라는 사람한테 뭔가
        사기꾼 이미지가 아직 안 가서. 왜냐하면 그 책에서 쓰는 단
        어들이 뭔가 좀 너무 과장되기도 해서 신뢰가 안 가는데 그
        래서 그렇다고 24시간 다 김승호 씨한테 쓰지 않고 세이노
        에 한 4~5시간 정도 훈계를 들으면서 내공을 다지고 나서
        정신 차리고 나서 그다음에 김승호 회장한테 사업을 배우
        고 싶어.

아미   체계적이다.

푼크툼   세이노도 대단한 부자라고 하는데 사실 이 사람이 어떤 부
        자인지 뭘 어떤 사업을 하는지 안 나와 있잖아. 본인도 모르
        고. 근데 김승호 회장은 사업을 몇 가지 하니까 그분한테 사
        업을 배우면 어떨까 싶어서.

아미   푼크툼 님 WIN.

푼크툼   아니, 그건 아니, 하하. 저야 어차피 장사하는 사람이고 뭔가 이렇게 좀 더 확장하고 싶은 마음에 그런 걸 배워 보면 어떨까 하는 생각이 듭니다.

떡볶이   그래서 이게 어떤 신문사가 재산조사를 했다고….

아미   조선일보.

떡볶이   맞아요. 그래서 같이 해서 낸 거라고 하잖아요.
약간 웃겼던 게 세이노가 어떤 사람인지 논란이 많아서 신문사랑 같이 조사를 해서 어느 출판사랑 이 신문사가 보증한다. 1천 억대 자산가인 걸 그걸 책 속에 넣어 놓은 거에요. 작가 소개를.

푼크툼   네, 책에 나와 있어요. 앞에 있었던 것 같은데.

떡볶이   전자책이라 저만 나왔나 싶어서…. 그거를 근데 그걸 적어 놓은 게 너무 웃겼어요.

아미   여기 일러두기에 나왔어요. 조선일보.

떡볶이   맞아. 조선일보.

아미   "조선일보와 데이원 편집부 합동으로 자산 보유를 조사했다. 구체적인 증거 없이 자산 규모 회자되는 인물에게 잘못

될 수도 있으니 최소 1천억 이상의 순자산 보유 자산을 확
인했다." 이렇게 나와 있습니다.

떡볶이　여기 한 말이 너무 웃기더라고요. 현실에 대한 검증이 필요
하다는 사명감으로 조사에 임했으며, 채무 구성과 납세 기
록 등 꼼꼼히 살펴보는 과정을 통해….

푼크툼　사람들이 뭔가 이 사람에 대한 믿음도 있겠지만 불신도 없
지 않아 있으니까 그런 글까지 올렸나 보다. 여기는 내용이
없어요. (블로그 출력본이다 보니)
제가 가지고 있는 책은 출판사를 통해서 나온 책이 아니에
요. 이거는 카페지기들이 돈 모아서 제본으로 만든 책이라
서…. 그런 내용이 없는 거죠. 그러니까 제가 봤을 때 제가
가지고 있는 이 책은 퇴고라든가 그런 거 없이 정말 날 것으
로 판단됩니다.

아미　이거 다 읽고 나니 날것을 한 번 더 읽어 보고 싶네.

푼크툼　필요하시면.

떡볶이　진짜네요. 출판사 없이 비매품.

푼크툼　비매품인데 나는 이거 돈 주고 산 기억이 있는데.

모두　하하.

아미   읽으면서 다들 2주, 딱 2주 됐잖아요. 2주 만에 이제 700쪽
       가까이 되는데 다 읽으셨나요?

떡볶이   사실 저는 사실 초반에는 그냥 쭉쭉 읽다가 골라 읽었어요.

아미   어차피 내용이 연결이 안 되니까.

떡볶이   읽다 보니 제가 관심 없는 부분도 있어서 관심이 가는 부분
       을 주로 봤어요. 그리고 짧은 글도 있잖아요. 그냥 이거 궁
       금하다 해서 읽었는데 하면 한두 장이 끝나고 이런 분야도
       있어서 골라 읽었어요.

푼크툼   그렇지. 사실 여기 이 책은 다 읽은 것 같아요. 다른 책(출판
       사 출판 책)은 나오는지 모르겠는데 농사 아니면 관세법 이
       런 거는 굳이 지금 안 읽어도 되는 부분인 것 같기도 하고
       거기도 나와 있나요? 관세법 아니면 주차장법.

아미   저는 주차장법은 못 봤어요.

떡볶이   저는 따로 성공한 남자 고르는 법 있어요. 그런 거 봤는데
       도움은 안 됐지만 진짜 이게 한 장, 두 장에 끝난 거든요.

푼크툼   성공한 남자 고르는 법 어떤 건가요? 내가 잠깐 예상하건대….

떡볶이   잠깐만요. 진짜 잠깐만요. 저 이 부분 나의 서재에 저장해서
       몇 개 이야기해 볼게요. 그럼 제가 있나 없나 알려 드릴게

요. (출력본과 출판된 책을 비교하는 재미를 느끼는 중)

푼크툼 세이노 입장이라면 뭐랄까 허세, 어쨌든 허풍 떨고 돈 많고 명품 좋아하는 남자 걸러라 같은데.

떡볶이 비슷하게 있어요. 근데 약간.

아미 모두가 다 아는 술, 담배, 여자, 허세.

떡볶이 근데 좀 당연한 게 있어서.

푼크툼 당연한 거.

떡볶이 그러니까 약간 그건 그거예요. 여기서 딱 공감이 왔던 건 처음 이렇게 첫 시작부터가 딱! 여자들이 좋아할 만한 이야기를 해요. 그러니까 이 성공할 남자는 결국 결혼했을 때 내가 결혼할 수 있을 만한 남자인가 했을 때 한국 사회나 여자들이 공감하고 인정할 만한 이야기를 해요.

아미 뭐라고 그러면 수입이 그러니까 어디 나가서 수익을 창출할 수 있는 능력이 있는지 돈 벌 수 있는 능력이 있는지가 좀 중요할 것 같고. 생활력 강화, 생활력 그걸 꼭 볼 것 같고. 그다음에 자기를 아껴 주고 이해해 주고 배려해 주고 성격 그냥 동반자로서 같이 고민을 털고 이야기해 줄 수 있는 대화가 될 수 있는.

푼크툼   근데 이것도 다 누구나 아는 내용 현실적으로 세이노만이
       할 수 있는 이야기가 있을 것 같은데.

아미   맞아요. 그럴 것 같기도.

떡볶이   약간 그거 시댁과의 갈등.

아미   중재하고 이런….

떡볶이   근데 그걸 어떻게 표현하느냐면 효자를 만나지 마라. 엄마
       한테 너무 잘하고 그런 남자 있잖아요. 그러니까 부모님 일
       이라면 발 벗고 하는, 부모님께 너무 잘한다. 나한테 잘하겠
       지 해서 만나지만, 아니라는 거.

아미   형제애 좋은 사람 만나도 안 되고.

떡볶이   걔는 완전 마마보이일 것이다, 이러면서.

아미   풍문에 늘 하는 이야기가 부모한테 잘하는 사람 만나면 안
       되고, 형제애 좋은 집에 시집가면 안 되고, 3대 독자 종갓집
       가면 안 되고….

푼크툼   여기서도 그런 이야기를 하잖아. 돈과 관련해서 가족들 형
       제들한테 돈 빌려주지 마. 내가 얼미를 벌었든 간에 그런 말
       하지 마라.

아미   날파리, 4개의 날파리 이야기에 나왔어요.

떡볶이   맞아요.

아미   가족, 친척, 친구 날파리. 네 번째가 사기꾼 날파리, 날파리
         는 언제든지 꼬이니까 조심하라고 저희 관계는 네 가지 중
         에 걸리는 거 없으니까 다 상관없습니다.

푼크툼   이렇게는 그렇군요. 하하하.

떡볶이   그래서 이 챕터에서 그 표현을 했어요. 싹수 노란 놈의 이
         챕터에서.

푼크툼   만나지 마라.

떡볶이   그러니까 이렇게 하는 남자는 싹수가 노란 남자다, 이렇게
         그런 식으로 표현을 해요.

푼크툼   세이노 같은 사람이 장인이 이런 사람이면 되게 힘들 것 같
         은데.

떡볶이   맞아요.

아미   저는 영혼 버리고 저는 바로 달라붙어서.

푼크툼   장인어른에게.

아미   바로 붙어서.

푼크툼   되게 잘할 것 같아.

아미   저는 바로 붙어서 후계자 설계에 저는 바로 들어갔어요.

떡볶이   약간 가치관은 요건데 1천억 자산가는 아니야!

아미   1천억 자산가 아니라도.

떡볶이   응, 괜찮아.

아미   먹고사는 거에 지장만 없으면 바로 달라붙습니다. 저는 그
         럴 것 같습니다.

떡볶이   근데 안 통해.

아미   삼고초려를 넘어 죽을 때까지 달라붙을 겁니다.

떡볶이   세이노 지겠다. 지겠다.

아미   하지 말라고 해도 계속 가야지. 그때는 눈치고 뭐고 철판
         깔고.

떡볶이   같이 나중에 이제 비서로, 하하.

아미   실질적으로 비서 경험도 해 봤고 진짜로 장군님을 두 분 모
         서 봤기 때문에.

푼크툼   정말 잘하실 것 같아, 하하.
         워낙에 이 방대한 이야기를 하다 보니까 이거야말로 하고
         싶은 이야기하는 게 좋을 것 같아요. 저 사실 책을 읽을 때

마다 이제 따로 컴퓨터에다 저장을 이렇게 정리를 하는데
이 책은 포기했어요.

떡볶이 그리고 내용이 짧은 것도 많고.

아미 트리를 만들기가 힘들죠. 이거 맞아요. 마인드맵. 만들기가
힘들죠.

푼크툼 성경책 같아.

떡볶이 맞아, 개인 사담 푸는 것도 많고.

아미 용서가 되는 책입니다.

푼크툼 여기 밑줄 친 것들 다 정리하려면 다른 책 한 권 나올 것 같아.

떡볶이 아미 님 인상 깊었던 거.

아미 저는 한결같이 그러니까 이거는 푼크툼 님과 저랑 일맥상
통하는 가치관 중의 하나가 '행동이 답이다.'

푼크툼 아.

아미 '행동이 답이다.' 저는 여기에 살을 더 붙여서 저는 게으른
것을 정말 싫어합니다. 게으름은 최대의 적이라고 생각하
고 몸이 피곤해도 뭔가를 해야 한다고 생각하는 사람인데
여기도 또 똑같이 나와 있어서, 그리고 이 책에 없는 표현
중 하나가 절실함이라는 표현을 쓰지 않았는데 이 책에서

요구하는 내용은 절실함이 필요하다는 것이 주요 내용 같았습니다. 그러니까 돈을 벌기 위한 절실함이 있다면 어떻게든 나가서 일할 거고 돈을 모으겠다는 절실함이 있다면 악착같이 돈 쓰는 걸 줄이고 모으고 이렇게 살아갈 텐데….
제 동생이 약간 반대 스타일이라 그러니까 본인 경제가 힘들고 사업이 망하고 이런 상황이라면 돈을 모으고 아껴야 하는데 차는 BMW 이런 거 끌고 다니려고 하고 먹고살기 힘들면 먹는 것, 사는 것을 줄이고 돈을 모아서 시작해야 하는데 이런 게 안 되니까.
제가 동생이라면 인터넷 해지, TV도 해지하고 좀 더 악착같이 모으고 조금 더 절실함을 가지고 내가 짜낼 수 있는 건 다 짜내서 총동원해서 집중해서 할 것 같은데 남들 하는 거 다 하고 살려고 하면 뭐가 되겠냐라는 것이 제 생각이었는데 책에 그대로 녹아 있어요. 그리고 시간을 최대한 줄이고 아끼기는 것 출근 시간 최소화 등 동생한테 늘 했던 이야기가 잘 정리해서 나온 책이라 저는 너무 인상 깊었습니다.

푼크툼 저도 이게 참 신기한 게 같은 가족이고 같은 환경에서 자라났는데 이세 서로의 가치관이 참 많이 다른 것 같이요.

떡볶이 좀 신기하지 않아요?

푼크툼 이야기한 것처럼 저도 제 동생하고 약간의 경제관념이라든가 가치관이 다른 게.

저도 약간 아끼고 미래를 위해서 아끼자는 주의지만 동생은 미래가 어떻게 될지 모르는 현재가 중요하니까 현재를 즐기자 이런 느낌의 사람이에요.

사실 저로서는 그건 아닌 것 같지만 그렇다고 해서 강요할 수가 없는 게, 사실 누가 맞든 건지는 모르는 거잖아요. 내가 진짜 모으고 모아서 티끌 모아 태산이라고 모았는데 나중에 몇 년 후에 내가 건강이 잘못되거나 이럴 수도 있는 거면 내 동생처럼 사는 게 맞을 수도 있는 거고. 그래서 함부로 동생에게 꼰대처럼 이야기하지 못하겠더라고요

푼크툼   떡볶이 님은요? 언니하고 뭔가 차이라는 게 있나요? 경제관념에 있어서.

떡볶이   저는 저희 부모님.

보면서 저희 언니랑 우리가 노력해야 한다. 그래야 앞가림할 수 있다. 그리고 등록금이나 이런 것도 저희가 손 벌리지 않고 아르바이트해서 용돈은 벌면서 지냈기 때문에…. 저희 기준은 헤프게 쓰지 말자는 기준이었어요.

가족들이랑 가까이 같이 사니까 솔직히 불효일 수는 있지만, 언니랑 저는 부모님께 많이 뭐라고 해요.

우리가 결혼할 때 돈 달라고는 안 할 테니까 우리한테 돈 달

라고도 하지 말라고 그러니까….

푼크툼 누가 누구한테?

아미 부모님께.

떡볶이 부모님께 돈 달라고 안 할 테니까 할머니한테 우리에게 돈 달라는 소리 안 나오게 잘 이야기해 달라 이런 거죠. 그러니까 서로 하지 말자. 서로 건들지 말자. 약간 이런 거죠. 그래서 부모님도 나름대로 잘해 보려고 노력하신 건 알겠지만 솔직히 못 하는 것만 보이잖아요.

언니랑 저랑은 좀 그게 잘 통해요. 그래서 사업장에서도 일할 때 처음에는 직원들에게 쓰레기봉투 꽉 채워서 버려야 한다. 그리고 심지어 제빵 시 유산지 쓰는 것도 기사님들이 튀겨서 건지는 거 4~5장씩 막 유산지 깔아 쓰는데, 저는 기사님 유산지 1~2장씩만 쓰세요. 그리고 반 접어서 쓰면 돼요. 이러면서.

아미 아껴야지. 유산지 비싼데.

떡볶이 이기 디 돈이고 사실 나는 이린 거 10원, 20원 아껴서 하루 더 사는 거다. 그래서….

아미 사장 마인드.

떡볶이 저희 그 멘트도 알려 줘요. 빨대도 "종이 빨대인데 필요하실까요?" 이래요. 종이 빨대 최대한 안 쓰게 하려고. 왜냐면 그 건 서비스로 나가는 거니까. 근데 계속 그러니까 생활에서 아껴야 좀 더 진중하게 좀 큰 상황에서 쓸 수 있다는 생각이 들거든요.

언니도 이제 익숙해져서 직원에게 걔는 왜 이렇게 위생장 갑을 많이 쓰냐 하면서 공감하고 그래요. 위생장갑이 일회 용인데 라텍스 장갑이거든요. 그것도 비싸요. 하하. 말하지 않으면 10장씩 쓰더라고요.

아미　　하루에 좀 많이 쓰시네.

떡볶이　　한 3시간 근무하는 날도 그렇게 쓰는 거예요. 그 친구가 그 래서 뭐 그런 거 이야기하다 보면 언니랑 저도 맞춰 가는 것 도 있고 그런 것 같아요. 그래서 저는 사실 언니한테 좀 더 배우는 것도 커요. 경제관념은.

푼크툼　　그렇지 서로 이제 배워 가는 거니까 서로서로 다 사장 마인 드가 비슷하네요. 나도 직원이 있으면 그럴 것 같아.

아미　　부모 하니까 또 할 말이 없습니까?
　　　　부모 나왔으니까. 이 책에서 나오는 게 부모의 가난은 대물 림이 된다. 이런 말이 있는데 부모가 가난하여 그 자녀는 기 회의 평등해서 열외되어 교육을 받았고, 교육을 받지 못하

는 바람에 조건이 불평등 되고, 열외되어 일할 기회가 주어
지지 않아 다시 가난해지는 악순환의 고리가 계속 형성된
다. 그리고 제가 동생한테 했던 말 중에 제가 스스로 감동해
서 표시해 놓은 부분이 있어요. 가난이 세습되는 이유가 있
었던 것 같은데. 하여튼 책이 어디 있는지 모르겠는데.

떡볶이　맞아요. 이게 내용도.

아미　여기 보면 "당신이 가난하게 살 수밖에 없는 이유는 가난한
부모를 만나서 그런 것이고, 가난한 부모한테 그런 행동과
정신을 교육받았기 때문에 당신이 가난해질 수밖에 없는
것이고, 당신의 자녀가 가난할 수밖에 없는 이유는 당신의
자녀가 당신의 행동과 그런 생각 구조를 그대로 보고 배우
기 때문에 또 가난해질 수밖에 없다. 그래서 가난은 평생 반
복된다. 이걸 꺾기 위해서는 당신부터 바꿔야 한다."
저는 이 부분이 마음에 와닿았습니다. 다른 분들은 또 마음
에 드는 부분 있나요?

푼크툼　저도 그 부분에서 가난의 대물림에 대해서 조금 뭐랄까 읽
기 전에 무슨 이야기를 할까 궁금했는데 읽으면서도 솜 약
간 많이 공감됐던 게 사실 특히나 우리나라 사람들 같은 경
우에는…. 모르겠어요. 저 같은 경우는 유교적인 거 그런 것
때문에 내가 가난한 걸 부모의 탓으로 돌리기가 좀 죄송스

러운 게 없잖아 있잖아요?

떡볶이　　맞아요. 맞아요. 그러니까 내가 무능력한 거지 어떻게 부모님을 원망해? 이런….

푼크툼　　'맞아, 내 탓이지. 어떻게 부모 탓을 해'라고 생각을 했는데 그런데도 내 이 마음 깊숙한 곳에 부모에 대한 원망이 남아 있는데 이걸 긁어내는 이야기가 있어서.

아미　　페르소나를 벗고 내면적으로.

떡볶이　　맞아요. 뭔가 긁어 줬어요. 그렇죠. 그 아쉬움을 막 긁어 줬어요.

푼크툼　　근데 사실 그게 더 안타까운 게 뭐냐 하면. 그 가난한 마인드를 원망하기보다는 부모님이 이해는 되지만 워낙에 하루하루 힘든 상황에서 살아오셨기 때문에 그건 이해는 되지만 뭐랄까 책이라도 한 권 더 보면서 공부하셨으면 조금의, 약간의, 마인드가 조금 바뀌지 않으셨을까. 사실 우리 부모님 세대가 지금처럼 여유가 있는 세대가 아니고 싸움의 연속이라고들 하시잖아요. 그 세대들이 공부하긴 여유가 없었겠지만 그런데도 조금이라도 그랬더라면 좋지 않았을까. 그러므로 그분들이 이제 와서 바뀌길 바라기보다는 아까 아미 님이 이야기하신 것처럼 우리 부터 그걸 바꿔야 하지 않나 생각합니다.

아미 보면서 씁쓸했습니다. 이 부분을 보면서 내 청춘 그러니까 그런 것 때문에 가난을 대물려 주지 않기 위해서 그렇게 열심히 살았나.

저는 평생 군에 복무하고 지냈습니다. 20대 때 남들 다 놀러 다니고 이럴 때 군 복무를 했는데 지금 돌이켜 보면 스스로가 불쌍하다 이런 생각이 들긴 합니다.

그러니까 책에서 나와 있기를 청춘이라고 젊은 시절 20대의 통상적인 심리가 이성 교제 그다음에 가지고 싶은 소유욕, 놀고 싶은 욕구, 이런 것들을 자랑하는 욕구 이런 것들이 많이 있다고 하는데 저는 이런 그걸 느껴 볼 새도 없이 군 복무만 계속했었거든요. 요즘 들어 아내랑 데이트도 다니고 갖고 싶은 캠핑 장비도 사서 집도 꾸미고 이런 재미로 사는데 이걸 하다 보니까 뒤에 오버랩되는 것이 과소비가 문제가 되는 거죠.

떡볶이 이거 맥락이….

아미 맞습니다. 또 과소비가 있습니다. 세이노 님께서.

푼크툼 과소비도 그렇고 저기 김승호 회장도 그랬잖아요. 예쁜 쓰레기라고.

아미	과소비에 대해서 세이노는 세 가지로 또 분류했습니다. '부유층의 과소비', 그다음에 '중산층들의 모방 소비', 하류층의 '자포자기식 실망 소비' 저는 그나마 이 세계 어느 것에도 해당은 안 된다고 생각하지만, 굳이 한다면 '중산층의 모방 소비'. 남들처럼 좀 놀고 싶은 심리가 있지 않았을까? 이걸 보면서 소비하는 패턴도 다시 한번 더 반성하게 됐습니다.

푼크툼	근데 모르겠어. 20대 친구들한테 이 책은 되게 뭐랄까 꽤 많은 인생의 변화를 줄 수 있는 책일 것 같은데.

아미	과연 그런데 가슴에 와닿을까?

푼크툼	그러니까 그것도 문제이고, 이제 30대 우리 같은 40대 사람들한테는 가슴에 와닿기는 할지언정 이걸 곧이곧대로 따라 하기에는 뭔가 무리가 좀 있지 않나 싶기도 하고, 피곤하기도 그렇죠. 피곤하고.

아미	그다음에 또 너무 늦었다는 생각도 들고 이걸 읽는다고 해서 내가 재기를 할 수 있을까, 나한테 다시 새로운 기회가 올까 두려움이 조금 많죠. 두려움…. 안 그렇습니까?

떡볶이	근데 저도 그랬어요. 근데 약간 졸라매고 아등바등할 때가 있다면 지금은 해도 되지 않나 약간 이런 생각도 있거든요.

아미	조금 쉬어도 된다고.

떡볶이   어떻게 보면 캠핑 장비 사고 이런 것처럼 조금 그런 것을 해도 되지 않나 지금 또 졸라매고 좀 맡기고 해서 그러면은 결국에는 힘들게만 사는 거잖아요. 또 그 시기에 맞는 어떤 나이대나 시기에 맞는 지출이 또 필요할 때가 있잖아요. 이미 10년 뒤에 내가 그때 10년 전에 원하는 걸 하고 싶었을 때는 뭔가 건강이 안 따라 줄 수도 있고 체력적으로 안 따라 줄 수도 있고 금전적인 문제도 있고.

푼크툼   맞아요.

떡볶이   그게 또 뭔가 달라졌을 수도 있고 하니까 그래서 출발 지점이 다르지 않았나. 이런 생각도 들었어요.

푼크툼   이 책이 지금 이야기 듣다 보니까는 생각나는 게 사실 어느 시점에 어느 타이밍에 있는 사람한테 정말 이 책이 효과가 극대화로 좋아질까 생각을 해 봤을 때 딱 이 사람 세이노처럼 살아온 환경의 사람이 이 책을 100% 다 흡수할 것 같아.

아미   변화를 결심한 사람.

푼크툼   어렸을 때부터 가난에 찌들어서 정말 이거를 뭐랄까, 이겨 내고 싶고.

아미   가난을 대물림하지 않겠다, 이렇게.

푼크툼   정말 가난이 싫어서 죽도록 싫어서 '내가 한번 진짜 악착같이 살아 보자. 피보다 진하게 살아 보자. 귀신같이 살아 보자'라고 마인드를 먹은 젊은 친구한테 이 책이 정말 100%, 200%, 1,000% 효과가 있을 것 같아요. 근데 그렇지 않고 약간 욜로 끼도 있으면서 다들 쉬는데 나도 좀 쉴 수 있다고 하는 마인드는 힘들 것 같아요.

떡볶이　평균적으로 남들처럼 살겠다는 사람은 소용없겠죠.

푼크툼　평균. 그렇지. 남들처럼 살면 된다고 하는 사람한테는.

떡볶이　아쉬울 게 없는 거죠. 굳이 이렇게 이미 기본적으로 누리는 것들이 있으니까 저도 이렇게까지 해야 하나 약간 이런….

푼크툼　근데 그 옆에서 세이노가 그 이야기를 딱 듣고 막.

떡볶이　그렇죠. 회초리 맞죠.

아미　이분 되게 극단적인 성향이 저랑 맞는 것 같다고 판단돼요. 지금 우리가 이야기하는 게 스스로 노력한 거에 대한 자기 스스로 보상을 주는 개념을 지금 이야기하는 거지 않습니까? 그러니까 뭐 농사일로 예를 들면 밭만 주야장천 온종일 가는 사람보다 1시간 갈고 한 10분 쉬었다가 하는 사람이 능률이 높다.

그 이유는 쉬면서 낫을 갈아 놨기 때문에 풀을 더 잘 베서 밭일을 더 오래 할 수 있는 것이다.

자신이 무슨 일을 하든 기계장비를 가동하든 휴식은 필요한 거고 휴식을 하면서 스스로한테 보상을 줘야 다시 에너지가 발생하고 또 의지도 생기는 건데 이 작가는 그런 것도 하지 못하게 그런 것도 사치고 낭비다.

위로가 필요하면 마스터베이션을 하고 그냥 끝내라. 이렇게 적나라하게 표현해 놨더라고요. 이렇게 절실함을 느껴 가면서 내가 이렇게 하고자 한다면 나중에 내 주변에 사람이 과연 얼마나 남아 있을까요? 이렇게 행동하면 주변 사람들에게 왕따가 되지 않을까?

푼크툼　몇 년 동안 친구들 만나지도 말라고도 하고….

떡볶이　맞아요. 맞아요. 맞아요.

아미　왕따가 되지 않을까?

떡볶이　외로움을 즐기라고.

아미　그렇게 해서 나중에 성공을 세이노처럼 이른 시일 내에 자리를 잡아서 성공했다면 괜찮은데 지금 제 나이가 이제 마흔 중반인데 친구하고 가족, 인연 다 끊고 그렇게 성공하기 위해서 이렇게 노력하고 사업으로 돈을 무 ㅇ 고 해서 일어선다 한들 빨라도 10년 후로 보이는데 10년 후가 되면 환갑을 앞두고 있고, 그때 주변에 사람도 아무도 없으면 과연 이게 맞는 건가, 이런 생각도 조금은 듭니다.

푼크툼　근데 세이노 님도 이야기하시잖아. 만약 그렇지, 내 말대로 살기보다는 그냥 여유롭게 살고 싶다. 남들 사는 것처럼 살고 싶다 하면 그렇게 살아도 상관없는데 단 부자들 부러워하지 말라고 부자들 질책하지 말고 네가 선택한 길이니까 예술과 관련해서 그렇게 이야기했던 것 같아. 예술가의 삶으로 살려면 그렇게 가도 상관없지만, 부자들을 부러워하지 마.

아미　맞습니다. 앞쪽에 나옵니다.

푼크툼　맞아, 그런 것 같아요. 내가 선택한 길이면 그대로 가야지. 그렇다고 내가 선택하지 않은 길로 가는 사람들을 부러워하거나 비난할 필요는 없을 것 같아.

아미　맞습니다.

푼크툼　참! 우리가 이전에 언제 그런 이야기를 했죠? 부자가 되려면 어느 정도의 금전적인 여유가 있어야 할까 하는 질문을 한번 했는데.

아미　소박하신 떡볶이 님.

푼크툼　근데 세이노의 말을 빌려 보자면 다 정답은 아니었던 것 같아요. 세이노가 원하는 답은 한정된 예를 들어 내가 5억만 갖고 있거나 아니면 매달 얼마씩 들어오는 돈이라면 나는 만족하고 살겠다고 했는데 사실 그 답이 아니라 세이노가 말하는 거는 그 금액이 적더라도 매년 꾸준히 올라가는 성장하는 사람이 되어야지 인간이 행복하다고 이야기를 하잖아요. 변화라는 것도 내가 뭔가 배움에 있어서 뭔가 배우고 이것저것 해야지 행복하듯이 돈도 이제 수입되는 그 금액도 조금 조금씩 올라가야 행복한 거지, 매년 100만원 매달 300만 원씩 들어오는 게 행복하다고 할지언정 사실 그렇게 하게 되면 사람 욕심이 생기기 때문에 행복하지 않을 거라고.

아미　여지를 좀 주고 그걸 채워 가는 또….

푼크툼　계속 성장하는 것을 본인이 느꼈을 때 행복한 거라고 이야기를 한 게 저는 그 구절이 마음에 와닿았어요.

아미　맞아. 그리고 돈에 대해서 똑같이 입에 올리는 것을 불경스럽게 여기는 태도가 우리나라에 아직 문화가 잡혀 있다. 이 문화를 빨리 탈피해야 한다.

이 내용은 '돈의 속성'부터 시작해서 '역행자'를 거쳐서 지금 여기 '세이노의 가르침'까지 똑같은 내용이 지금 현재 이어지고 있어요.

푼크툼　그 책 세 권을 봤을 때 좀 공통적인 내용이 있죠.

모두　예, 맞아요.

아미 　　돈 밝혀야 한다. 불명예스럽고 불경스럽다고 생각하면 안
　　　　된다. 그거는 과거의 잘못된 교육이다.

푼크툼 　그리고 그 공통적인 내용을 봤을 때 저는 그 부분이 많이 들
　　　　었던 게 시간이 돈이 되게 만들라는 파트가 있는데 거기서
　　　　시간을 세 가지로 나눴잖아요.
　　　　첫 번째 크로노스, 두 번째 카이로스, 세 번째 돈이 되는 시간.

아미 　　카이로스 그다음에 내가 노력해야 하는 돈이….

푼크툼 　이 세이노에서 돈이 되는 시간, 투자 쪽을 이야기하는 게 아
　　　　니라 뭐랄까 어디 가서 배우려고 하는 그 시간이 돈이 되는
　　　　시간이라고 이야기를 했잖아요. 내 능력을 키우는 것이 내
　　　　몸값을 올리는 것 그걸 돈이 되는 시간이라고 했는데 그 ‘돈
　　　　의 속성’이나 ‘역행자’에서는 이제 경제적 독립을 위해서 경
　　　　제적 자유를 위해서 그 시간을 뭐랄까 조금 효과적으로 쓰
　　　　기 위해서는 경제적 자유라는 성을 함락시키는 방법에 대
　　　　해서 ‘역행자’에서 한번 그런 내용이 나왔는데 그 성을 함락
　　　　시키기 위해서 내용 기억나시나요?

아미 　　갑자기 기억이 안 납니다.

푼크툼 　후반부였는데 내가 1인 자영업자면은 장군이 한 명 해서 그
　　　　성을 함락시키는 그 시간보다 내가 장군 말고 여러 병사를

뒤서 내가 잠자는 시간에도 병사들이….

아미　　　기억난다. 계속 싸울 수 있게끔 해야 자동화 시스템을 구축
　　　　　하라.

푼크툼　　맞아, 맞아. 성을 함락시키는 시간이 더 빨리 다가온다. 그
　　　　　런 식으로 이야기했듯이 여기서도 그런 시간에 관해서 이
　　　　　야기하는 것을 보고 이것도 공통된 내용인 거 보면.

아미　　　시간은 진리다. 진짜 불변이고 진리다.

푼크툼　　우리에게 주어진 시간은 누구나 다 똑같아 공평하니까 그
　　　　　걸 어떻게 활용을 하느냐가 부자로 가는 좀 빠른 길이지 않
　　　　　나 싶어요.

아미　　　그럼 시간을 잘못 쓴 것이 학교 다닐 때 보면 그 많은 한 반
　　　　　의 학생이 똑같은 장소에 똑같은 시간을 부여해 줬는데 누
　　　　　구는 공부를 잘하고 누구는 공부를 못하고 본인의 판단이
　　　　　고 본인의 성향이고 본인….

푼크툼　　이제 본인의 노력이라는.

아미　　　쉽지 않습니다.

푼크툼　　그러니까 이런 경제 마인드를 내가 어렸을 때 고등학교 때
　　　　　우리 부모님이… 이게 또 부모님을 원망하는 건 아니지? 하

하하.

떡볶이   뭔지 알아요. 그러니까 부모님이 아니더라도.

푼크툼   선생님이라든가 선배라든가.

떡볶이   아니면 진짜 주변에 그런 관련 지식이 있는 사람이 가까이에 있다든지.

아미   아닙니다. 다 주변에 그런 사람 많았고요. 많았는데 그냥 놀기 좋아서 그런 사람 기억이 안 나는 것뿐입니다.
기억이라는 것은 자기한테 유리한 것만 자기가 보고 싶은 것과 듣고 싶은 것만 기억하기 때문에 분명히 주변에 누군가 이야기했을 겁니다. 관심이 없어서 기억이 안 나는 것뿐입니다.

떡볶이   그럴 수도 있을 것 같아요.

푼크툼   사실 도서관에 가면 이런 책이 그 당시에도 있었을 거야.

떡볶이   솔직히 관심만 가지면 경제적인 지식을 좀 더 배웠을 텐데, 즉 어렸을 때부터 배우지 못한 게 너무 아쉽다는 생각이 있었는데 경제 과목에서 배우는 애덤 스미스 이런 이론적인 거 말고 실질적인 경제 개념 같은가요. 제가 진짜 부러웠던 게 초등학교 교사가 유튜브를 올렸는데 요즘 유튜브 많잖아요. 근데 이 반이 하나의 국가라고 생각을 하고 운영을 하는 거예요.

관련 영상:
https://www.youtube.com/watch?v= 8hMvV−DCEGs&t=157s
(삼다수국 대통령 등장 ㄷㄷ 초등학생이 벌써 주린이?)

그래서 애들한테 주식이나 펀드의 개념을 가르치기 위해 애들이 진짜 투자를 해요. 그리고 시드머니는 청소나 이런 거로 획득할 수 있어요. 왜냐면 요즘은 초등학교 애들이 청소를 잘 안 한대요. 그래서 봉사활동으로 획득을 할 수 있고…. 그리고 주가는 딱 하나밖에 없는데 오르고 내리는 주식은 선생님 몸무게더라고요.

월요일마다 선생님 몸무게를 재요. 아이들이 주말에 선생님이 무슨 약속이 있고 무슨 일정이 있었는지 해서 이걸 돈을 걸고.

푼크툼　그럼 아이들 입장에서는 선생님이 몸무게 뚱뚱하실수록 좋은 건가요?

띡볶이　그렇죠. 선생님 살찔수록 좋고 아이들이 '선생님 주말에 가족 모임이 있으셨다고 했으니까 이번에 분명히 올라갔을 거다.' 이런 식으로.

푼크툼   마냥 오르는 게 좋은 게 아니라 그거를 파악할.

떡볶이   할 수 있게끔 모든.

푼크툼   문을.

떡볶이   맞아요. 그리고 어떤 걸 관찰하고 뭔가 파악하고.

푼크툼   선생님이 예를 들어 주말 운동을 해. 지금 80kg이라면.

떡볶이   헬스를 등록해서 꾸준히 하고 있다든지 근데 이것뿐만이
         아니라 반에서 또 은행장 그러니까 대출해 주는 은행이 또
         있어요. 시드머니가 없는 학생들은 교실 안에.

아미   대출도 해 주고.

떡볶이   그런 담당이 있고 그러면서 그리고 선생님이 테스트를 한
         번씩 해요. 그러니까 이 반에 공금 씨앗이 있는데 그거를 이
         제 선생님 간식으로 썼다는 것을 장부에 적어 놓은 거예요.
         일부러.
         그랬더니 학생들이 '이것은 공금이기 때문에 개인을 위해
         쓸 수 없다. 선생님이 아무리 권위자여도 안 된다.' 이런 제
         안을 해요.
         어떤 학생들은 진짜 커서 정치를 바라볼 때도 너무 도움이
         될 것 같고.

푼크툼   그러니까 선생님이 하나의 정부 기관이자 하나의 기업이자….

떡볶이   그것을 또 다른 대체로 아이들의 시각을 조금 트이게 해 줄
        수 있을까 하는…. 그래서 거기는 하나의 국가인 거예요. 그
        래서 나름 보건복지부 같은 나름대로 팀도 있는 거예요. 그
        런 미묘한 걸 아이들이 관리할 수 있는 부서 각 부처 기관들
        이 있어요. 그러니까 잘 생각은 안 나는데….

푼크툼   우리나라 선생님 수준 엄청 높네요. 대단하다.

떡볶이   맞아요. 맞아요. 그래서 아이한테 이야기하는 거예요. 근데
        아이들 진짜 귀여워요. 맨날 쉬는 시간 되면 대출받으려고.
        그리고 이제 시드머니 없어서 청소 열심히 하고.

푼크툼   근데 그 개념이 되게 재밌네요. 선생님이 몸무게에 따라서
        매주 그것을 이렇게 보고 그런 눈을 갖게끔 해 준다는 게.

떡볶이   은행이 있을 수도 있고 어떤 복지부가 있을 수 있고 이런 건
        다 있을 수 있다. 근데 그 몸무게로 주식에 대한 그런 느낌
        을 만들었다는 게 너무 신기하더라고요.

푼크툼   경제 익힐 게임이라고 해야 하나, 그런 거 재밌다. 이거는
        그냥 집 안에서도 재밌겠는데 가족끼리 한번 해 보세요.
        근데 그러니까 다시 이야기하자면 어렸을 때 이런 좀 재미
        있게끔 했잖아요. 세이노도 그런 이야기를 하잖아요. 책을

보든 뭐 공부를 하던 책을 경제를 공부할 때 애덤 스미스라든가 그런 원리 원본을 보지 말고 네가 진짜 경제학자 될 거아니면 실학을 배워라.

실학, 실질적인 걸 공부해라. 예술도 마찬가지고 저도 그 무슨 '서' 이런 걸 보지 말아야지 하는 사람인데 그 이야기를 딱 듣는 순간 너무 공감되고 사실 우리가 지적 허영심이라는 게 누구나 있으므로 뭔가 경제를 공부하려면 자본부터 배우라고 하잖아요. 음. 아까 방금 그거 교실 이야기 진짜 재밌었습니다.

아미　　재밌는 부분 요거 한번 물어보고 싶어요. 여기 적어놨는데 비주류들이 집단을 움직이는 힘 해서 국가와 사회는 '돈'이라고 이렇게 책에서는 표현합니다. 비주류들이 집단 움직임이 자본주의 국가이기 때문에 이래서 디지털 뭐 하면서 페이스북도 하고 이렇게 하는 것들이 다 돈으로 다 움직이는 그런 것들인데 이것을 조금 다른 시야로 잡아서 통상적인 집단을 움직이는 힘들 주류, 비주류 나눌 때 저는 정보력으로도 보이거든요. 정보력이나 가짜뉴스, 유언비어 같은 그 직장을 움직이게 하는 무기가 된다고 저는 생각이 저는 듭니다. 국가는 돈, 사회직장 생활에서는 정보력 그런데 SNS 등으로 활동하는 것들이 많은데 이런 것 중에서 잘못

되었다는 것이 뻔히 다 보이는데 사람들은 그걸 따라가고 그 영향력에 동참하고 동조하고.

잘못된 걸 다 알면서도. 크게 보면 유튜브나 페이스북처럼 과시 성향 있는 그게 잘못된 걸 다 알면서도 사람들은 그걸 다 따라 하고 그게 좋다 하고 좋아요. 눌러 주고 이렇게 하는 것들.

즉 사회 생활에서 뻔한 거짓말인 거 알면서도 그냥 맞아, 맞아 하고 동조하는 것들, 나를 기준으로 주류의 삶에 포함되기 위해서 하는 행동이라고 보이는데 왜 이렇게 행동하게 될까? 책을 읽다 문득 쓸데없는 생각이 들었습니다.

떡볶이 　근데 저도 이런 생각이 들 수 있다고 느낀 게 사실 뭔가 부자가 되려면 관계적인 것을 포기하게 하고 그리고 외로움을 즐겨라, 에서 결국에는 좀 사람 만나지 마라. 스트레스를 안 받게 하라는 대목도 결국은 스트레스가 인간관계라 말을 하는 거예요.

아미 　네, 말 나옵니다.

떡볶이 　그래서 결국에는 이 사람이 그런 관계적인 것 인간관계적인 것을 삶의 비중을 높게 준다는 생각이 들었어요. 그래서 주류들을 쫓아가려는 것도 결국에는 인간관계 안에서 살아남으려는 거라고 저는 생각이 들었거든요.

아미   살아남기 위해?

떡볶이   살아남으려고 하는 거 생존이다.

아미   살아남기 위해서 생존이다.

푼크툼   그러니까 그런 사람들이 대부분 세이노처럼 못 하는 사람
            들인 거잖아요.

떡볶이   그렇죠. 그거 세이노가 바라지 않는 모습이죠.

푼크툼   하지 않는 모습이고 그런 사람들 특히나 세이노처럼 못하
            는 사람들인데 그게 모든 인간이 공통적인 것 같지는 않은
            것 같아요. 물론 공통적인 그런 뭔가 미묘한 건 있긴 하겠지
            만 대부분 대한민국 사람들이 특화된 것 같아 그 부분은 뭔
            가 모나지 않으려고 하는 성향이 있잖아요. 한국 사람들이
            근데 그거의 원인은 교육에서 시작되지 않았을까 싶기도
            해요.

아미   맞는 방향이고 올바른 방향이 올바른 길이라면 그런 주류,
            비주류 떠나서 그게 도움이 되겠지만 잘못된 길을 갔을 때
            국가가 잘못된 판단을 했다거나 직장이 잘못된 판단을 하고
            가고 있을 때 안 좋은 악영향을 끼치는 게 뻔히 알면서도.

푼크툼   세이노도 못 하는 거잖아요. 누구든 감히 못 하는 거잖아요.

아미   왜 그럴까요? 떡볶이 님이 말씀하시는 것은 생존하기 위해
       서라고 말씀해 주셨고.

푼크툼   인간관계에서 벗어나지 않게.

떡볶이   그러니까 그런 인간관계가 주는 뭔가 스트레스라든지 어떤
       긍정적인 이점이라든지 어쨌든 삶에서 차지하는 비중이나
       중요도가 너무 높아서 결국에는 그런 인간관계 속에서의
       모난 다거나 뭔가 틀어 놓은 것을 안 하려고 하는 것, 이 비
       중이 너무 크기 때문에 생존이라고 생각이….

푼크툼   생존. 그렇지 않으면 스트레스를 너무 많이 받으니까 그 그
       룹에 끼지 못하면 내가 스트레스 받고 하니까.

떡볶이   스트레스 받고 그러니까 그 그룹에 끼지 못하면 뭔가 내가
       좀 도태되는 것 같거나 그러한 것들이 인간관계 자체에 대
       해 중요하게 생각하는 거죠. 우선순위라는 거죠.

아미   저도 떡볶이 님과 거의 같은 생각 같습니다. 명쾌하게 말씀
       해 주시네요.

떡볶이   왜냐하면 이분이 되게 관계적인 걸 계속 버리라고 하는 메
       시지가 많은 거예요.
       저는 이 외로움 파트도 그렇고 뭔가 스트레스도 그렇고 결
       국에는 우리를 힘들게 하는 건 결국 관계적이니까 그걸 버

려야 한다. 그런 것에서 오는 어려움은 기꺼이 감수해도 된다. 약간 좀 감수할 수 있으면 좋겠다. 이렇게 느끼고…. 근데 이 사람은 인간관계를 포기하는 것이 엄청 중요하고 큰 가치를 포기한 거구나 이런 생각이 들어서….

푼크툼 근데 사실 유명한 CEO들이나 부자들을 보면 인간관계 포기하는 사람들은 많아요.

떡볶이 그래요.

아미 근데 나중에 다 돌아오니까. 다 돈 때문에.

푼크툼 그렇죠. 결국은 돌아가 예를 들어 스티브 잡스 같은 경우도 자기 직원들한테 진짜.

떡볶이 맞아요.

푼크툼 노벨도 그러고 에디슨도 그런 어떻게 보면 외골수 성향의 사람들이 많죠. 그리고 아까 이야기한 그 관계 지향적이고 관계 중심적인 성향이 이 내용을 어디 다른 어떤 교수가 이야기하는 걸 들었는데 대한민국 사람들이 그게 특화돼 있대.

떡볶이 맞아요. 맞아요.

푼크툼 대한민국 사람이 이기적이지 않은데 개인적이라 그랬나. 그러니까 제가 이거를 똑같이 저도 봤는데 그거였어요.

외국인이 본 한국 한국인들의 모습 어떤 공통적인 한국은 개인주의적이기보단 공동체 정신, 어떤 공동체 문화가 되게 발달해 있는데, 근데 아쉬운 점은 뭔가 갈등이나 불화 아니면 어려움에 대해서는 그런 실수 이런 부분에 대해서는 개인의 탓을 하거나 개인의 문제로 돌린다.

그런 부분에 대해서는 공동체 정신으로 해결을 하지 않는 부분이 있다. 그러면서 신기한 게 어떤 부정적인 거에 대해서는 개인주의가 되고 전체적인 조직의 정신은 뿌리의 정신은 되게 공동체 정신을 가지고 있다. 뭐 이런 이야기를….

떡볶이   그렇죠.

약간 이런 관점이 나오니까 저는 푼크툼 님 이야기를 유튜브로 봤어요.

푼크툼   저도 이런 것에 관심이 많은데 그래서 왜 한국 사람들은 아까 교육이 원인이라고 이야기를 했는데 늘 가정에서도 그렇고 학교 안에 교실 안에서도 그렇고 모난 친구는 모나지 않으려고 하잖아요. 튀지 않으려고 그러다 보니까 질문을 안 하잖아요.

떡볶이   맞아요. 맞아요. 튀면 안 된다는.

푼크툼   튀지 않으려고 그러니까 왜 그럴까 하는 것을 따져 봤을 때 저는 이제 그것을 역사 과거로 돌아가 생각해 보면 왜 그런 걸까? 왜 대한민국 사람들이 다 그럴까요? 바로 전쟁이더라고요, 전쟁.

결국 생존인 거야.

떡볶이　진짜 지금 소름 끼쳤어요. 딱 전쟁 두 글자로 뭔가.

아미　홍천을 기준을 잡아서 이야기한다면 이 지역에 사람이 살고 있습니다. 국방군이 국방 그러니까 국군이 이 지역을 점령했습니다. 그러니까 자기네를 도와줘서 고맙다고 밥 한 끼를 차려 줬어. 군인들 고생한다고 그리고 진지 구축 같은 전시 근로를 지원하고 도와주었습니다. 전쟁하다 보니까 국군이 후퇴하고 북한군이 점령했습니다. 북한군이 말합니다. "국군 도와준 사람 나와." "총살." "진지 만들고 작업하는 거 도와준 사람 나와." "총살."

여기서 문제점이 발생합니다. 이 전쟁이라는 게 계속 왔다 갔다 하니까 북한군이 밀려나. 국군이 또 이 지역을 점령했어. "북한군 도와준 사람 나와." "총살."

"작업 도와준 사람 나와." "총살."

그러다 보니 이 지역에 있는 사람들이 눈치 보고 아무 말도 못 하고 눈에 띄지 않으려고…. 이런 성향이 6.25 전쟁 내내 있었다는 거죠.

한국전쟁을 빗대어서 제가 이야기했지만, 이전에부터 지역 전체가 이런 성향을 가지고 있는 곳이 있습니다. 대한민국 에 유일하게 더 많은 지역에 있습니다.

떡볶이   그래요? 어디에요?

아미   충청도. 삼국시대 때부터 백제냐, 신라냐.

떡볶이   진짜 신기하다. 딱 중심에.

아미   중심에 있어서 고려든 백제든 신라든. 그런가벼~ 알았어~~ 그렇다는 설이 있습니다.

떡볶이   근데 신기하다.

아미   재밌죠. 지리적인 이유 지리적인 이유도 생존. 생존에 대해 서 이렇게 했다는 이야기를….

떡볶이   그래서 어떻게 보면 우리나라가 또 약자에 대해 존중해 주 는 어떤 그런 마인드도 사실은 많이 부족하잖아요. 그것도 사실 개개인의 생존이 좀 더 중요해서 그런가.

아미   그것도 전쟁 그리고 약자를 많이 챙겨 주는 문화가 생긴 것 도 전쟁입니다. 우리나라 같은 경우에는 한국전쟁이 끝난 지 얼마 안 됐기 때문에 자기가 가장 힘들었던 거를 눈앞에 서 보고 겪었기 때문에 그 감정을 알기 때문에 동정하고 연민 이런 감정이 다른 국가보다 조금 더 높습니다. 그래서 더 많이 도와주고 힘든 사람 챙겨 주고 그러면서 같이 양보하고 모든 게 다 전쟁인 거죠.

푼크툼　다 결국은 생존이죠.

아미　다 생존. 내가 살려고. 생존. 생존에 대해서 글 한번 적어야겠다. 생존이라는 것이 국가와 삶에 미치는 영향. 왜 우리는 이런 유전자를 가지고 태어났을까. 왜 이런 생각을 해야 할까?

떡볶이　이기적 유전자.

푼크툼　사실….

아미　나중에 우리 읽게 되어 있잖아요. 그 책은 재밌겠네요.

푼크툼　모든 사람을 이해하고자 할 때 그 귀결되는 점은 생존이더라고요.

아미　이거는 전에 언제쯤인가 세 번째 시간인가 그때 한번 푼크툼 님이 생존에 대해서 한 번….

푼크툼　자살 관련해서.

아미　아, 맞다. 자살.

푼크툼　자살은 생존하기 위해서 내리는 결단이다.

아미   생존하기 위해서 하는 것이라고 다르게 해석했던 거잖아
      요. 나 자신의 목숨을 끊게 하는 것은 인간밖에 없다.
      자살 또한 살기 위한 내가 살기 위한 수단의 방법의 하나다
      고 그때 알려 주셨잖아요. 섬뜩했습니다. 생존이라.

푼크툼   결국은 모든 답은 생존인 것 같습니다.

아미   지금 저희가 이렇게 몇 번 이야기했는데 지금 이제 독서토
      론을 하면서 늘 항상 회자 됐던 것이 대부분 생존을 위해서
      이런 판단을 했던 거고, 생존을 하다 보니 문제가 발생하고
      행동으로 실천을 해야 답이 나온다. 그다음에 또 하나 나온
      게 인간은 관계다. 사람은 관계다. 이렇게 지금까지 토론하
      면서 저희 토론의 성격이 나온 것 같습니다. 생존, 그다음이
      행동, 그다음이 관계. 이 3개의 중심 주제로 질문이 오고 가
      고 이야기하는 것 같습니다.

푼크툼   사실 생존하기 위해서 자살하는 사람들도 결국은 행동한
      겁니다.

떡볶이   그렇죠.

아미   진리는 변하시 않는나는…. 새밌다.

푼크툼   그냥 제 썰인데요. 요즈음에 이제 이런 책들을 읽었잖아요.
      그래서 그러면서 이제 사실 계속 이야기하는 이야기지만

'역행자'를 읽으면서 그 불신에 대한 불신을 갖고 읽었던 저였는데 어느 날 '역행자' 자청이라는 사람을 이해한 사건이 있었어요. 저한테 어떤 큰 사건은 아니고 이벤트가 하나 있었는데 일단은 그걸 설명하기 위해서 자청하고 저와의 관계를 이제 설명을 하자면 이걸 상하 계급으로 좀 나눠야 할 것 같은데 지금 아래쪽에 위치에 있는 게 저예요. 아래에 있는 사람은 위를 못 보고 계속 다들 아래만 보고 있어 근데 이 위에 있는 사람이 자청이라는 사람인 것 같아요. 자청, 김승호, 세이노와 같이 그러니까 이 사람은 나보다 좀 더 넓게 보겠죠. 나는 아래에 있으니 위에 있는 사람보다 좁게 보고 있는 거죠. 그러다 보니 위에 있는 사람은 답답하니까 뭔가 알려 주려고 동정일 수도 있고 아니면 그 사람이 연민일 수도 있겠고 알려 주려고 하는데 나는 위를 못 보니 믿지를 못하는 거죠. 못 보는 부분에 대해서 자청이 이야기하니까 안 들려. 불신인 거야.

아미　우와~ 표현 감탄.

떡볶이　이 표현이 너무 좋아.

푼크툼　그러니까는 예를 들어 종교를 갖고 있으니까 예수라고 쳐요. 나는 근데 인간이 하나니까 나는 여기만 이렇게 보는데 예수는 전체를 보니까 그래서 이렇게 안 된다고 하는데 사람은 믿지 못하는 거야. 그렇죠. 불신이 생기죠. 근데 이번에 제가 믿게끔 한 이벤트가 하나 있어요.

떡볶이 뭐예요?

푼크툼 여기 있는 사람이 불신이 있는 이 사람이 2층에는 누군가는 또 이 사람을 믿을 수 있겠지만 어쨌든 간에 안 믿는 사람이 사람을 믿게끔 하는 방법은 하나가 있는 것 같아요. 제가 겪어 본 바로는….

아미 이벤트가 뭐였습니까?

떡볶이 여기 위로 올라와서 보여 줘야죠.

푼크툼 같은 비슷한 개념인데 밑에 있는 사람을 보는 거죠.

떡볶이 거울 치료. 거울 치료 뭐 그런 거죠.

푼크툼 아래에 있고 위에는 보지 말고 더 아래 이야기….

아미 설마 동생….

떡볶이 그럴 수도 있지. 그럴 수도 있지.

푼크툼 내 밑에 층에 있는 누군가는 나보다 더….

떡볶이 더 좁게 볼 거예요.

푼크툼 그러니까 나는 그게 답답하니까 그죠 그 이야기를 해 주는데 얘는 안 믿어. 안 들어. 그러니까 그 순간 반대로 생각했을 때 그럼 이 위에 있는 사람도 나랑 같은 마인드였나.

떡볶이　근데 저는 이 밑에 사람한테 어떤 이야기를 해 줄 때 이게 위로 이 생각이 위로 갔다는 게 너무 놀라워요.

푼크툼　반대로 생각해.

떡볶이　거기서 딱 왔다.

푼크툼　그러니까 그렇게 되더라고. 왜냐하면 제가 옛날부터 죽음과 관련 관심이 많아서.

아미　다음에 사후 세계 한번 체크합니까? 그거부터.

떡볶이　분신사바 같이 해요. 하하.

푼크툼　그래서 옛날에 그거와 관련돼서 스타트업이라 이야기를 해 보려고 친구들하고 또 모여서 이야기도 하고 또 여기 알아보면서 단톡방 오픈 채팅방도 따로 만들어 놨어요. 거기도 이제 죽음과 관련해서 오픈 채팅방을 만들어 놨는데 저도 잊고 있었어요. 왜냐면 하도 오래된 건데 그 방은 저 혼자만 있었고 며칠 전에 한 사람이 들어와서 인사를 하는 거예요. 그래, 카톡방이 있었지 하고 그래서 "안녕하세요. 어떻게 들어오셨냐" 하니까는 자살과 관련돼서 자기가 하고 싶다고 이야기를 하고 싶다면서 자살하고 싶다고, 자기는….

아미   목적은 이게 아닌데. 어….

떡볶이   그 사람도 약간 대나무 숲이 필요했나 봐요.

푼크툼   그럴 수도 있고 그 사람이 원하는 건 내가 뭐냐 번개탄으로
         해서 죽고 싶은데 뭐라 하더라. 어쨌든 죽고 싶다 이렇게 이
         야기했어. 그래서 내가 이제 그거에 대해서 이렇게 이런저
         런 여러 대화가 오고 갔는데 어쨌든 간에 제가 이 입장이 돼
         버린 거예요. 그것만 보지 말고 그 생각만 하지 마. 생각을
         죽으려고 에너지 쏟기 전에 살려고 에너지를 쏟아 보라고.
         내가 자청이 돼서 이야기한 거죠.

아미   책도 읽었겠다. 지식도 있고.

떡볶이   지식 맥스.

푼크툼   그러니까 내가 그런 경험을 했잖아. 그러니까 자청이 이해
         가 되는 거야.

아미   어리석은 사람으로 인해 시야가 트였구나.

떡볶이   근데 계속 뭔가 대답이 좀 받아들여지지 않는 대답이었나
         봐요.

푼크툼   그 사람이 내가 하는 이야기가 안 받아들여지지. 왜냐하면
         내가 사청한테 처음 대면힐 때 그 느낌을 그 사람이 니힌테

갖고.

아미 라포 형성이 되기 전까지는 쉽지 않죠.

푼크툼 그래서 결국은 내가 나도 답답해서 장문의 글을 썼어.
내가 보니까 딱 나이가 좀 어린 남자앤데 지금 어디 어디 공
장에 다니는 그런 친구라고 하는데 사실 이 친구가 어떤 선
택을 할지 단정 지을 수 있는 마음이 한편으로 무겁긴 하지
만 도와주어야겠다, 생각했어요.
지금은 그 방을 나갔거든요. 근데 내가 나가기 전에 내가 하
고 싶은 이야기를 하려고 하면서 두 가지 방법이 있다. 운동
하고 책을 읽어라. 이런 식이 되는데 이제 이 사람 관점에서
꼰대 이야기처럼 들릴 수도 있겠지. 그래서 독서는 모르겠
고 운동을 한번 해 보겠습니다. 하면서 나가서 어쨌든 그 이
야기가 중요한 건 아닌데 그 상하 관계가 그렇게 됐다고.

아미 오늘은 그럼 이렇게 마무리. 네, 그러면 저희 한 줄 평하서
야죠.

푼크툼 한 줄 평. 저는 그냥 이 책에서 마음에 들었던 그 문구가 하
나 있어서 뭘 했니? 여기 이렇게 있는 너는 내 젊음을 가지
고 뭘 했니?

떡볶이 저는 그 취취버버. 여기서 나오는 말인데 취할 것은 취하고

버릴 것은 버려라.

푼크툼　되게 어렵다. 이거는 취할 것은 취하고 버릴 것 버려라. 그 기준이 되게 어려운데.

떡볶이　맞아요.

아미　저는 기회는 윗사람이 준다. 윗사람한테 잘하라.

푼크툼　이제 윗사람이 되셔야.

아미　아직 갈 길이 멉니다. 하하. 준비를 잘해 놓고 잘 가다듬은 칼처럼 잘 가다듬어 놨다가 쓰라고 할 때 바로 쓸 수 있도록 준비하겠습니다. 기회를 잡으려고 노력하겠습니다. 오늘 여기까지 하십니까? 그러면 네, 수고하셨습니다.

동생과의 독서토론

동생에게 책을 추천하고 '개새끼들에게는 욕을 하자' 챕터를 보고 이런저런 이야기를 나눴다.

동생은 어릴 적부터 착한 사람이 되어야 한다 생각했고 주변의 시선을 의식을 많이 했다고 한다.

책에서 나오는 것처럼 누군가 새치기를 한다거나 누군가가 반말을 한다든가 식당에서 식사할 때에도 누군가의 소음에 혼자서 스트레스 받고 참고 넘기면서 그럴 수 있지, 이유가 있겠다고 생각하며 살았다고 한다.

하지만 살면서 '남자들의 단체생활에서 약한 자는 죽는다. 약한 자는 당한다. 강한 자만이 살아남고 강한 자는 기억한다'라는 것을 배웠다고 한다.

그러면서 한 가지 예를 들었다. 병원주차장에 주차하러 갔는데 나이 60대 주차요원이 "어디 왔어?" 하고 반말하면 예전에는 나보다 어른이니까 존댓말을 해야지 하며 "병원 진료 보러 왔어요"라고 했을 것이다.

하지만 지금은 돈까지 지급하고 주차하러 왔는데 왜 반말을 들어야 하느냐는 생각으로 오히려 반말로 대한다고 한다. 60대 아저씨가 "어디 왔어?" 이러면 "병원 왔지. 어디 주차할까?" 이렇게 말하면 백이면 백 60대 아저씨가 당황하고 갑자기 존댓말로 "이쪽으로 가시면 됩니다"라고 한다고 한다. 그럼 동생은 평온하게 주차하고 차후에도 주차하러 가면 존댓말을 한다고 한다.

또 하나의 예로 식당에서 음식을 주문하고 불친절한 종업원이나 사장이 있다면 동생은 기준범위 안에서 한 번은 참는다고 한다. 하지만 종업원이 메뉴판을 던진다든가, 바쁘다고 대충대충 불친절하게 한다든가, 식사 중인데 옆에서 바닥 청소를 한다든가. 그러면 있는 욕 없는 욕 찰지게 불어넣어 준다고 한다. 그럼 종업원은 탈탈 털리고 죄송하다고 한다.

그리곤 다신 저 가게에 안 올 것처럼 하고 다시 가 보면 그 후에는 굉장한 친절을 보인다고 한다. 한마디로 '저 새끼는 건들면 ㅈ된다.'를 몸소 보여 준다고 한다.

또 재밌는 예로 동생 가족은 5인 가족인데 펜션 예약을 하고 도착할 때쯤 되었는데 전화가 오더니 펜션 주인이 예약 호실이 아닌 다른 작은 호실로 가라고 하였다고 한다. 사유인즉 성인 5명이니 바꿔 달라고. 그러자 동생은 도착하자마자 개샤우팅으로 "사장 나와!!!" 펜션 놀러 온 사람들도 뭔가 하고 다 쳐다본 상태에서 개지랄했더니 펜션 주인이 죄송하다고 원래 방으로 안내해 주고 BBQ 비용도 안 받고 통닭까지 배달시켜 주었다고 한다.

이런 것을 보면 동생도 세이노처럼 똥이 더러워서 피하는 것이 아니
라는 것을 몸소 느꼈던 것 같다. 사실 나도 이런 상황이 많았는데…. 이
책을 읽고 동생도 부자 습관을 배워 부자가 되었으면 좋겠다.

벨아미

8. 벨아미
- 푼크툼, 벨아미(구 '아미'), 시동

푼크툼 반갑습니다. 오랜만에 뵙는 것 같습니다.

오늘은 시작하기에 앞서서 뉴페이스, 아주 반가운 새로운 분이 오셨습니다.

아미 감사합니다. 감사합니다.

푼크툼 어떻게 알고 오시게 된 건가요?

○○ 여기 사실 온 지는 얼마 안 됐습니다. 작년 11월에 왔어요. 지금 적응 중인데 조금 적응이 될 법한 시기에 다시 또 책을 읽고 싶어서 도서관에 왔었는데 도서관에 마침 포스터가 하나 있는 겁니다. 대학 때는 책을 좀 읽었었거든요. 예쁜 포스터가 있기에 '이런 모임도 하는구나?' 했습니다. 그래서 도서관 직원분께 여쭤봤더니 모임과 도서관과는 별개로 수요일 8시에 공간만 대여해 주는 식으로 운영을 하고 있다고 하더군요. 그래서 선생님께 연락을 드렸는데 아무런 답이 없었어요.

푼크툼	맞아요. 좀 붙여 놓고(포스터) 오래된 건가 싶었는데 모임 활동과 관련하여 여러 가지 SNS 수단이 있어서…. 또 감사하게도 도서관 직원분들이 한 분씩 설명을 해 주서서 감사한 마음을 갖고 있습니다.
아미	왜 확인을 왜 안 했습니까? 푼크툼 님. 하하.
푼크툼	제 SNS 제 모든 알림을 다 제가 무음으로 해 놔서 뒤늦게 확인을 했습니다.
○○	저도 SNS 알림은 무음으로 해 놓습니다.
푼크툼	그러다 보니 온 지도 몰랐습니다.
아미	광고를 했으면 확인을 했어야지요. 하하. 그럼 지금 그런 사람이 지금 꽤 있을 텐데….
푼크툼	없었습니다. 그만큼 또 저희가 이런 적극성을 확인하지 않았습니까?
아미	알겠습니다. 하하. 푼크툼 님 일단 경고. 하하.
푼크툼	노력하겠습니다. 알겠습니다.
○○	모임을 좀 일찍 시작한 만큼 서도 궁금한 게….
푼크툼	네네, 하시죠.

○○   일단 푼크툼 님께서는 어떤 계기랑 경로로 이 모임을 만드
         셨고 연혁 같은 것이 있나요?

푼크툼   연혁이요? 저희 모임의 연혁 말씀하시는 거죠?

아미   좋다. 저희가 진행하면서 한 번도 왜 이걸 하게 됐고, 모임
         의 역사 계기 이런 내용을 한 번도 언급한 적이 없어서 오늘
         이 시간에 풀어 주시면 잘 귀담아듣겠습니다.

푼크툼   거창한 이유는 전혀 없고요. 지극히 제 개인적인 욕구 때문
         에 시작하게 됐어요. 아시다시피 혼자 책을 읽게 되면 그 꾸
         준함이 오래가지 못하다 보니까 그래서 주변에 할 사람 있
         나 찾다가 진행하게 되었어요.
         지금 시즌2를 진행하거든요. 시즌1 같은 경우는 다른 멤버
         들이었고 제가 중간에 개인적인 사정으로 인해서 빠지고
         다시 오니까 모임이 약간 흐지부지해져서 다시 시작하였습
         니다.

○○   그래서 이번이 시즌2인가요?

푼크툼   네, 작년 아마 여름쯤 지나서 시작하게 되었습니다. 아미 님
         이 초반에 합류하셨고 다른 멤버 한 분이 더 계셔서 셋이서
         시작을 꾸준히 하고 있습니다.

○○   그러면 제가 들어오면 총 4명인가요?

아미　　　　네, 총 4명 딱 좋습니다.

푼크툼　　　괜찮은 인원입니다. 4명에서 5명이 딱 좋거든요. 네. 너무
　　　　　많은 것도 부담스럽고.

○○　　　　나쁜 의도로 이야기하는 건 아닌데요.
　　　　　시골에 처음 왔습니다. 늘 건물들과 함께 살았는데 밤이 되
　　　　　면 닭도 울고 닭이 밤에도 우는지 저는 처음 알았고 또 소가
　　　　　왜 이렇게 많은지….

아미　　　　이놈의 닭은 밤늦게 온종일 웁니다. 애들은 잠도 안 자요.
　　　　　새벽 1시고 2시고. 하하하.

○○　　　　누린내라고 하나요? 시골 냄새…. 하하. 밤이 되면 살기 좋
　　　　　은 환경이다. 이런 좋은 조건에서 독서를 하면 좋겠다 싶어
　　　　　서….

푼크툼　　　책을 읽기 좋은 환경적인 요소를 갖고 있죠.

아미　　　　책 읽기 딱 좋은.

○○　　　　그런 것 같습니다. 오는 길도 좋고 논밭이 펼쳐져 있는 자연
　　　　　친화적인 환경.

아미　　　　핸드폰만 없으면 할 게 책 말고는 없습니다.

○○　　　　그래도 좋은 모임이 있어서 좋습니다.

푼크툼   이렇게 딱 찾아 주서서 정말 감사합니다.

이 모임에서는 서로 이제 닉네임이 있어요. 저는 푼크툼, 저
도 이 모임을 하면서 알게 된 단어입니다.

아미   푼크툼이라는 게 그림 같은 거 볼 때 정형화된 어떤 해석이
고 어떤 느낌이야 이렇게 정해져 있는 그런 것이 있잖아요.
책을 보더라도 이 책의 주제는 이거고 작가가 말하는 건 이
런 내용이다 이렇게 정해져 있는 틀이 있잖아요. 그런 게 아
니라 오로지 내가 느꼈을 때 감동, 송곳처럼 나에게 확 다가
온 내가 느낀 느낌을 표현하는 것을 푼크툼이라고 표현을
하더라고요.

푼크툼   어렵죠.

아미   푼크툼이 그런 뜻입니다. 그래서 그렇게 쓰고 계십니다. 강
렬한 느낌 자기만의 느낌.

푼크툼   네, 저도 아미 님이 그 단어를 소개해 주셨는데 아주 마음에
들어서 그 이름으로 진행을 하고 있습니다.

아미   저는 아미입니다. 아미.
조만간에 예명을 좀 바꿀까 싶습니다. 아미라고 하면 사람
들이 누가 봐도 넌 줄 알겠다고 주변 사람들이 이야기해서.
하하하.

○○   방탄소년단 팬이라고 하면 되죠.

아미   방탄소년단! 그렇네요. 다음부터 그렇게 하겠습니다.

○○   그러면 계속하게 될 것 같은데 하나 만들겠습니다.

아미   하나 만드시면 오늘은 어떤 어떻게 불러 드리면 될까요?

○○   생각해 보겠습니다. 다른 분께서 알게 되신 계기는 이 모임
을 통해서.

모두   예, 모임을 통해서 알게 되었어요.

○○   그러면 모이는 동시에 아미 님도 시작하신 건가요?

아미   아니요. 저는 시즌2 할 때 두 번째 때 제가 참여했죠.
두 번째 모임에서는 '아몬드' 책을 진행했고, 세 번째가 '죽고
싶지만 떡볶이는 먹고 싶어' 책이었고, 두 번째부터 제가 들
어왔습니다. 지금이 열 번째입니다.

○○   책임감을 좀 더 가져야 할 것 같습니다.

푼크툼   편안하게, 편하게, 편안하게, 다른 한 분은 개인적인 사정이
있어서 4월부터 참여를 하실 거예요.

모두   네.

푼크툼   바로 진행합니다. 책은 자주 읽으시나요?

○○   저는 사실 책을 편식했었습니다.

푼크툼   음.

○○   소설은 처음 읽어 봤는데.

푼크툼   재밌죠. 고전소설요.

○○   네, 이거는 스토리가 막장이라서.

아미   그래서 재밌던 건지 아니면….

○○   제가 책도 잘 못 읽어서…. 페이지 수가 생각보다 좀 많은
          겁니다. 잘 읽지도 못하고 제대로 이해한 건지도 모르겠는
          데 아까 유튜브 영상을 보고 이해가 되었습니다.

푼크툼   아미 님이 보내셔서 전달해 드렸습니다.

○○   그래서 어느 정도 무슨 말을 해야겠다, 정도로 생각하고 왔
          습니다.

아미   다 못 읽어도, 안 읽어도 돼요. 저희가 알아서 내용, 줄거리
          설명 다 해 드립니다. 그러니 편하게 자기 생각을 표현해 주
          시면 됩니다.

푼크툼   다음에도 책을 다 못 읽더라도 그냥 부담 없이 그냥 참석하
          시면 됩니다. 저희도 못 읽고 오는 경우도 많으니까.

아미	하다가 다 못 읽고 오는 분이 있어요. 그러면 '뒤 결말 이야 기할까요, 말까요?' 물어봅니다. 책의 내용이 스포가 되기 때문에, 하하.
○○	저도 책임감을 느끼고 있겠습니다.
아미	이번 책은 다 읽으셨나요?
○○	네, 그래도 읽긴 읽었어요.
아미	그게 술술 읽히지 않나요? 이 책.
○○	그건 아니에요. 저 원래 책을 잘 못 읽습니다. 제가 자기계발서나 서평 같은 걸 좋아해서 소설은 장이 있던데 그걸 처음 알았어요. 무슨 일장, 이장 그런 게 있던데 자기계발서 같은 경우에는 그 단락별로 어디에 나뉘어 있어서 시간 날 때마다 읽으면 됐는데 소설은 이야기가 이어지다 보니까….
아미	이거는 좀 전체적으로 알아야 하니까.
○○	제가 책을 한 번에 30분 이상 읽을 여건이 안 됩니다. 음….수준도 안 되는 것 같지만 아무튼 여건이 안 돼서 좀 끊어서 읽다 보니 기억이 왜곡되는 것 같아요. 소설은 저에게 그런 장르였던 것 같습니다.

아미   그럼 그건 당연한 겁니다. 저도 잘 모릅니다. 이름은 아직
         헷갈립니다.

푼크툼   저도 마찬가지입니다.

○○   관계도 너무 좀 복잡한 것 같아서 그거는 유튜브 영상 보고
         이게 그거였구나 하고 알아서.

아미   다음부터는 인물 관계도 이런 것도 한 번씩 정리해서….

푼크툼   네.

아미   한번 해 놓으면 좋을 것 같습니다. 해 주실 거죠. 푼크툼 님
         마인드맵 전문가잖아요. 마인드맵. 이번에 마인드맵 만드
         셨습니까?

푼크툼   아직 못 했습니다. 지금 엄청나게 밀려 있습니다. 지금.

아미   저번부터 세이노 하실 때부터 그건 너무 많아서 그건 저희
         가 인정해 줬는데.

푼크툼   약간 지금 해이해진 느낌.

○○   혹시 책을 선정하는 기준이 따로 있나요?

푼크툼   기준이요? 지금 저희가 시즌2 시작하면서 각 파트별로 나누
         어져 있어요.
         그래서 사실 제일 첫 번째가 자기계발서였어요. 자기계발

서를 시작으로 해서 두 번째 파트가 경제.

○○   네.

푼크툼   경제 그리고 각 파트별 마지막에 관련된 소설책을 읽어요.
       근데 이제 경제 파트 끝나면서 택한 소설이 이 책이고 나름
       의 경제 관련 서적을 읽고 나서 벨아미라는 주인공의 입장
       을 어떻게 해석을 해 볼까 했는데 전혀 별개라는 생각이 들
       어요.

아미   아닙니다. 저는 아주 좋았습니다. 아주 좋았습니다.

푼크툼   그럼 조금 뒤에 한번 이야기해 보시고. 그리고 세 번째 파트
       가 가족, 사랑, 연애라는 주제인데.

○○   너무 좋아하는 주제라.

푼크툼   잘됐네요. 저희 단톡방에 들어오시면 앞으로 읽게 될 책이
       한 열 권에서 스무 권 정도 쌓여 있어요. 그리고 아마 다 보
       시게 될 거예요. 그러면 한번 시작을 해 볼까요?
       딱히 정형화되어 있는 그런 방식은 아니라 자연스럽게 이
       야기할 거고요.

아미   별칭, 예명을 정해야 하는데?

○○   원래 서로의 본명은 잘 모르나요?

아미   다 알고 있습니다.

푼크툼   이게 이 모임에서는 존칭을 쓰려고 하는 이유가 간혹가다
        가 이제 말을 편하게 하게 되면 좀 자기주장이 좀 강하게 어
        필이 되는 상황도 있을 수 있을 것 같아서.

아미   상호 존중을 위해서.

○○   그러면 저도 그런 속뜻은 모르고 있어서 예명을 쓰겠습니
        다. 벨아미이니까 베라 하겠습니다.

아미   제가 지금 바꾸려고 하는 게 아미에서 벨아미로 바꾸려고
        하는 건데, 하하.

○○   그러면 저는 제가 지금 사는 곳이 시동이니까 시동으로 하
        겠습니다.

벨아미   앞으로 평생 달리는 시동. 의미 좋다.

푼크툼   나중에 바꾸셔도 되고 어쨌든 그러면 벨아미 님과 시동 님
        그리고 푼크툼과 함께 시작해 볼게요.
        시동 님은 소설책을 잘 안 읽으셨고 이런 고전소설이 지금
        처음이라고 하셨는데.

시동   수능 때 국어 문학에 나오는 단문 그거 말고는 인생 처음으로.

푼크툼   그래요. 그러면 이번 책이 기억에 많이 남을 수 있어요. 첫

소설은 기억에 많이 남거든요. 그래서 이건 좀 오래 기억에 남을 거예요. 그래서 이 책을 딱 보셨을 때 첫인상이 어떠셨나요?

시동   일단은 솔직하게 '읽기 쉽지 않게 생겼다'.

푼크툼   쉽지 않게 생겼다.

시동   너무 두껍다.

벨아미   몇 장이죠, 이게.

시동   500장 아니면 600장?

벨아미   518장.

시동   그리고 한편으로는 '모임 덕분에 드디어 새로운 분야에 도전을 해 보는구나'라는 그 두 가지 생각이 들어서 설렘 반 기대 반 그런 것 같아요.

푼크툼   네, 알겠습니다.

벨아미   많이 홍보해 주십시오. 한 명이 더 필요합니다. 아주 많이 홍보해 주십시오.

시동   힘들겠지만.

푼크툼   벨아미 님은 어떠셨나요?

벨아미   첫인상.

푼크툼   그전에 고전소설은 개인적으로도 읽어 보셨겠죠?

벨아미   세계 문학은 거의 안 읽어 봤어요, 그리고 한국 고전도 많이
            읽은 것이 아니라서 세계문학전집에 나와 있는 고전은 저
            도 처음 읽었는데 고전 문학에 대한 결을 알 것 같습니다.

푼크툼   그래요.

벨아미   한 번밖에 안 읽었지만 고전 소설은 여성을 깎아내리는 그
            런 세계관들이 느껴져서 읽기가 조금 거북했습니다.
            고전소설들이 다 이런 식인가? 우리나라 소설인 '태백산맥'
            같은 경우도 여성을 비하하고 매우 음란하고 노골적으로
            퇴폐적인 단어들이 많이 나오는데, 그것이 그 당시 당연한
            시대상이었던 것 같아요. '시대상 외국도 별반 차이가 없구
            나'라는 걸 느낄 수 있는 책이었습니다.

푼크툼   맞아요.

벨아미   그리고 일단 야해서. 책이 너무 야해. 상상을 마음껏 할 수
            있어서 좋았습니다.

푼크툼   저는 저도 사실 이 책을 작가만 알고 있었지 '벨아미'라는 책
            은 잘 몰랐는데 선택하게 되면서 알게 됐지만 제가 책을 읽
            기도 전에 벨아미 님한테 전화가 왔었어요.

"개인적으로 이거 해도 되겠냐? 이게 너무 야한 거 아니냐?"
그래서 저는 이 책이 그렇게 야하다고 야한 소설처럼 그 정
도인가 싶은 생각으로 봤는데 저는 사실 솔직히 그 정도는
아니었는데.

벨아미   상상력이 부족해. 상상력이. 저는 상상력이 무궁무진한 사
람이라.

푼크툼   좋으셨겠습니까?

벨아미   지금도 얼굴 빨개지려고 하네. 마음껏 상상하고 마음껏 즐
겼습니다.

시동   주인공이 된 거죠?

벨아미   야망도 많고.

푼크툼   그 약간 어울리는 것 같습니다.

벨아미   남자의 마초 같은 원초적인 기질이 있는 것 같습니다.
제 아내도 저보고는 조선시대였으면 잘나가는 보부상 했을
거라고. 물건도 잘 들고 다니고 각 지역에 주모들 여럿 후리
고 다녔을 거라고. 하하하.

푼크툼   결혼만 안 하셨으면.

벨아미   그래서 별칭을 아미에서 벨아미로 바꾼 겁니다.

푼크툼　　업그레이드되었네.

벨아미　　그리고 이 책이 그거였답니다. 이게 죽기 전에 1,001권인가 반드시 읽어야 할 그 책에 포함된 책이랍니다. 그 정도로 작품성도 있고 시대적 배경도 잘 표현돼 있다고.

푼크툼　　네, 저는 오히려 그래서 좋았던 것이. 아까 야하고 여성 표현에 대한 단어 선택도 있고, 말씀하셨지만 오히려 저는 그 시대를 너무 사실적으로 표현해 준 것 같아 그 시대의 정서가 어떤 정서인지 간접적으로 알 수 있어서 너무 좋았던 것 같아요.

벨아미　　여자들이 성공할 기회에서 아예 배제되고 박탈당한 채 남자들만 이렇게….

푼크툼　　그렇죠.

벨아미　　남성 우월주의 같은 이런 시대상을 적나라하게 보여 주고 또 경제의 중심점이 되는 것도 오로지 남성.

푼크툼　　이런 것들이 많죠.
　　　　　저는 사실 말씀을 드렸기는 했지마는 저는 인생 목표가 여기 이제 민음사에서 나온 세계문학전집이에요. 이 책이 223번이니까는 거의 300권 이상 될걸요.

벨아미　　도서관 가니까 한 라인이 민음사 세계문학전집으로 있던데.

푼크툼   제가 그래서 저는 읽는 책들은 직접 구매를 해서 제 책장에
        모시고 있습니다. 나중에 가득 메워….

벨아미   직접 구매한 겁니까?

푼크툼   전 구매했습니다. 저는 그게 꿈이라.

벨아미   몇 권 드리겠습니다.

푼크툼   그리고 개인적으로 이 디자인이 너무 좋아요. 깔끔하고 단
        순하고 디자인이 아주 마음에 들어요. 다른 출판사 쪽보다.

벨아미   저는 이 출판사, 이 표정이 더 막 멋진데요?

푼크툼   개인 취향이긴 한데 저는 민음사 것이 좋아요.

시동   도서관에서 책을 봤을 때 표지 구성이 괜찮았던 것 같아요.
        저도 처음에 말씀하신 게. 어쨌든, 저에게 하신 질문의 의
        도가 소설책을 처음 봤는데 '이 책을 육안으로 봤을 때 어땠
        냐?'라고 여쭤보시는 줄 알고 '쉽게 생겼다' 이런 것만 이야
        기했는데.

벨아미   다 포함합니다. 말씀하셨기 때문에 중첩되지 않으려고.

푼크툼   또 다른 점 있으면 이야기하셔도 될 것 같아요.

시동   시대상 반영하는 것도 재밌었고 우리나라뿐만이 아니라 유
        럽도 똑같다는 것 그리고 참정권과 같이 과거에는 남성 위

주의 세상이었구나, 그런 것과…. 지금이랑 별다를 게 없었던 거구나. 그리고 드러나지만 않을 뿐이지 지금도 여러 벨아미가 있을 것으로 생각하기 때문에.

푼크툼　많죠. 많죠.

벨아미　아주 많죠. 제가 진정한 벨아미가 되고 싶은데 결혼을 해서 가정 파탄은 안 되기 때문에. 하하.

시동　이런 걸 혹시 고전이라고 합니까?

푼크툼　그렇죠. 고전이라고 하죠.

시동　어머니께서 어렸을 때 고전을 읽으라고 하셨어요.

벨아미　그 고전도 여기 포함.

시동　네, 그래서 그때도 이제 말씀하셨던 게 세계문학전집 하나 사 주신다고 했었는데 싫다고 했으니까.

벨아미　사 달라고 하시지. 부모님 찬스 좋습니다.

시동　근데 비슷합니다. 어쨌든 다 총망라해서 지금 이야기를 하는 것이 조금 이르긴 한데, 인간의 여러 형태를 볼 수 있다는 점에서 참 좋은 것 같아요.
저는 그동안 자기계발서랑 서평을 읽고 쓰는 것을 좋아했는데. 사실 저명한 한 분야의 전문가가 쓴 글을 읽었기 때문

에 뭐라고 해야 하나 지엽적이면서도 주관이 많이 들어가
있고, 사실은 그게 아닐 수도 있고 그런 부분이 많았는데,
소설은 누구의 생각을 서술하는 게 아니라 사람이라면 가
진 그런 여러 습성을 보여 준다는 면에서 조금 다르지 않나
생각이 듭니다.
'뭐 이런 사람도 있는 것 같고 세상에 이런 사람도 있었구나'
라는 간접 체험도 하고 그런 장면들이 인상 깊었습니다.

푼크툼　이건 고전의 가장 장점이자 강점이라고 느끼는 제 개인적
인 생각입니다. 이런 책이야말로 다양한 푼크툼이 나오지
않나 생각이 들어요.
아까 말씀하신 것처럼 자기계발서나 이런 것들은 답이 정
해져 있고, 뭐랄까 안내서 같은 입장이지만 이 책 같은 경우
는 인간의 다양성을 보여 주면서 또 그걸 어떻게 개인적으
로 느껴지는지 서로 아마 다를 거예요.

모두　네.

벨아미　각자의 대응이 다 다르니까 그렇습니다. 첫 느낌은 마무리
된 것 같습니다.

푼크툼　그러면 시간적 순서 없이 이벤트 같은 것을 꺼내면서 진행
을 해 볼까 합니다.

벨아미   벨아미 하면 빼놓을 수 없는 게 여자관계죠.

푼크툼   네.

벨아미   스쳐 간 여자만 해도 첫 번째 매춘부.

푼크툼   그죠.

벨아미   그전의 관계는 책에 안 나와 있으니까 잘 모르겠는데 돈이
없다가 갑자기 돈이 생기니까 제일 먼저 자신의 원초적인
욕구 해결을 위해 매춘부한테 가죠. 그 돈을 그렇게 쓰면 안
되는데 자신의 욕구 해결을 위해 쓰죠.

푼크툼   가장 먼저 가고 싶은 데가 거기라고 이야기했죠. 친구한테.

벨아미   그런데 친구가 설마 하고, 그런 곳에 가지 말고 내가 돈을
줄 테니 깔끔하게 옷 차려입고 면접 보러 와라. 주인공 뒤루
아가 돈이 없는 것을 아니까 친구가 돈을 준 건데 면접 비용
으로 쓴 게 아니라 오로지 자기 원초적인 욕구 해결을 위해
서 돈을 쓴 거죠. 매춘부한테.
근데 바늘 도둑이 소도둑 된다고 처음 여자를 쉽게 쟁취를
하다 보니까, 그리고 자신의 원초적 욕구를 해결하다 보니.
이게 한번 빠지니 못 나옵니다.
그다음 모임에서 만났던 드마렐 클로딜트라는 여자 주인공
이라 해야 하나?

푼크툼   정부죠, 정부.

벨아미   뒤루와의 첫 정부죠. 그 드마렐 부인이라는 사람이 먼저 노골적으로 음란한 이야기도 먼저 추파를 보내면서 뒤루아를 유혹하죠.

은근히 그런 유혹을 보내는데 눈치 빠른 뒤루아는 드마렐 부인을 데려다줄 때 마차에서 몰래 키스를 하죠. 드마렐 부인은 싫었으면 난리를 치고 밀쳐냈을 텐데 그러지 않죠. 그리고 주인공 뒤루아는 "내일 우리 언제 또 만날 수 있냐"고 적극적으로 표현을 합니다. 그러자 드마렐 부인이 "내일 당장 오라"고 이렇게 하죠. 여기서 뒤루아는 드마렐 부인을 이용해야겠다는 생각과 여성은 성공을 위한 도구다. 쉬운 존재라는 가치관이 형성된 게 아닐까? 전 그렇게 생각이 들었습니다.

다음 여성은 친구 아내죠, 마들렌은 자신의 동경 대상이죠. 머리도 똑똑하고 여성성에 빠지는 것보다 마들렌의 지식에 매력을 느껴서 동경하죠.

그러다가 마들렌과 결혼해서 본인이 정치하게 되니까 이제 이 여자가 싫은 거죠.

자기를 똑똑하게 만들어 주고 이렇게 해 주는 것도 있는데 뒤루아는 더 큰 야망을 품다 보니 자신의 성공에 필요한 여자인 신문사 사장 부인에게 손을 대고 이때 대담해진 거죠. 과감하게, 이 신문사 사장 아내인 왈테르라는 여자는 "안 돼, 하지 마! 이런 거 싫어. 난 이런 짓을 한 번도 한 적이 없어"라고 강력하게 거부하는데 뒤루아는 뭐 매춘부부터 시작해서 마를렌까지 관계를 가지도 보니 더욱 대담해져서 왈테르 부인을 결국 무릎 꿇게 하죠.

그러면서 그것도 모자라서 왈테르 부인의 딸까지….

푼크툼　　그녀의 딸까지.

벨아미　　책을 읽으면서 주인공 뒤루아를 보며 '완전 쓰레기네' 하였지만, 재밌게 봤습니다.

푼크툼　　그만큼 한마디로 뒤루아라는 사람을 한 단어로 이해를 하자면 키워드가 '정복성'.

벨아미　　여성에 대한? 하하.

푼크툼　　여성이든 자기 뭐랄까 야망, 정복 욕구가 아주 강하다는 것….

푼크툼　　시동 님은 기억에 남는 이벤트 사건이라든가 아니면 그런 것들이 있었을까요? 아니면 인상 깊었던 문구라든가, 장면이라든가?

시동　　사실 정확히 한 특정 부분은 없어요. 뒤루아라는 주인공의 교육에 문제가 있었나. 도덕성 결여 그런 것에 대해 생각을 했습니다.

왜냐하면, 아까 말씀하신 대로 신문사 편집장과 같이 배운 사람, 어느 정도 지식이 있는 그런 사람들이니까. 그런 양심. 결혼을 한 사람이 불륜 행위를 하고 그러면 안 된다는 윤리적 의식, 이런 것이 있는데 뒤루아는 다른 삶을 살았기 때문에 그런 면에서 조금 부족하지 않았나 생각이 듭니다. 뒤루아는 어렸을 때부터 힘들게 자랐고 군인이라서 훈련만 하다 보니 정말 많이 힘들지 않았나. 그리고 배우지 않으면 이렇게 되는구나. 이런 것이 가장 인상 깊었습니다. 그리고 맨 뒷부분에 이제 국회의원 건물을 바라보는 것도 자신의 욕심을 표현하는 것도….

벨아미　국회의사당 건물 보면서 자신의 욕망을 또 보여 주죠.

시동　그게 결국은…. 저는 정복이라는 키워드로 딱 맞는 것 같고 성과 관련해서도 그렇고….

푼크툼　이 당시에….

벨아미　당연한 문화였을 거라 생각됩니다.

푼크툼　시대상을 보지면 지금처럼 불륜이라든가 이런 것에 대해서도 흔한 상황은 아니었죠.
많이 치욕적인 사건일 수도 있는 건데 아내하고 그리고 그

국회의원인가요? 장관하고 바람이 났을 때도 거의 명예를 실추당하잖아요.

그 사건으로 인해서 그만큼 당시에 불륜은 꽤 큰 사건인 것 같아요.

벨아미   제가 느꼈을 때는 불륜이 크게 문제가 되던 시대는 아니었다고 생각이 들었습니다. 암암리에 그럴 수도 있다는 사회적 분위기도 있었다고 생각돼요.

대신 공직자, 장관이라든지 어느 정도 사회적 책무나 의무가 있는 사람 그리고 여성들에게만 이런 기준이 높지 않았나. 그래서 많은 사람이 불륜에 대해서 여성들에게 더 많은 질책을 하지 않았나. 저는 그런 생각이 듭니다.

시동   그래서 한편으로는 가진 거 없고 요즘 말로 금수저가 아닌 흙수저들이 성공하려면 야인시대, 무법지대에서는 '이게 이 정답일 수도 있었겠다'라는 생각이 들었습니다. 수단과 방법을 따지지 않고 법에 저촉되지 않으면 되는 거고. 말을 어떻게 하느냐에 따라서 그 상황은 바뀔 수 있다는 것.

"유명해지면 진짜 똥을 싸도 사람들이 박수를 쳐 준다." 그런 것처럼 마지막 장면에 국회의원 건물을 보는 장면에서 '나는 정말 언더독이야. 나는 남들과 다른 길로 성공할 거야'라는 생각이 밑바탕이 깔려 있지 않았나. 그런 생각도 들고

한편으로는 정말 똑똑하다, 아니면 운이 좋았다 여러 가지
생각이 드는 그런 사람이었습니다. 매우 똑똑하고. 매우 능
란하고.

벨아미　점점 대담해지는 것들이 저는 느껴져서 그리고….

푼크툼　언변도 되게 좋고.

벨아미　첫 장에 표현한 글을 보면 집에 거울도 없어서 손바닥만 한
깨진 거울 가지고 면도하고 씻고 본인을 치장하고 이러다
가 친구한테 초대를 받아 친구 집에 갔더니 전신 거울이 있
는 거예요. 그 전신 거울에서 주인공 뒤루아가 옷을 빌려 입
었는데 그리 좋은 옷도 아닌데 자기가 입으니까 태가 나는
거야. 그러니까 거울 앞에서 이 자세도 잡아 보고 저 자세도
잡아 보고 냉정하게 봐도 본인 스스로가 너무 잘생기고 멋
진 거야.

맨날 그 조그마한 거울로 보다가 큰 거울로 보니까 '나 이렇
게 살아도 되겠는데', '이 커다란 집 원래 주인이 내가 되어
야 할 것 같은데' 이런 생각을 착각할 수 있게끔 자기 자신에
게 최면을 거는 것 같은 표현에 놀랐어요.

난 괜찮은 놈이야, 난 할 수 있어, 저 여자만 잡으면 돼. 최
면을 걸면서.

시동　　광장히 중요한 말씀을 하신 게 저는 성공을 하려면 자존감이 바탕이 되어야 한다고 생각을 하고 그 자존감은 내가 한 약속들을 스스로 지키면서 살아야 한다고 생각합니다.

조금 다른 이야기일 수 있는데 내가 관심을 두고 사랑을 주어야 규칙을 주어야 한다고 생각해요.

예를 들어 업무 시간 끝나고 시간이 남으면 '이 책을 반드시 읽을 거야. 10시 반부터는 시간을 내서 읽을 거야'라고. 이렇게 책과 한 약속같이 규칙을 부여하고 그 규칙을 지킬 때 저는 자존감을 얻는다고 생각하는데.

벨아미　　음, 목표를 그러니까 목표와 관련된 과제를 부여하고 그 과제를 이루었을 때 성취감을 기반으로 자존감을 높여 간다는 거죠?

시동　　네, 책에 사랑을 주는 동시에 책도 저희한테 사랑을 주는 방식이라고 생각을 하는데 아마 뒤루아도 그렇지 않았을까? 내가 오늘은 이 여자랑 어떻게 뭘 해 볼 거야. 나는 이 정도면 됐으니까 수단과 방법이 잘못됐지만…. 스스로…. 그 최면 말씀했을 때 그런 것들이 자존감을 높여 주면서 결국은 성공으로 가지 않았나.

푼크툼　　그러면 역으로 생각하면은 이 친구는 성취감에서 실패할 때는 오히려 극단적인 행동도 할 수 있겠네요.

시동   정말 내가 아무것도 아닌 것처럼.

벨아미   수단과 방법을 가지 않은 성격이다 보니까 더 그럴 수도 있
       다고 생각이 드네요.

푼크툼   사실 이 책에서는 그 실패담이 없잖아요. 다 성공했습니다.

벨아미   자기가 이제 수단과 방법을 가리지 않는다는 게 돈도 얼마
       없는데도 제일 처음에 드마렐 클로딜트가 주인공 뒤루아
       집에 놀러 온다 했을 때 '오지 마라' 했는데도 오고 싶다 하
       니 없는 돈으로 린넨도 깔고 집에 꽃도 사 놓고 집을 화려하
       게 나름 정갈하게 꾸며 놓고 정성을 쏟는 모습이 보이니까
       또 그러한 디테일을 잘 알고 드마렐 정부가 반하죠.
       본인에게 이렇게 관심 가져 주니까. 그 정성을 쏟아 주니까.
       그리고 또 흘러가는 말로 서민 체험하고 싶다니까 데려가
       주면서 나중에는 매춘부를 만나 좀 깨졌지만 그런 것들과
       아내인 마들렌에게 장미꽃을 사 주었는데 장관이 먼저 구
       매해서 오는 바람에 조금 격한 감정도 있지만, 주인공 뒤루
       아는 여성이 좋아할 만한 것들을 연구해서 행동으로 실천
       을 하는 모습들…. 정말 존경합니다. 와! 이분 정말 존경합
       니다. 성공하기 위해서는 이렇게 해야 합니다.

푼크툼   그러면은 아까 이제 국회의사당 이야기도 나오긴 했지마는

이 책에서는 그 결혼식을 끝으로 이제 책이 마무리되지만, 그 이후에는 어떤 일이 일어날 것 같은가요? 각자 생각했을 때.

벨아미 전 극단적인 자살을 하지 않을까?

푼크툼 뒤루아 말씀하시는 거죠?

벨아미 이게 정치라는 것들은 이제 투표와 관련돼 있고 자기가 원한다고 해서 계산적으로 되는 게 아니다 보니까 그리고 또 음해 세력도 생기기 나름인데 그것을 잘 승리하고 잘 이겨냈던 장면을 역시 책에서 많이 보여 주지만, 야망이 워낙 크고 적극적이고 행동으로 실천하는 성격이 강하다 보니까 자신이 실패했을 때 그런 고통을 참지 못하고 스스로 극단적인 선택을 하지 않을까?

그래야 책이 좀 맞습니다. 앞뒤가 맞습니다. 빈손을 왔다가 빈손으로 가는 거고 이렇게 잘못된 가치관은 열심히 살아도 아무것도 남는 게 없다, 이런 여운을 줄 수 있을 것 같습니다.

제가 작가라면 그렇게 할 것 같습니다. 하하.

푼크툼 왠지 가진 자들에 대한 뭐랄까, 시기 아닌가요?

벨아미 시기긴 한데, 근데 이게 정당한 방법과 규칙이 아닌 상태에서 하면 결국은 이렇게 패가망신 당한다. 이렇게 해 줘야 사람들이 희망을 품고 살지 않을까? 안 그러면 다들 수단과 방법을 가리지 않고 그렇게 살 것 같습니다.

저조차도 '이렇게 살아야 성공하는구나. 이렇게 살아야 하는 건가?'라고 생각을 했으니까요. 하하.

시동   저도 사실은 벨아미 님 의견에 전적으로 동감합니다.

푼크툼   정말 그래야 하는 거예요. 벨아미는 그래야만 되는 거예요.

시동   좋은 사람들에게 들려줘야 할 좋은 이야기도 있고 아까 말씀하셨던 게 워낙 극단적인 사람이었으니까 그런 선택을 할 수 있겠다, 생각하는데 그래도 같은 의견들은 재미가 없으니까 저는 반대로 국회의원은 물론 대통령까지 할 수도 있었겠다, 끝없는 성공의 연속일 수도 있었겠다는 생각이 들어요.

내가 이번엔 이것을 이렇게 뺏었고 결국 c라는 성공하기 위해 a라는 방법도 쓰고 b라는 방법도 쓰고, 여러 가지 방법 지식과 학문을 통해서가 아니라 부당한 노력을 하는 사람이기 때문에 그리고 '왕관을 쓰려거든 그 무게를 견뎌라'라는 것처럼 어떠한 자리에 있든 요구되는 행동들을 임기응변으로 잘 대처했을 것 같습니다.

지금처럼 치밀한 시대도 아니고 증거가 남는 것도 아니고 여러 가지 마음만 먹으면 못 할 것이 없었던 시대니까 성공을 했다는 게 좀 더 신빙성이 있을 것 같습니다.

푼크툼 저도 지금 시동 님이 이야기한 것처럼 국회의사당을 바라
보는 장면이 이 친구의 야심을 보여 주잖아요. 그 이후의 스
토리가 저도 장관까지 가고 꽤 큰 명예를 얻고 살지 않았을
까 싶어요.
지금 뭐랄까 미천하다고 해야 하나 그런 출신으로 시작을
했지만, 남작이 되기까지 3년이 걸렸거든요.

시동 예.

푼크툼 3년밖에 안 걸렸는데…. 아! 여기서 여러 가지 계급이 나오
잖아요? 남작, 후작 등. 혹시 계급을 아시나요?

시동 모릅니다.

푼크툼 공-후-백-자-남.

벨아미 공작이 제일 좋고 그다음 후작.

푼크툼 공작, 후작, 백작, 자작, 남작. 뒤루아가 여기서 남작을 얻었
죠. 근데 그 이후로 이제 계속 성공의 가도에 올라서 장관,
공작까지 되지 않을까 싶기도 해요.
참고로 공작은 왕족이 되지 못한 다른 최고 귀족들을 공작
이라고 하고, 후작이 있고 백작은 지금으로 따지면 도지사나
시장을 백작이라고 하고 성주 그 정도. 남작은 훨씬 아래.

푼크툼　또 다른 장면 기억나는 게 있나요?

벨아미　저희가 경제서 파트로 이 책을 고르지 않았습니까? 그래서
　　　　경제와 관련된 걸 조금 정리해 봤습니다.
　　　　제1차 세계대전 이후에 이제 금화 중단으로 프랑스에서는
　　　　프랑이 강등돼 버렸습니다.
　　　　강등되면서 형성된 것이 소설에서 나오는 화폐 단위입니
　　　　다.
　　　　전에 말했던 100상팀은 1프랑이고 이 1프랑은 순은 4.5g 그
　　　　리고 순금이 0.29g 이 정도 된다고 합니다.
　　　　그 당시에 기준이었고 여기서는 상팀이라고 표현하는데 수
　　　　라고 표현하는 것도 있지 않습니까? 수라고.
　　　　점심은 22수고 저녁은 20수고 이렇게 이 수 표현은 5상팀이
　　　　1수입니다. 100상팀이 1프랑이라 하지 않았습니까? 그러니
　　　　까 100상팀은 20수입니다.
　　　　어렵죠. 다시 정리하자면 100상팀 = 20수 = 1프랑이라는
　　　　거죠.
　　　　추가로 또 다른 화폐 단위인 2루이라고 또 표현합니다. 제
　　　　일 처음에 준 게 친구가 이제 옷 사 입으라고 준 게 2루이.

푼크툼　다양한 화폐 단위가 나오네요.

벨아미　포레스트 샤를이 뒤루아한테 준 금액이 2루이인데 이 2루

이가 40프랑입니다.

1루이가 20프랑, 1루이는 매춘부한테 쓰고 그 20프랑 가지고 옷을 빌려 입고 간 겁니다.

아까도 말했듯 20프랑은 엄청 큰돈입니다. 밥값이 20수니까 밥을 20번 먹을 수 있는 금액을 하루 잠자리로 사용한 겁니다. 20프랑 = 400수 = 2,000상팀.

푼크툼 여기 벨아미 님은 엄청 디테일하게 찾아가시는 분이고, 저는 그렇게까지 안 찾아보고 이 소설을 통해서 얼추 유추한 게 뭐냐면 누가 시계를 사고 싶어 했잖아요.

비싸서 못 샀던 그 시계를 나중에 사는데 그때 구매한 가격이 1프랑인가 3프랑이 그랬던 프랑이었나.

그러고 나서 나중에 이제 이혼을 하면서 자기가 얻은 이혼하기 전에 아내한테 분할한 금액을 얻은 게 50프랑인가 그렇죠. 제가 기억하기로는.

벨아미 분할한 금액이 아닙니다. 훨씬 많습니다.

푼크툼 50프랑 아닌가요?

벨아미 훨씬 클 겁니다.

푼크툼 500프랑, 어쨌든.

벨아미 찾아 주십시오. 찾아 주셔야 합니다.

푼크툼　　금액에서 유추를 해 보자면….

벨아미　　시계도 예물로 샀던 게 300프랑 이상으로 기억하는데, 그래
요. 예.

푼크툼　　저는 그래서 이 프랑을 이게 와닿지 않으니까 이걸 억으로
바꾸면 확 와닿더라고요. 그 사고자 했던 시계도 결국은 1
억 얼마였을 것 같았는데….

벨아미　　현재 금액으로.

푼크툼　　지금 이렇게 좀 뭐랄까 이해를 해 보자면 그렇게 억으로 바
꾸면 조금 더 쉽게 이해가 되지 않을까 해요.

벨아미　　찾아야겠다.

시동　　그러게.

벨아미　　그다음에 주인공 뒤루아가 제일 처음 거기서 일을 하지 않
습니까? 철도원. 철도원에서 한 달 월급이 300프랑인가 연
봉이 1년에 1,500프랑이라고 철도원으로 일할 때….

푼크툼　　그러면 그게 1억으로 보는 게 아니구나.

벨아미　　1년에 연봉이 1,500프랑이리서 그러니끼 이제 1,500프랑인
데 신문기사로 추천이 되면 한 달에 500프랑을 번다고. 거
기다가 자기가 글을 좀 더 많이 쓰고 하면 추가 돈을 더 빌

는다. 이러니까 철도원 연봉이 1,500프랑인데 신문사에서 석 달만 일하면 연봉 뽑네. 그래서 복수하러 가죠. 제일 처음에 철도원 가서 밀린 돈 다 주라고 하면서 말다툼을 하죠. 직원이 이틀 동안 왜 아무 말도 없이 쉬냐고 하니 "신경 쓰지 마"라고 대꾸하고.

될 대로 되라 하고 침 한 번 뱉고 오잖아요. 그 장면에서도 이 사람은 밟을 때 확실히 밟을 줄 아는구나. 손 털 때 딱 털 줄 아는구나. 그리고 재미있는 것 하나, 신문사 이름이 라비프랑세스지 않습니까?

푼크툼   라비프랑세즈.

벨아미   이게 프랑스어로 번역을 해 보니까 '프랑스인들의 삶'이라는 뜻이에요.

이 신문사가 어디 있나 하고 찾아봤는데 안 나와서 '이상하다. 이건 무슨 뜻이지. 신문사의 회사 이름이 나름대로 의미가 있을 텐데' 하고 확인해 보니 '프랑스인들의 삶'이라는 프랑스어였다는 걸 알았습니다.

푼크툼   그러니까 이 신문에서는 다양한 이야기를 다루잖아요. 정치, 사회도 다루고.

벨아미   신문사 이름에서도 그렇듯이 최초에는 이류 신문사였다가 나중에 최고의 신문사가 된다는 것이 프랑스인들의 삶 자체를 대변해 주고 보여 주는 것 같았습니다. '이류에서 이제 우리는 일류로 나간다'라는 뜻 같았습니다.

그리고 신문사도 점점 유명해지잖아요. 주인공도 그렇고 '이류에서 일류로 바꾸어 간다'는 뜻도 느껴졌고요.

푼크툼 제가 좀 우연히 펼쳤는데 50만 프랑이에요. 50만 프랑. 그러니까 그러면 50만 프랑이면 50억으로 저는 그렇게 생각을 했어요.

모두 아, 그럼 이해가 가네요.

벨아미 또 다른 거 뭐 색다르게 에피소드 있습니까?

푼크툼 또 저도 저는 사실 이 책을 읽으면서 이게 독서 모임을 하다 보면 참 재밌는 게 이 책을 한 권 읽다 보면 그전에 읽었던 책들이 떠올라요.

벨아미 예, 맞습니다.

푼크툼 이 책을 읽으면서 떠올랐던 책이 '나쁜 사마리아인들'.

모두 아.

푼크툼 이 책을 아시나요?

시동 이름만 들어 봤습니다.

벨아미   채권. 채권.

푼크툼   당시 프랑스를 딱 이야기하지 않나요? 그렇죠. 약간 소름
         돋았습니다.

벨아미   프랑스, 영국, 스페인 다 못된 것들….

푼크툼   그 나라들이 어떻게 강대국이 되었는지를 현실적으로 뭐랄
         까 드러내는 책이거든요. 프랑스, 영국, 유럽의 강대국, 미
         국도 그렇고.

벨아미   불온도서니까 읽지 마세요. 국방부 불온도서입니다.
         그래서 제 블로그에 올리지도 못하고 있습니다. 작업도 아
         예 안 하고 있습니다. 잡혀가기 싫어서. 하하.

시동   참 근데 '군주론'도 풀어 준 거 보면 그런 거 뭐 사실 크게 의
         미 없다고 생각하는데.

푼크툼   근데 저는 개인적으로 '나쁜 사마리아인들' 책을 좋아해요.

벨아미   다음에 다시 하기로 했어요. 한 번 가지고는 이해되는 책이
         아니라, 적어도 두세 번 봐야 하고 개인적으로 연구를 해야
         자기 걸로 만들 수가 있죠.

푼크툼   맞아요.

벨아미   한 번 읽어서는 흐름도 알기 힘들다고 저는 생각합니다.

푼크툼 저는 개인적인 푼크툼으로 거의 철학적으로 가까운 책이에요.

벨아미 보면서 리더님 원망을 좀 하면서.

푼크툼 왜 이런 책을 골랐나.

벨아미 이 어려운 책을.

푼크툼 네, 그렇습니다. 한 번 더 다루어 보긴 해야 합니다.

벨아미 그때는 리더님 원망 안 하면서 보겠습니다.

푼크툼 저는 이 책에서 184쪽부터 시작하는 작가의 의도가 있어요. 제가 느끼기로는 184쪽에서 뒤루아가 어느 파티 하러 갔다가 나오는 길에 노시인이죠.
드마렐을 바래다주면서 드마렐이 뒤루아한테 하는 이야기가 있어요. 인생과 죽음에 대해서 무려 여섯 페이지 써 났어요. 저는 이 부분도 작가가 뭔가 하고자 하는 이야기가 있으니까 이렇게 많은 분량을 이 노시인의 입을 통해서 이야기하지 않았나 싶더라고요.

벨아미 저는 그때 느낀 게 그거였습니다. 네가 하는 길이 정당하지 않아도 네가 잘못된 게 아니다. 세상 원래 다 그런 거다. 강한 자들만 살아남는 거다. 이런 내용을 암시적으로 해 주지 않았나.

푼크툼   그러면서 노시인은 이제 그 죽음에 대해서 되게 좀 두려워
         하기도 하고 그렇죠.
         저는 그래서 개인적으로 그 부분을 읽으면서 이 노시인 혹
         은 이 노시인의 입을 빌려서 쓴 이 작가 모파상이 이 사진을
         봤다면 제가 여러분들한테 보여 드리려고 일부러 캡처한
         건데 이 사진을 봤다면….

벨아미   뭡니까? 이게

푼크툼   무슨 사진 같아요?

시동   확대한 사진 같은데.

벨아미   은하도 있고 모르겠습니다. 이거 뭡니까?

푼크툼   뭐랄까 지금, 이 은하계에서 인간이 쏘아 올린 가장 멀리까
         지 간 위성이 있죠.
         보이저호라고 이야기 들어 보셨어요? 거기에 인간의 인사
         말도 몇 개국을 녹음해서 담았고 팝도 담았고 어느 저 멀리
         있는 외계인에게 전달되지 않을까 하는 그런 기대감에 쏘
         아 올린 보이저인데 지금까지 제일 가장 멀리 가 있고 그것
         을 대표적으로 연구한 분이 칼 세이건이라는 물리학자 아
         마 그럴 거예요.
         그분이 쓴 책이 '코스모스'라는 유명한 책이고 그분이 당시

이 인공위성이 앞만 보고 카메라도 앞을 보고 가고 있는데 우리가 사는 지구는 어떤 모습일지 궁금하니까 사진을 찍어 보자는 일화가 있었나 봐요.

근데 모두 반대했어요. 왜냐하면, 카메라 등 장비를 돌리는 것에 쓰이는 에너지나 연료 이런 것들이 너무 많이 소비되니까. 우리는 지금 인공위성을 어떻게든 더 멀리 보내야 하는데 중간에 망가지면 안 되지 않냐고 했는데 칼 세이건이라는 분은 그런데도 카메라 등 장비를 돌려서 우리가 사는 은하를 찍어야 한다, 그래서 우주 연구를 할 수 있게끔 한 국민의 세금으로 우리가 이렇게 한 거기 때문에 그들한테 보답을 해 줘야 한다면서 돌려서 찍은 게 이 푸른 점입니다. 바로 이 사진입니다. 이 사진에 제목이 그래서 '창백한 푸른 점'이에요.

여기 지구 그러면 하는 이야기가 있어요. 거기서 하는 이야기가 우리의 고향인 저 점에 사랑하는 모든 이들 우리의 어머니와 아버지, 영웅과 겁쟁이, 왕과 농부, 이런 것을 이야기하면서 모든 게 아주 자그마한 곳에 다 있다.

그러니까 뭐랄까 인생은 덧없다 이런 식으로 이야기를 하는 거죠.

이 사진을 이 노인과 모파상이 봤더라면 이렇게까지 여섯 페이지를 쓰지 않지 않았을까?

벨아미 새로운 지식, 새로운 지식. 사진 보내 주십시오.

푼크툼 이거는 사진뿐만이 아니라 나중에 그 '코스모스'라는 책은
제가 언젠가 다룰 거예요.

벨아미 아, 그렇습니까?

푼크툼 그 책은 두껍죠.

벨아미 '벨아미' 책 두 권만 하죠. 압니다.

푼크툼 아시는군요.

벨아미 '코스모스' 한번 읽으려고 하다가 두께 보고 '이건 아니다' 했
습니다.

푼크툼 저는 개인적으로 정말 제 인생에 읽어 보고 싶은 책이긴 한
데, 이런 책을 아까도 말씀드렸다시피 각 파트별로 주제를
다루고 나서 마지막에 이런 책을 읽을 텐데 특히나 이 고전
을 아마 제가 다룰 것 같은데 책을 읽으면서 개인적으로 팁
을 드리고 싶다면 우선 영화부터 말씀을 드리자면 영화 같
은 거를 볼 때 한 장면, 한 장면에 감독들이 의미 부여를 하
는 건 아시나요?
하나도 쓸모없는 장면들이 없어요. 왜냐하면, 그 장면 하나
를 찍기 위해서 들어가는….

벨아미　　소품과 의상 이런 그다음에 카메라 각도부터.

푼크툼　　돈이 엄청 많이 들어가거든요. 돈을 아껴야 하는 상황에서 그 장면을 쓸 수밖에 없어서 찍는 거고. 그러니까 그만큼 그 장면 모든 것에 의미가 부여되는 건데 하물며 이 소설책은 작가가 이 한 문장 한 문단을 쓰기 위해서 얼마나 많은 시간을 공들어 쓰겠어요, 그냥 허투루 쓰지는 않았을 거라고 저는 생각을 해요.

그래서 앞으로 이런 책을 보실 때 왜 느닷없이 이런 글을 썼겠냐는 생각을 한번 해 보시면 좋을 것 같아요.

개인적으로 저는 이 책을 읽으면서 중간에 그 에피소드가 있죠. 뒤루아가 갑자기 경쟁자도 아닌 어느 기자의 모함을 당해서 뭐죠?

벨아미　　결투, 총.

푼크툼　　저는 느닷없이 그 장면이 여기 왜 나오나 싶었어요. 그렇지 않았나 저는 솔직히 읽다가 갑자기 느닷없이 결투한.

벨아미　　근데 소설책 고전 책 중에서 그런 장면들이 나오는데 그런 책들 그 시대의 시대상들이라 당연한 것들이다 보니까 책에 표현을 못 한 것들이 있을 수도 있다고 저는 생각합니다.

그래서 그 당시에는 이런 게 뭐 하면 '야, 너 나랑 결투해' 이

렇게 했던 문화가 그대로 책에 녹아들다 보니까 그 당시에
는 전혀 이상하지 않고 모든 사람이 공감하고 있으니까.

푼크툼　아니, 그런 시대를 반영해서 보여 주기 위한 장치일 수도 있
겠지만 저는 왜 하필 작가가 그 장면을 굳이 안 넣어도 되는
데 넣었나 싶은 생각이 들었던 게 결국엔 나중에 읽다 보니
까 이해가 된 게 그 상황을 거치고 나서 뒤루아가 유명해지
잖아요.

그러니까 그 장치 그걸 보여 주기 위해서 뭐랄까 그 글을 쓰
지 않았나 싶습니다. 앞으로도 이런 책을 보실 때 그렇게 한
번 생각하고 오시면….

벨아미　'폰더 씨의 위대한 하루' 거기 잘 나와 있어요.
제 블로그에 있으니까(깨알 자랑) 블로그에 '폰더 씨의 위대
한 하루'가 있는데 디테일의 미학이죠.

시동　오늘 주행해 보겠습니다. 정주행.

벨아미　5분도 안 걸립니다. 블로그로 정주행하시면 됩니다. 블로그
읽는 데 5분도 안 걸립니다. 하하.

시동　블로그 최근 거 하나만 봤습니다. 블로그 배경이랑.

벨아미　'폰더 씨의 위대한 하루' 그거 보시면 거기에 이제 저희끼리
이야기했던 이 이야기가 똑같이 나옵니다. 그때 저희가 한

번 충격을 받았죠. 문장 단어 하나하나가 이런 의미였다고.

푼크툼 그렇죠. 그렇죠. 그렇죠.

벨아미 이렇게 디테일하게 썼다고, 그때 한 번 감동받았죠. 그때 그런 장면들이 많으니까 한번 보면 도움이 될 겁니다.

시동 알겠습니다.

푼크툼 또 뭐 하고 싶으신 이야기가 있으실까요?

시동 저는 솔직히 책에 대해서는 더 없습니다. 말씀해 주시면.

푼크툼 다들 뒤에 이 작품 해설은 읽으셨죠? 네 저도 이것도 꼭 읽어 보셔야 하는 부분인 거고.

벨아미 작품 해설 보고 저는 책을 읽고 나서 영화도 보았습니다.

푼크툼 맞아, 영화도 보셨죠?

벨아미 2천 원인가 3천 원인가 내고 봤습니다. 영화 많이 부족합니다. 근데 그 시대적 배경 상상했던 시대적 배경을 볼 수 있어서 너무 좋았고, 거기 나오는 여주인공이 너무 예뻐서 제가 이름 적어 놨는데. 드미렌 클로틸드 부인이 너무 예쁘게 나와서 집중해서 봤어요. 하하.

푼크툼 제가 짧게 하나 더 이야기해야 할 게 있는 게 제가 이 책을 가져온 이유가 저는 솔직히 작품 해석을 보셨으면 아시겠

지만, 그 제목이 '비곗덩어리'라는 모파상의 최초 단편 소설
그 소설로 유명해졌잖아요.

그래서 너무나 궁금해서 단편 소설이 그렇게 유명해질 수
가 있나 싶어서 봤는데 개인적으로 저는 이 책보다 '비곗덩
어리'가 훨씬 재밌었습니다.

'비곗덩어리' 책은 단편이긴 하지만 거의 한 20쪽에서 30쪽
정도 되는 분량이라.

시동 그러면 재밌게.

벨아미 인터넷에서 구할 수 있습니까?

푼크툼 그건 모르겠어요. 저는 도서관에서 검색해서 빌려오는 데
필요하시면 제가 빌려드릴 수 있어요. 이거는 그 소설이 여
기에는 되게 뭐랄까 구어체가 많잖아요. 대화하는 이런 내
용이 많았잖아요. 그 책에는 거의 없어요.

벨아미 오로지 그냥 전지적 작가 시점에서 그냥 풀어내는….

푼크툼 그게 대단한 거예요. 그거를 하나하나 설명을 해 주는데 그
묘사 하나하나가 다 상상이 돼. '벨아미' 책보다 더욱더 구체
적으로. 그래서 저는 보면서 '비곗덩어리' 책이 대단할 수밖
에 없었구나, 그렇게 인기가 많을 수밖에 없었다는 생각이
들었고 스토리도 꽤 재미있었어요.

벨아미　이런 책을 봐야 했는데.

푼크툼　그래서 이제 작품 해설에서도 뒤루아 책에 모파상의 책의
특징을 여기서 이야기하는 게 본연의 특징을 찾아서 그 성
격을 드러내 보여 주는 표현을 잘했다.
정확한 관찰과 간결한 문체 견고하고 현실적인 특징으로
들거든요. 모파상의 글을 그 느낌이 여실히 드러내는 게 이
글인 것 같아요, '비곗덩어리'.

벨아미　꼭 읽어 보겠습니다. 한번 찾아봐야겠다. 최근에 저는 '밀리
의 서재'를 정액으로 가입했습니다.
밀리의 서재 오디오북이 있습니다. 오디오북이 있어서 주
말부부이다 보니 장거리 운전 가족 만나러 갈 때 두 시간 이
상을 가야 하니까 왔다 갔다 하면 다섯 시간이잖아요. 그때
오디오북 틀어 놓고 가면 책 한 권을 다 읽습니다.
가는 데 두 시간, 반 오는 데 두 시간 반 해서 오디오북을 다
섯 시간 동안.

푼크툼　그러니까 근데 저는 오디오북을 한 번도 사용해 보지 않았
는데 그게 도움이 되니요?

벨아미　다른 책 하나, 최근에 이제 '핫'하다고 하는 '분실물을 찾습니
다'라는 책이 있다고 해서 한번 봤는데 재밌게 봤습니다.

푼크툼   그냥 읽어 주는 거잖아요.

벨아미   계속 읽어 주니까 그냥 들으면서 상상하면서 이렇게 운전
         할 때 원주 가실 때 오디오북 하나.

푼크툼   한번 시도해 볼게요.

벨아미   밀리의 서재 좋습니다.

푼크툼   그럼 이제 마무리할까요? 그럼 감상평 혹은 벨아미 님의 공
         식 질문.

벨아미   한 줄 평.

시동   개인적으로 그냥 고마운 책이다.

벨아미   개인적으로 고마운 책이다.

시동   어쨌든 소설을 제가 앞으로 좋아하게 될지는 모르겠지만
         소설이 이런 것이라는 것을 처음으로 제가 잘 읽지도 못했
         지만 그걸 알게 해 준 책이라서 어쨌든. 이 책을 통해 저도
         이 벨아미의 삶, 아니지 주인공의 삶 그런 것보다는 이런 게
         소설이라는 걸 알 수 있어서 아직 판단하기 이르지만 한 잣
         대가 될 것 같다.
         처음에 말씀하셨듯이 이 책이 기억에 많이 남을 것이라는
         그 의미도 있고 그래서 그냥 고마운 책이다. 이상입니다.

벨아미   저는 '벨아미, 과연 누가 그를 위선자라고 할 것이냐?'

푼크툼   네.

벨아미   푼크툼 님은?

푼크툼   전 이 시간이 제일 어려운 것 같아요.

벨아미   한마디로 표현한다면.

푼크툼   모파상을 알게 되어 정말 고마운 책. 고마운 책입니다. 고마
         운 책.

벨아미   알겠습니다. 오늘 하루도 고생했습니다.

모두   고생했습니다.

마무리하며

9. 마무리하며

처음에는 저의 외향적인 성향에 따른 자랑을 위한 독서토론일 뿐이었습니다. 활발한 대화와 생각 나눔이 저를 드러내는 하나의 수단이자 자기만족으로 느껴졌을 때도 많았습니다. 하지만 시간이 흐르며 독서토론은 저의 내면을 단단하게 가꾸는 중요한 시간이 되었습니다. 토론을 거듭할수록 저는 외면적 강인함뿐 아니라 내면적인 성장을 자연스레 경험하게 되었고, 작지만 꾸준한 노력이 얼마나 큰 결실을 맺는지 직접 체감했습니다.

이 과정에서 얻은 통찰력은 제 삶 속에 깊이 스며들었고, 일상에 더 큰 의미와 만족을 불어넣어 주었습니다. 그저 책을 읽고 넘기는 것이 아닌 그 안에서 발견한 지혜를 실천하는 과정을 통해 얻는 보람은 그 무엇과도 바꿀 수 없을 만큼 소중했습니다.

사실 이 글을 쓰면서도 부끄러움이 앞섰습니다. 출판을 향한 열정은 컸지만 그 과정에서 저 자신의 부족함을 여실히 느끼고 완성도에 대한 고민이 끊이지 않았기 때문입니다. 때론 스스로에게 실망하며 손을 놓고 싶었던 순간도 있었습니다. 그러나 그럼에도 불구하고 깨달은 것은

'완벽한 시작'이 아닌 '행동으로 옮기는 용기'가 더 중요하다는 점이었습니다. 아무리 위대한 생각이라도 실천하지 않으면 무의미하며, 실천을 통해야만 비로소 그 가치를 증명할 수 있다는 사실을 깨달았기에 출판을 결심하게 되었습니다.

저는 1,000권의 책을 읽는 것보다 책 한 권에서 얻은 통찰을 실천에 옮기는 것이 진정한 배움이라고 생각합니다. 이는 독서의 목적이 단순히 지식 습득에 머물지 않고, 그 지식을 통해 삶을 더 나은 방향으로 변화시키는 데 있다는 뜻이기도 합니다. 여러 책에서 반복적으로 강조하는 이 점이야말로 제가 늘 마음에 새기는 부분입니다.

독서토론에서 얻은 경험 덕분에 저는 책에서 얻은 교훈을 일상 속에서 구체적으로 실천할 수 있었습니다. 이로 인해 제 삶은 작은 변화들이 모여 큰 성장을 이루었고, 독서토론의 경험이 없다면 지금의 저는 상상조차 할 수 없을 것입니다. 그렇기에 아직 독서토론에 참여해 보지 않은 분들에게는 주저하지 말고 시도해 보라고 권하고 싶습니다.

책에서 얻은 지식을 실행에 옮기지 않는다면 무슨 의미가 있겠습니까? 단 한 번의 실천이 그 지식을 진정한 가치로 만드는 것이니까요.

그리고 또 하나 깨달은 중요한 교훈은 '기억이 사라지기 전에 메모하라'는 것입니다. 에빙하우스의 망각곡선 이론에 따르면, 새로운 정보를 습득한 후 시간이 지날수록 우리는 그 내용을 빠르게 잊어버린다고 합니다. 하지만 적절한 시기에 복습하고, 토론을 통해 지식을 다시 되새기는 과정을 거치면 그 기억은 훨씬 오래 지속될 수 있습니다. 저는 이

점을 알게 된 이후로 책을 읽을 때마다 중요한 부분에 메모하는 습관을 들였습니다. 메모는 단순한 기록이 아니라, 저의 생각을 정리하고 새로운 아이디어를 떠올리게 하는 소중한 도구가 되었습니다.

한 번 읽었던 책의 교훈을 나중에 다시 떠올리려고 할 때 메모 덕분에 더욱 생생하게 기억할 수 있었습니다. 메모와 독서토론을 병행한 결과, 독서의 효과는 배가되었고 단순한 읽기를 넘어서 진정한 배움으로 이어졌습니다.

이 책은 제가 독서토론을 통해 얻은 통찰과 경험을 정리한 결과물입니다. 대화 형식으로 구성된 이 책은 독자들에게 마치 몇 명의 친구와 함께 책에 관해 토론하는 듯한 생동감 있는 느낌을 줄 것입니다. 책을 읽고 난 후 느끼는 감정과 교훈을 다른 이들과 나누고, 토론을 통해 깊이 있는 논의를 이어가는 경험은 그 자체로 특별한 즐거움을 선사합니다. 그 즐거움을 독자 여러분도 함께 경험하실 수 있기를 바랍니다.

마지막으로, 이 책이 나올 수 있도록 늘 곁에서 저를 응원해 준 사랑하는 아내 미옥이에게 깊은 감사를 전합니다. 듬직한 큰아들 승우와 보석 같은 막내 지우에게도 사랑과 고마움을 보냅니다. 그들의 응원과 지지가 있었기에 이 책이 완성될 수 있었습니다. 이 책은 저의 사랑과 감사의 작은 보답입니다.

저는 앞으로도 책을 읽고, 토론하며 배운 것들을 실천해 나갈 것입니다. 저의 성장은 계속될 것이며, 그 과정에서 얻은 지식과 깨달음을 행동으로 옮기는 것이 더 나은 저를 만드는 길임을 알기에, 앞으로도 한 걸음 한 걸음 나아가겠습니다.

이천년 스물다섯 해 어느 봄

양덕원의 봄을 그리워하는

양덕원1921 2기 벨아미

독서토론

ⓒ 유정봉, 2025

초판 1쇄 발행 2025년 6월 20일

지은이　유정봉
펴낸이　이기봉
편집　　좋은땅 편집팀
펴낸곳　도서출판 좋은땅
주소　　서울특별시 마포구 양화로12길 26 지월드빌딩 (서교동 395-7)
전화　　02)374-8616~7
팩스　　02)374-8614
이메일　gworldbook@naver.com
홈페이지 www.g-world.co.kr

ISBN　979-11-388-4366-9 (03800)

- 가격은 뒤표지에 있습니다.
- 이 책은 저작권법에 의하여 보호를 받는 저작물이므로 무단 전재와 복제를 금합니다.
- 파본은 구입하신 서점에서 교환해 드립니다.